JULIA K. STEIN

All I WANT *for Christmas*

Eine Weihnachts-Romance in Manhattan

© Jannette Kneisel

Julia K. Stein wurde im Ruhrgebiet geboren und hat in Kalifornien und an der amerikanischen Ostküste studiert. Sie hat viele Monate in New York verbracht, währenddessen ein Praktikum bei den Vereinten Nationen gemacht, aber vor allem den Großstadttrubel genossen. Mit seinen altmodischen Cafés in der West Village, den riesigen Buchläden und Menschen unterschiedlichster Herkunft ist New York für sie die romantischste Stadt der Welt. Deshalb konnte sie auch nicht widerstehen, mit »All I Want for Christmas« einen Roman zu schreiben, der genau hier und zur Weihnachtszeit spielt – dann, wenn New York festlich geschmückt, verschneit und gleich doppelt magisch ist.

JULIA K. STEIN

All I WANT for Christmas

Eine Weihnachts-Romance in Manhattan

Ravensburger

Als Ravensburger Taschenbuch
Band 54474
erschienen 2019

FSC
www.fsc.org
MIX
Papier aus verantwortungsvollen Quellen
FSC® C111262

1 2 3 4 5 E D C B A

Limitierte Sonderausgabe

Dieses Werk wurde vermittelt durch Agentur Brauer.

Umschlaggestaltung: Maria Seidel, atelier-seidel.de
unter Verwendung von Fotos von © istockphoto/johnandersonphoto,
© istockphoto/ArthurHidden; © istockphoto/Anagramm und © Jan Engel/AdobeStock

Lektorat: Svenja Wulff

Printed in Germany

ISBN 978-3-473-54474-5

www.ravensburger.de

Drei Monate zuvor

Das Papier haftete an Pippas Fingern, als hätte sie ihre Hände in Klebstoff getaucht. Sie faltete den gelben Stimmzettel auseinander, las den Namen, der darauf geschrieben stand, und stopfte den Zettel in ihre Handtasche. Dann ersetzte sie ihn durch einen anderen. Es durften am Schluss nicht weniger Zettel sein als vorher, das wäre aufgefallen. Sie waren schon einmal durchgezählt worden.

Gleißende Sonnenstrahlen hatten den kleinen Raum in eine Sauna verwandelt. Die New Yorker Septembersonne gab noch einmal alles. Pippas verschwitztes T-Shirt klebte ihr am Rücken. Schnell griff sie zum nächsten Zettel. Es dauerte alles viel zu lang, egal wie sehr sie sich beeilte.

Ihr Herz pochte, als würde sie gleich eine große Bühne betreten. Komisch, dass man das Adrenalin so gar nicht kontrollieren konnte. Man war seinem Körper ausgeliefert. Es wäre so viel einfacher, wenn man selbst bestimmen könnte, wie man sich fühlte.

Plötzlich hörte sie ein Räuspern. Pippas Kopf schnellte panisch nach oben, sodass sie mit dem Hinterkopf gegen die Wand prallte. Ein stechender Schmerz durchzuckte sie vom

Scheitel bis zu den Zehen. Für einen kurzen Moment bekam sie keine Luft, Tränen schossen ihr in die Augen.

»Autsch!«, sagte eine dunkle Stimme.

Pippa hielt sich den Kopf, während sie die Tränen wegblinzelte, um herauszufinden, wer das Autsch an ihrer Stelle von sich gegeben hatte. Sie spürte, wie das Blut in ihren Kopf schoss, wie sich die Panik weiter ausbreitete.

Nein, das durfte nicht sein.

Ihr Blick huschte zur Tür, die sie doch gerade abgeschlossen hatte. Der Schlüssel steckte noch.

»Das muss wehgetan haben«, sagte er und verzog das Gesicht, als hätte nicht Pippa, sondern er sich den Kopf gestoßen.

Vor ihr stand Hunter Montgomery. *Der* Hunter Montgomery. Eigentlich hätte sie ihn schon an der Stimme erkennen müssen. Sie besuchten gemeinsam ein Seminar und manche Studentinnen rissen sich darum, neben ihm zu sitzen. Sie wusste sogar ziemlich genau, wie er ohne T-Shirt aussah. Oh Gott, dass ihr das gerade jetzt wieder einfiel, dieses unsägliche Foto in der *Seventeen.* Hunter Montgomery an der Côte d'Azur mit Lily-Rose Depp. Er *liebte* es, sich mit irgendwelchen Models am Strand fotografieren zu lassen.

Jetzt schob er mit einer Hand seine dunklen Haare zurück, die einen leichten Rotschimmer hatten. In der anderen Hand trug er seine Gitarre. Klar, Gitarre spielt er natürlich auch, genau wie Daddy.

Pippa wollte etwas sagen, aber ihr Hals war staubtrocken. Sie schluckte und schloss kurz die Augen. Nicht nur, dass jetzt alles umsonst gewesen war, sie war auch noch wegen diesem

Typen aufgeflogen. Sie öffnete die Augen wieder. Es half nichts, er stand immer noch da.

»Sorry, ich wollte nicht stören«, sagte er in einem Tonfall, der irgendwie abfällig klang. Sein Blick fiel auf das Zettelchaos um sie herum. Hunter zuckte mit den Schultern, als sie nichts erwiderte, und deutete auf die Tür hinter sich, die zu den Musikräumen führte. Die Studentenvertretung hatte einen der angrenzenden Lagerräume für die Schulinstrumente bekommen. Die Verbindungstür war immer verschlossen. Na ja, *fast* immer.

»Ich habe den Übungsraum dahinten bekommen. Ich wusste nicht, dass jemand hier ist. Ich wollte nur die Abkürzung nach draußen nehmen.«

Sie öffnete die Lippen, um etwas zu erklären, aber was sollte sie schon sagen?

»Okay, ich bin weg.« Hunter ging mit schnellen Schritten zur vorderen Tür. Er drehte den Schlüssel um, mit dem sie den Raum von innen verschlossen hatte, hob die Hand zum Abschied und verschwand nach draußen.

Wie betäubt blieb sie sitzen.

Wartete, dass er zurückkam oder dass sonst etwas passierte. Sie blickte auf die gelben Zettel, die auf dem Teppich verstreut lagen, und überlegte, ob er verstanden hatte, was sie hier getan hatte.

Plötzlich wollte sie einfach nur noch weg. Das musste jetzt reichen.

Schnell schob sie die restlichen Zettel zurück in ihre Tasche. Erneut stiegen Tränen in ihr auf. Es war so erniedrigend.

Hunter Montgomery. Das machte es noch schlimmer. Wenn es überhaupt noch schlimmer werden konnte.

Am nächsten Tag wurde Evalina Sheridan zur neuen Vorsitzenden der Studentenschaft ernannt. Nicht Pippa Schwab, sondern Evalina Sheridan.

1. Pippa

»Du verzauberst dein Publikum. Du faszinierst wie ein Weihnachtsengel. Alle bewundern dich.« Pippa ließ die knallrote Karteikarte sinken und lächelte ihrem Spiegelbild aufmunternd zu. Nach mehreren Stunden mit dem Lockenstab hatte sie nun nicht nur zwei verbrannte Finger, sondern auch perfekte hellbraune Locken, die ihr Gesicht sanft einrahmten. Vielleicht hatte sie allerdings doch zu viel Lipgloss aufgetragen. »Niemand kann dir widerstehen«, fügte Pippa hinzu. Diesmal schlich sich allerdings ein ironischer Unterton in ihre Stimme und der Blick, den ihr das Gesicht im Spiegel zuwarf, wirkte ein wenig irre. Sie las ein letztes Mal das Mantra, das ihre Mutter auf die Karte geschrieben hatte, und prustete los.

Diesen Quatsch sollte sie dreimal vor ihrem Auftritt wiederholen? Wer sollte denn so einen Mist glauben? Das war so typisch für ihre Mutter: Affirmationen gegen Nervosität. Die neuste Technik ihres Online-Psychiaters.

Pippa unterdrückte ein weiteres Kichern, zerriss den Zettel in extrakleine Stücke und warf sie in den Abfalleimer der schicken Damentoilette des Sheridan Hotels. Es wäre zu peinlich, wenn ihn jemand fände. Sie zog das weiße Kleid so weit über den Po, wie es eben möglich war – was nicht sonderlich weit war –, und machte sich auf den Weg zur Bühne, die im großen Ballsaal des Hotels für den heutigen Abend aufgebaut worden war. Der Weihnachtsball war das unbestrittene Partyhighlight des Stonehill College. Das Mantra würde ihr jetzt allerdings kaum helfen. Sie hatte in den letzten zweieinhalb Jahren gelernt, fröhlich zu lächeln – ganz egal, wie es in ihr drin aussah. Und sie hoffte, dass ihr auch heute niemand anmerken würde, wie sie sich wirklich fühlte.

»Und deshalb wünsche ich uns allen, dass wir heute nicht nur einen schönen Abend haben, sondern Erinnerungen schaffen, die uns ein Leben lang begleiten. Macht diese Collegeparty zu einem unvergesslichen Fest. Geht auf neue Leute zu, es könnten Freunde fürs Leben werden. Wir haben nur den Rahmen geschaffen, die Party macht ihr.« Die Zuhörer klatschten laut und jubelten. »Hiermit erkläre ich den diesjährigen Weihnachtsball für eröffnet. Let's rock!« Nach fünf Minuten und sechsundzwanzig Sekunden, nur sechsundzwanzig Sekunden später als geplant, hatte Pippa ihre Eröffnungsrede zu Ende gebracht. Sie hatte sich extra kurz gefasst, weil vorher Evalina als Präsidentin der Studentenschaft ebenfalls gesprochen und ihre überschwängliche Dankesrede an alle Eltern und Sponsoren natürlich überzogen hatte. Sie breitete die Arme aus, ganz vorsichtig, denn ihr mit weißen Pailletten besetztes Kleid saß ziemlich eng an den Schultern. Einen Riss konnte sie nicht riskieren, schließlich gehörte das Kleid ihrer besten Freundin

Lauren. So etwas Teures hätte sie sich nicht leisten können. Nicht mehr, jedenfalls. Der DJ verstand die Geste, und während Hunderte Studenten pfiffen und begeistert losschrien, begannen auch die anwesenden Eltern brav zu applaudieren.

So fühlten sich Rockstars vor ihren Fans. Der Applaus war berauschend. Aber natürlich grölten die Studenten, weil die Eröffnungsrede vorbei war und man endlich losfeiern konnte. Da machte Pippa sich nichts vor.

Während die Studenten die Tanzfläche stürmten, ließ Pippa die Arme langsam sinken und entspannte ihre Wangen von dem breiten Lächeln, das ihr Gesicht fast zum Schmerzen gebracht hatte.

Sie scannte die Menge – und natürlich: Da stand ihre Mutter Jocelyn und applaudierte mit weit ausholender Geste. Immerhin filmte sie nicht. Das hatte Pippa ihr verboten. Aber es wäre nicht das erste Mal, dass sie trotzdem peinliche Filme auf Facebook postete. Jocelyn warf ihre glänzenden, glatt geföhnten Haare zurück, um die teuren Diamantohrringe freizulegen, das Hochzeitsgeschenk ihrer Ex-Schwiegereltern, die sie konsequent weiterhin trug. Für die meisten wären sie eine traurige Erinnerung gewesen, aber so dachte Pippas Mutter nicht. Die Ohrringe waren wertvoll und auffällig, und das war alles, was für ihre Mutter zählte.

Vorsichtig stieg Pippa auf ihren hohen Absätzen die Stufen von der Bühne herunter. Das Licht des Scheinwerfers war heiß gewesen. Und auch im Saal stieg die Temperatur mit jeder Minute an. Sie musste die Schuhe wechseln, in diesen konnte man kaum laufen, geschweige denn tanzen, wenn man nicht vorhatte, sich alle Knochen zu brechen. Eigentlich durfte man so etwas gar nicht Schuhe nennen.

Aus den Lautsprechern dröhnte jetzt *Santa Claus Is Coming To Town*. Die Bässe drangen bis tief in Pippas Bauch. Oder war das ihr Magen, der vor Hunger knurrte? Natürlich, sie hatte seit dem Blueberrymuffin am Morgen gar nichts mehr gegessen. Sie kämpfte sich zur Bar durch. Die Häppchen standen leider woanders, als verabredet worden war, also schnappte sie sich einen alkoholfreien Cranberrydrink. Er war mit gestreiften Strohhalmen und winzigen Nikolausmützen dekoriert. Niemand konnte sich vorstellen, wie viel Arbeit das alles gewesen war. Hoffentlich nahm es überhaupt irgendjemand wahr.

Pippas Blick glitt suchend über die Menge, irgendwo musste Lauren sein, aber mit ihren aufwendigen Frisuren und den teuren Kleidern sahen heute alle ganz anders aus. Kleider, die farblich an zuckrige Eiscremesorten erinnerten, wie Lauren eins trug, gab es ziemlich viele.

Pippa stellte sich an einen der weißen Stehtische und holte ihr Handy aus der winzigen Handtasche. Genau in diesem Moment tauchte ein gruseliges Bild von Lauren in ihrer letzten Halloweenverkleidung als Zombieprinzessin auf dem Bildschirm auf, eine ziemlich Furcht einflößende Kombination aus Horror und Schönheit. Ihr Telefon vibrierte immer besonders hektisch, wenn Lauren anrief, als würde sie es mit ihrer Hyperenergie anstecken. Natürlich ging es in letzter Zeit nur um Laurens Hochzeit: Hochzeitskleider, Hochzeitsdeko, Hochzeitsgeschenke, Geschenke für die Gäste, ob die kleinen Herzchen auf den Tischen lieber silber- oder goldfarben sein sollten, Beschwerden über den Hochzeitsplaner und die neue Schwiegermutter, die sich überall einmischte und versuchte, Laurens Vorliebe für Rosa und Gold einzudämmen und durch schnödes Creme zu ersetzen.

»Wo bist du?«, schrie Pippa in ihr Handy, um die Umstehenden zu übertönen. Sie stellte das Glas ab und presste die andere Hand aufs Ohr, um überhaupt etwas verstehen zu können.

»In der Nähe der Hauptbar!«, hörte sie Laurens atemlose Stimme schwach über den Lärm hinweg. Pippa hob den Kopf. Lauren stand knapp fünf Meter neben ihr in einem kurzen, roséfarbenen Chiffonkleid in derselben Pose, in der sie selbst dastand: das Handy an ein Ohr gepresst, die freie Hand über dem anderen Ohr. Laurens Wangen waren gerötet und sie trug eine zauberhafte Hochsteckfrisur, die so aussah, als würde sie sich gleich auflösen – ziemlich aufwendiges Styling, wie immer. Ihre leicht gebräunte Haut – das Erbe ihrer brasilianischen Großmutter – sah fantastisch aus zu dem pudrigen Ton des Kleids.

»Schau hoch!«, schrie Pippa in den Hörer. Lauren hatte verstanden. Ihre Blicke trafen sich und sie grinsten sich über die Köpfe hinweg an. Sie steckten fast gleichzeitig die Handys in ihre kleinen Handtaschen zurück. Lauren lief währenddessen los, so leichtfüßig, als hätte sie Turnschuhe an und nicht High Heels, die noch höher waren als Pippas. Sie warf sich in Pippas Arme, als hätten sie sich seit Wochen nicht gesehen und nicht erst am Morgen in der Mensa. Beinahe hätte Pippa das Gleichgewicht verloren.

»Pippa!«, jaulte Lauren so laut und nah an ihrem Ohr, dass Pippa ihren Kopf reflexartig nach hinten riss. Und dann begann Lauren, hysterisch zu schluchzen.

»Oh mein Gott, Lauren, was ist passiert?« Sie schob Lauren von sich und schaute sie besorgt an. Die Mascara hatte einen dunklen Streifen unter ihren Augen gebildet und ihre Hochsteckfrisur war tatsächlich kurz davor, sich aufzulösen, das war gar kein Stylingeffekt gewesen.

Lauren wischte sich die Tränen von der Wange und lachte auf. Dann fing sie wieder an zu schluchzen und ließ sich mit Schwung erneut in Pippas Arme fallen. Wurde Lauren gerade verrückt?

»Was ist los?«, wollte Pippa wissen. »Jetzt sag doch was, du stehst ja völlig neben dir!«

Lauren griff nach Pippas Hand und zog sie hinter sich her. Sie war zwar zierlich, aber dafür besonders energisch. Als sie weit genug von den Lautsprechern entfernt waren, damit man sich verstehen konnte, ohne schreien zu müssen, drehte sie sich zu ihr um.

Lauren setzte an zu sprechen, aber statt Worten brach ein erneuter Schluchzer aus ihr heraus.

»Hat … hat David etwa Schluss gemacht?«, fragte Pippa vorsichtig und sah schon ihre schlimmsten Befürchtungen wahr werden. Natürlich, das musste es sein. David war eine Vollkatastrophe. Diese unschuldigen blonden Locken und das freundliche Lächeln täuschten. Sie hatte ihm noch nie getraut. Sie hatte eigentlich die ganze Zeit gewusst, dass es so kommen musste. David hatte Lauren den Heiratsantrag wahrscheinlich nur aus einer Laune heraus gemacht. Er war doch gar nicht fähig zu einer langfristigen Beziehung.

»Was für ein Arschloch«, entfuhr es Pippa, obwohl das ein Wort war, das sie normalerweise nicht benutzte. Ihre Mutter hatte dafür gesorgt, dass ihr Vokabular ziemlich sauber war, indem Pippa früher jedes Mal Geld zahlen musste, wenn ihr ein Schimpfwort herausrutschte.

Lauren hörte auf zu schluchzen und hob den Kopf. Einige dunkle Haarsträhnen klebten quer über ihrem Gesicht. »Was hast du gerade gesagt?«

»David ist ein Arschloch«, wiederholte Pippa und nickte nachdrücklich.

Lauren richtete sich auf und tippte sich mit dem Zeigefinger gegen die Stirn. »Was ist denn mit dir los?«, fragte sie. Ihre Haltung hatte sich völlig gewandelt. Der hysterische Anfall von gerade hatte sich in Rekordgeschwindigkeit verflüchtigt. Laurens Stimmung konnte doppelt so schnell umschlagen wie bei normalen Menschen.

»Ich dachte, weil du so heulst … Also ich dachte, er hat vielleicht …«

Lauren begann zu lachen. »Pippa!«, kreischte sie. »Du hast gedacht, *David* hätte was gemacht? Du bist ja total verrückt. David und ich *lieben* uns!« Lauren betonte das Wort »lieben« sehr stark. »Wir würden uns niemals trennen!«

Jetzt war Pippa komplett verwirrt. »Was ist denn dann los?«

»Es ist wegen Elle!«

»Elle?« Lauren kannte Elle schon seit dem Kindergarten in

Texas, und sie hatte Pippa ungefähr zweitausend Mal versichert, dass sie Elle nur deswegen zu ihrer Trauzeugin gemacht hatte, weil sie einfach schon seit fünfzehn Jahren ihre Hochzeit planten.

»Aber was ist denn mit Elle?« Durch Pippas Kopf rauschten die unterschiedlichsten Möglichkeiten. Was konnte Elle getan haben?

»Elle hat sich ein Bein und einen Arm gebrochen«, sagte Lauren endlich und unterdrückte ein erneutes Aufschluchzen.

»Sie hat *was?* Beides? Das ist ja schrecklich! Wie ist das denn passiert?«

Lauren nickte. »Ein Skiunfall. Sie kann genau gar nichts machen. Am allerwenigsten die Hochzeit vorbereiten. Sie kann weder schreiben noch laufen. Sie hat Schmerzen.«

»Ach du meine Güte. Die Arme! Wo ist sie?«

»Sie ist total am Ende«, sagte Lauren. »Sie ist im Krankenhaus in der Nähe ihrer Eltern.« Lauren wickelte sich eine Haarsträhne um ihren Finger. Dann wickelte sie die Strähne wieder aus, bis genug Zeit vergangen war, um Elle zu bemitleiden, damit sie wieder von der Hochzeit reden konnte, ohne dass es egoistisch wirkte.

»Schieß los!«, sagte Pippa, die Lauren einfach zu gut kannte. »Und jetzt?«

»Ich weiß ja, dass du superviel zu tun hast. Vor allem jetzt so kurz vor Weihnachten. Aber ich weiß nicht, wer es sonst machen könnte …«

In Pippas Magen begann es zu kribbeln. Sie ahnte, was kommen würde.

»Ich wollte dich fragen, ob du für sie einspringen und die Aufgaben der Trauzeugin übernehmen kannst. Das meiste hatte sie sowieso schon geplant, aber der Junggesellinnenabschied steht zum Beispiel noch an. Sie würde dir alles übergeben und …«

Sie hielt inne und blickte Pippa erwartungsvoll an, ihre braunen Augen vor Anspannung weit aufgerissen.

»Oh, ich glaube nicht, dass ich die Richtige dafür bin«, erwiderte Pippa langsam, ihr ungutes Gefühl hatte sie nicht getäuscht. »Elle hatte sich doch so darauf gefreut. Sie wird sich bestimmt bald erholen und …«

»Keine Chance. Knochenbrüche heilen nicht so schnell. Es gibt hier leider keine Madam Pomfrey.«

»Ich will mich da nicht reindrängen. Bestimmt möchte eine deiner älteren Freundinnen …«

»Pippa. Du bist meine *beste* Freundin.« Sie drückte sie noch mal fest. Dann richtete sie sich wieder auf und fixierte sie genau. Mit ihrem verschmierten Lidstrich und der verlaufenen Mascara sah Lauren ziemlich elendig und ein bisschen verrückt aus. »Ich will sowieso am liebsten, dass du es machst. Außer … dir ist es zu viel?« Ihre Augen nahmen einen flehenden Ausdruck an und ihre Finger krallten sich so fest in Pippas nackte Schultern, dass es wehtat. »Oder willst du gar nicht?«, schob sie atemlos hinterher, und dabei erschien eine steile Falte auf ihrer Stirn. Enttäuschung spiegelte sich in ihrer Miene. »Ich dachte immer, du und ich, wir wären …«

Pippa drückte sie schnell an sich und ignorierte das Gefühl in ihrem Magen. Sie und Lauren waren schließlich seit der

Orientierungswoche an der Uni unzertrennlich. »Natürlich will ich. Ich helfe dir auf jeden Fall«, sagte Pippa. »Das ist doch selbstverständlich«, fügte sie hinzu. Sie spürte, wie Lauren erleichtert ausatmete und sich wieder aufrichtete.

»Es ist wirklich nicht mehr so viel zu tun. Elle hat für die Zeremonie alles organisiert. Sie will auch kommen, wenn es irgendwie geht. Wobei ich nicht weiß, wie wir sie mit eingegipstem Arm und Bein in die Kirche reinbekommen sollen, vielleicht tragen oder so. Oder wir mieten einen Elektrorollstuhl. Aber ich wollte doch immer so einen richtig schönen Junggesellinnenabschied haben. Elle wollte eine Überraschung vorbereiten. Ich träume schon ewig davon. Und das geht jetzt alles nicht. Und …« Das alles war in atemberaubendem Tempo aus Laurens Mund gekommen. Jetzt verzog sie das Gesicht und erneut glitzerten Tränen in ihren Augen.

»Ich schaffe das schon, mach dir gar keine Sorgen.« Pippa strich ihr beruhigend über die Arme.

Lauren holte einmal tief Luft und nickte. Dann presste sie ihre Lippen zusammen und begann nervös auf der Unterlippe zu kauen. Lauren wirkte beinahe so, als hätte sie ein schlechtes Gewissen.

»Es gibt etwas, was du vorher wissen musst«, platzte Lauren heraus. »Ich sag es dir lieber gleich, bevor du ganz zusagst.« Wie gut Pippa Lauren kannte.

»Na, dann schieß mal los.«

»Davids Trauzeuge ist Hunter Montgomery.«

»Oh.« Pippa blieb für einen Moment die Luft weg. Natürlich. Hunter. Irgendwie hatte sie das längst geahnt. Nur hatte sie es für einen Moment verdrängt. Wie sie eigentlich jeden Gedanken an Hunter Montgomery aus reiner Gewohnheit verdrängte.

»Ich weiß, dass du Hunter nicht magst, aber …« Lauren blickte sie bettelnd an.

Pippa fehlten die Worte. Und dann brach es aus ihr heraus. »Hunter Montgomery ist der allerletzte Macho. Diese Selbstdarstellung in der Presse, wie er sich von allen feiern lässt – und dann diese gnadenlose Arroganz.«

»Er ist aber auch ein megaattraktiver Macho«, gab Laren zu bedenken.

»Wie bitte?«

»Klar benimmt er sich ein bisschen großkotzig, und seit er so lange mit seinem Dad auf Tour war, denkt er, dass er extracool ist. Aber ich persönlich kann nichts Schlechtes über ihn sagen. Ich habe ihn damals in der ersten Semesterwoche getroffen als Freshman, bevor er auf Tour gegangen ist.« Sie kicherte. »David und er kennen sich einfach ewig und …«

»Die Freundschaft kann man echt nur damit erklären, dass er anders war, als David ihn kennengelernt hat.« Oder eben damit, dass David im Herzen auch nicht viel anders war. Aber den Gedanken sprach Pippa lieber nicht aus.

»Du wirst nicht viel mit Hunter zu tun haben«, erklärte Lauren schnell. »Er ist wirklich nicht so unerträglich.« Sie klang ein bisschen winselig. »Es ist nur ein bisschen Orga.«

»Nur ein bisschen Orga«, wiederholte Pippa und nickte. Ihre Stimme klang allerdings merkwürdig verrutscht und sie musste sich einmal räuspern.

»Also, du kannst es bestimmt auf ein Minimum reduzieren. Am besten sprichst du mal mit Elle«, sagte Lauren dann entschlossener. »Du machst es also?« Lauren sah so angespannt aus, als hätte sie Pippa gerade gefragt, ob sie sie heiraten wolle, statt einfach nur als Ersatztrauzeugin für die Organisation einzuspringen.

Pippa gab sich einen Ruck. »Ich rede mal mit Hunter, okay? Ich helfe auf jeden Fall bei der Organisation. Aber … willst du nicht vielleicht noch Jenny fragen, ob sie deine Trauzeugin sein will? Also nur, dass sie dann nicht eingeschnappt ist? Das ist wirklich völlig in Ordnung für mich.« Pippa bemühte sich um ein Lächeln. Schließlich wollte sie Lauren auf keinen Fall beleidigen. Es war ja eine Ehre, dass sie sie fragte.

»Ich würde mich so freuen, wenn du es machst«, erwiderte Lauren. Lauren war stur und keineswegs naiv. Das unterschätzte man leicht, wenn man sie nach ihren pinken Outfits beurteilte. »Du redest mit Hunter und dann sagst du mir Bescheid?« Sie fixierte sie eindringlich. »Ihr werdet bestimmt klarkommen«, fügte Lauren mit Nachdruck hinzu, als könnte sie so ihren Wunsch Wirklichkeit werden lassen. Dann umarmte sie Pippa erneut sehr fest.

»Hey, ich bin deine Freundin, nicht dein Wrestlinggegner. Ich habe doch gesagt, dass ich mit ihm spreche.«

Aber Lauren hielt sie fest. Pippa schloss die Augen. Lauren roch so intensiv nach ihrem Rosenparfüm, dass Pippa das Gefühl hatte, sie hätte ihren Kopf in ein Blumenbouquet gesteckt. Vielleicht würde der Geruch sie ja für einen Moment betäuben. Außerdem konnte Lauren so nicht sehen, wie der

Gedanke, überhaupt mit Hunter Montgomery sprechen zu müssen, sie aus dem Konzept brachte. Und das bestimmt nicht, weil er ein »megaattraktiver Macho« war.

»Ich werde mit ihm reden«, sagte sie noch einmal.

»Danke«, sagte Lauren leise. »Du bist eine wunderbare Freundin.«

»Na, wenn du das sagst ...«, nuschelte Pippa zurück und vertrieb den unangenehmen Gedanken, dass Lauren das bestimmt nicht sagen würde, wen sie wüsste, was Pippa wirklich über David dachte. Und jetzt auch noch Hunter Montgomery.

Langsam lösten sich ihre Hände voneinander. Um sie herum war die Party inzwischen in vollem Gange. Die Tanzfläche war ein wogendes Meer aus glitzernden Kleidern.

»Und jetzt trinken wir was«, sagte Lauren gut gelaunt. Sie öffnete ihre rosafarbene Handtasche und zog den silbernen Flachmann heraus, den Pippa schon bei der einen oder anderen Party gesehen hatte. »Wobei ich ja den Eindruck habe, dass irgendjemand schon was Hochprozentiges in die Weihnachtsbowle gekippt hat«, fügte Lauren hinzu und schaute sich um, bevor sie einen Schluck direkt aus dem Flachmann nahm und ihn im Anschluss Pippa hinhielt.

Pippa lächelte. »Danke auf jeden Fall, dass du mich gefragt hast.« Dann griff sie nach der silbernen Flasche. Vielleicht half das ja. Aber nach zwei Schlucken begann sie zu röcheln und presste sich die Hand vor den Mund.

»Oh Gott, hast du Brennspiritus mit Chili gemischt? Das könnte auch ein Giftanschlag sein!« Sie atmete japsend ein. »Wie bekommst du das runter?« Trotzdem hinterließ der Alkohol ein warmes Gefühl in ihrem Magen, das jetzt, wo das ätzende Zeug ihre Speiseröhre verlassen hatte, sogar ganz angenehm war.

Lauren kicherte und schraubte den Flachmann wieder zu. Sie sah zufrieden aus. »Ich kann mich darauf verlassen, dass du dem Ganzen zumindest eine Chance gibst, ja?«

»Wie gesagt, ich rede mit Hunter«, sagte Pippa. Dann nickte sie und lächelte so überzeugt wie möglich. »Da hinten steht übrigens dein Verlobter. Ich bin aber nicht sicher, ob er einfach nur sehr sehnsüchtig zu dir rüberschaut oder ob er der Meinung ist, ich würde dich ihm ausspannen wollen nach unseren vielen Umarmungen.« Lauren blickte über ihre Schulter zu David und ihr Gesicht fing an zu strahlen, wie immer wenn sie von David redete, wenn sie ihn ansah oder mit ihm zusammen war. Sie war wirklich wahnsinnig verliebt. Pippa hoffte inständig, dass ihr schlechtes Gefühl, was David anging, falsch war. Dass er sich wirklich als der wundervolle Ehemann entpuppen würde, für den Lauren ihn hielt. Doch sie hatte ihre Zweifel.

Lauren drehte sich noch mal zu Pippa. »Allein dafür hat sich das College gelohnt. Ich habe hier die besten Freunde meines Lebens getroffen. Und eine davon bist du.« Sie küsste Pippa auf die Wange. Pippa glaubte, schon wieder ein verdächtiges Schimmern in ihren Augen zu sehen. Pippa spürte jedenfalls, wie ihr selbst die Tränen kamen. Müsste sie Lauren nicht als gute Freundin noch vor der Hochzeit ihre Zweifel mitteilen? War das nicht ihre Pflicht?

Plötzlich stand David neben ihnen. Eine blonde Locke fiel

in sein Gesicht und Lauren strich sie liebevoll zur Seite. Wahrscheinlich war David wirklich eifersüchtig. Auf andere Männer reagierte er auf jeden Fall fast schon allergisch, wozu er wirklich gar keine Berechtigung hatte. Er zwinkerte Pippa zu und zog Lauren mit sich.

Pippa bahnte sich einen Weg zum Büfett mit dem saftigen Karottenkuchen und den Cupcakes mit extradickem Frosting, das von den Eltern der anderen Studenten gesponsert worden war. Das Gebäck kam von der *Magnolia*-Bäckerei, Pippas liebstes Ausflugsziel am Samstagmorgen. Aber sie konnte jetzt nichts essen. Das Gespräch mit Lauren war ihr auf den Magen geschlagen. Und dann noch Hunter. Warum hatte sie sich nur überreden lassen? Jetzt musste sie sich etwas ausdenken, wie sie verhindern konnte, mit ihm zusammenzuarbeiten, ohne dass Lauren traurig darüber war. Pippa griff sich einen Drink vom Tisch, der mit Schneemannstrohhalmen dekoriert war. Es mochte kitschig sein, aber an Weihnachten war das ja wohl erlaubt. Vielleicht hatte sie Glück und der Drink war schon gestreckt. Sie probierte die weihnachtlich grün gefärbte Flüssigkeit, die zugegebenermaßen etwas giftig aussah. Der Drink schmeckte nach Zimt, Cranberryjuice und … Dr. Pepper? Sie verzog das Gesicht. Die Kombination war nur mittelmäßig gelungen. Die Lebensmittelfarbe hinterließ außerdem einen bitteren Nachgeschmack. Sie zog ihr Handy aus der Handtasche, damit niemand auf die Idee kam, sie anzusprechen. Sie musste erst mal verdauen, was sie gerade erfahren hatte. Dabei schaute sie sich unauffällig um, ob sie irgendwo Hunter Montgomery erspähen konnte. Wusste er schon von Elle?

Oder war er gar nicht hier? Vielleicht war er zu cool für so ein Event, bei dem alle am College einfach Spaß hatten. Sie belegte einen Kurs mit ihm gemeinsam, ein Seminar über Psychologie von Persönlichkeiten, und wenn jemand eine zynische Bemerkung fallen ließ, die alles infrage stellte und den Professor in Verlegenheit brachte, dann war es mit Sicherheit Hunter, der den Arm gehoben hatte.

Gerade als Pippa sich auf die Suche nach Chip machen wollte, um einen Moment alle unangenehmen Gedanken zur Seite zu schieben und ein bisschen zu tanzen, sah sie ihn. Hunter Montgomery lehnte nur ein paar Meter neben ihr an der Wand und hatte beide Hände in die Taschen geschoben. Er sah aus, als wäre er gelangweilt und genervt, als wäre er Besseres gewohnt. Neben ihm standen ein paar andere Studenten, auch Evalina Sheridan war darunter. Hunter war erst im zweiten Jahr nach Stonehill gekommen, aber weil Travis Montgomery, Hunters Vater, diesen Rockstarbonus hatte, hatte er ziemlich schnell Freunde gefunden. Evalina klebte zum Beispiel ständig an Hunter. Typisch. Immerhin machte es das einfacher, zwei Personen, die Pippa nicht sehen wollte, auf einmal aus dem Weg zu gehen. Hunter trug einen tintenblauen Anzug, der seine Augen noch blauer erscheinen ließ. Ob die Farbe Zufall oder Eitelkeit war – bei Hunter schwer zu sagen. Aber vor allem schaute er direkt in ihre Richtung. Sie zuckte zusammen, als sie seinen Blick bemerkte, und ihre Wangen begannen zu prickeln. Schnell schaute sie wieder auf ihr Handy und begann, hektisch etwas zu tippen. Eine Nachricht an ihre Mutter, die überhaupt keinen Sinn machte, wie sie sich selbst eingestehen musste. Wie bescheuert, jetzt ließ sie sich direkt von Hunter verunsichern.

Sie ging ein paar Meter in die andere Richtung, und erleichtert erkannte sie einen Typ in einem dunkelgrauen Nadelstreifenanzug, der sich einen Weg durch die pastellfarbenen Abendkleider bahnte. Er strahlte ihr schon aus der Ferne zu. Chip. Aus seiner Jacketttasche ragte die Kante eines roten Seidentuchs, das er akkurat gefaltet hatte. Wahrscheinlich hatte er sich YouTube-Videos über Falttechniken angeschaut. Seine mittelblonden Haare waren zurückgegelt und wirkten deshalb dunkler als sonst. Er sah aus wie ein Mafiaboss in den Fünfzigern, was wahrscheinlich kein Zufall war. Nur sein etwas zu rundes und etwas zu harmloses Gesicht verriet schnell, dass er weniger Mafiaboss, dafür mehr Upper East Side war.

»Hey, Prinzessin. Du warst wie immer unglaublich. Tolles Kleid«, sagte Chip, als er sie erreichte. Seine Augen wanderten einmal über ihren Körper bis zu ihren Füßen und wieder zurück. Er machte das betont langsam, als glaubte er, ihr damit ein Kompliment zu machen. Dabei wäre es grenzwertig schmierig gewesen, würde sie ihn nicht so gut kennen.

»Ich habe aber das Gefühl, du schaust mehr auf die Stellen, wo kein Kleid ist«, sagte Pippa.

»Davon gibt es glücklicherweise viele Stellen«, erwiderte Chip grinsend. »Du warst in deiner Rede so professionell wie ein Hollywoodstar bei der Oscarverleihung«, ergänzte Chip, bevor Pippa sagen konnte, dass das Kleid Lauren gehörte.

»Du meinst, ich habe hölzerne, vorher aufgeschriebene

Witze gemacht und dabei so getan, als wäre mir alles spontan eingefallen?«

Chip winkte ab. »Du hast es geschafft, alle sprachlos zu machen, als sie den Saal betreten haben. Dabei waren die Erwartungen nach der Party im letzten Jahr verdammt hoch.« Er nickte nachdrücklich.

»Du übertreibst.« Doch Pippa freute sich natürlich, denn sie wusste, wie verwöhnt alle Studenten hier waren. Viele waren schon an der Upper East Side groß geworden und würden bald das Unternehmen der Eltern übernehmen. Studieren war eher Zeitvertreib.

»Ich übertreibe nicht. Kommen die Luftballons, die da im Netz an der Decke hängen, später noch alle runter? Und wo hast du bitte schön diese Bäume her? Du bist ein Genie.« Er deutete auf die riesigen, baumartigen Gestecke, die winterlich glitzerten und zusätzlich mit weißen Rosen dekoriert waren.

»Ein Geschenk der Verhoovens. Ich habe allen Eltern eine Erwähnung auf der Gib-Scrooge-keine-Chance-Wand und ein Dinner versprochen, wenn sie den Ball sponsern. Da wollten plötzlich alle etwas spenden. Wir haben sogar eine Schneemaschine, die später silbernen Konfettischnee verfeuern wird«, sagte Pippa.

»Das klingt alles zu perfekt. Da muss es doch ein dunkles Geheimnis geben. Ich hoffe, du reservierst mir später einen Tanz, damit ich es herausfinden kann.« Chip lächelte und zwinkerte ihr dabei zu.

»Natürlich«, erwiderte sie und lächelte Chip dankbar an. Einen Tanz reservieren – so altmodische Dinge konnte auch nur Chip sagen. »Aber momentan haben vor allem meine Füße ein dunkles Geheimnis. Ich muss mir andere Schuhe holen«, fügte Pippa hinzu.

»Dafür sehen deine Füße darin sehr sexy aus«, sagte Chip und betrachtete die elf Zentimeter hohen goldenen Absätze.

»Nicht so sexy wie dein Anzug«, entgegnete Pippa, weil Chip irgendwie darauf zu warten schien, so wie er an seinem Einstecktuch herumzupfte. Er war nicht schwer zu durchschauen.

»Findest du?«, fragte er betont überrascht. Aber Pippa merkte, dass ihn das Kompliment freute. Chip und sie waren zu Beginn des Semesters ein paarmal ausgegangen. Er war nett und verlässlich. Vielleicht erinnerte er sie auch ein wenig an ihr altes Leben.

»Aber so was von!«, bestätigte sie.

»Und das Beste ist, dass du jetzt wieder mehr Zeit hast.« Chip zwinkerte noch mal. »Es gibt keine Ausrede mehr«, sagte er. »Nächste Woche?«

»Ja, sicher«, sagte Pippa, obwohl ihr Kopf zu surren begann, als sie daran dachte, wie viel sie vor den nächsten Prüfungen noch aufzuholen hatte. Manchmal dachte sie, dass sie einfach nur schlafen wollte. Nicht für die Uni lernen, nichts vorbereiten, nicht auf ihre Mutter aufpassen, nicht stark sein. Und für Weihnachten hatte sie auch noch nichts vorbereitet.

»Nur hat mich Lauren gerade gefragt, ob ich als Trauzeugin einspringe.« Für einen Moment überlegte sie, gar nicht zu erwähnen, was sie wirklich belastete. »Hunter Montgomery ist Davids Trauzeuge.«

Ein Schatten huschte über Chips Gesicht. »Montgomery? Erstaunlich, dass er nicht zu cool dafür ist, wo er doch so wahnsinnig wichtig ist.« Er krauste angewidert die Nase, betrachtete sie dabei aber genau. »Aber mit dem hast du ja nicht so viel zu tun, wenn du für die Mädchen zuständig bist.«

»Ja, das hoffe ich.«

Chip schien zufrieden mit ihrer Antwort. »Du kriegst das schon hin mit der Orga. Du kriegst doch immer alles hin.« Chip hob den Arm und winkte Ken und Maya zu, die aufgetaucht waren. »Hey!« Er blickte zurück zu Pippa. »Ich muss da mal kurz rüber«, sagte er. Dann zeigte er mit zwei Fingern auf seine Augen, dann auf sie und verschwand, um die beiden zu begrüßen. Sie war ganz froh, einen kurzen Moment durchzuatmen.

Sie riskierte einen Seitenblick zu der Stelle, wo Hunter gerade noch gestanden hatte. Dass er verschwunden war, beruhigte sie einerseits, und gleichzeitig beunruhigte es sie, nicht zu wissen, wo er war.

Sie schaute sich zum ersten Mal im Saal um, ohne nur nach Fehlern und Verbesserungen zu suchen. Weiße Lampions hingen von der Decke, eine Kutsche mit Rentieren aus Lichtern stand an einer Wand. Daneben alberte eine Gruppe Studenten rum und machte so viele Fotos mit der Kutsche, dass die Kamerablitze fast schon als Lichtorgel durchgingen. Ein Winterwonderland, genau wie sie es sich erhofft hatte. Die Temperatur im Saal war in der letzten halben Stunde um weitere fünf Grad gestiegen. Die Stimmen waren lauter und aufgeregter geworden. Offiziell durfte heute Abend kein Alkohol ausgeschenkt werden, aber niemand überprüfte, was in den mitgebrachten Flaschen war.

Sie schlenderte Richtung Ausgang, um Elle anzurufen. Sie musste rausfinden, wie viel Arbeit da wirklich auf sie zukam. Ihre To-do-Liste vor Weihnachten war ein zehnarmiges Ungeheuer. Vielleicht konnte sie sich Hunter doch komplett vom Hals halten? Das musste doch möglich sein. Sie trat durch die großen, mit Bronze verzierten Glastüren am Eingang des Hotels nach draußen. Sie wollte keine Zuhörer.

Die Kälte, die ihr entgegenschlug, war beißend, aber sie hatte sich nicht die Zeit genommen, um eine Jacke zu holen. Die geparkten Autos waren mit Schnee bestäubt. Rechts und links neben dem Eingang des Hotels bliesen Engel aus Glas in überdimensionierte Trompeten. Hübsch, auch wenn Pippa ein Heizstrahler gerade lieber gewesen wäre. Für ein paar Minuten würde es gehen. Doch ihr Anruf lief ins Leere. Elles Telefon war ausgeschaltet.

Plötzlich hatte Pippa keine Lust mehr auf die Party. Vielleicht sollte sie einfach ihre Sachen holen und nach Hause gehen. Hier war es jedenfalls saukalt. Sie hielt sich eine Hand vor den Hals im jämmerlichen Versuch, sich vor der Kälte zu schützen. Eine Lungenentzündung konnte sie jetzt nicht gebrauchen und ihr Hals lag in dem tief ausgeschnittenen Kleid total frei, nachdem sie die letzten Wochen mit dicken Schals sehr darauf geachtet hatte, bloß nicht heiser zu werden und stimmlos zum Weihnachtsball zu erscheinen.

»Hey, Partner«, erklang plötzlich eine bekannte Stimme hinter ihr und Pippa zuckte zusammen.

»Sorry«, sagte Hunter samtweich und keineswegs so, als täte ihm irgendetwas leid.

Pippa lief ein Schauer über den Rücken. Wie konnte in einer Stimme nur so viel Arroganz mitschwingen? Und irgendwie ging ihr diese Stimme direkt unter die Haut, wo sie sie am wenigsten spüren wollte. Sie holte tief Luft und drehte sich um.

Hunter zog sich sein Jackett aus und hielt es ihr hin. »Ich glaube, du brauchst das mehr als ich. Das Kleid sieht nicht so aus, als ob es für solche Temperaturen gemacht wäre. Und ein Faible für hochgeschlossene Klamotten scheinst du ja auch nicht gerade zu haben.« Er grinste und ließ seinen Blick kurz über ihr enges, kurzes Paillettenkleid gleiten. Bei ihm wirkte es allerdings verdammt herablassend.

»Man hat bei solchen Veranstaltungen nur zwei Möglichkeiten: besonders viel Stoff und dafür beim Laufen über den Saum stolpern – oder besonders wenig«, erwiderte Pippa trocken. »Das Problem haben Männer natürlich nicht.«

Hunter zog eine Augenbraue nach oben. »Hast du schon mit Lauren gesprochen?«

»Arme Elle.« Pippa nickte. Dann schüttelte sie den Kopf und schob die Jacke zurück, die Hunter ihr noch immer hinhielt. »Danke, ich komme schon klar, *Partner*«, sagte sie und versuchte, ihrer Stimme beim Wort »Partner« einen ironischen Tonfall zu geben, der mit seinem mithalten konnte. Leider klang sie dabei eher so, als würde sie mit den Zähnen klappern. Ihre Füße und Hände waren kurz vorm Einfrieren. Seidenstrümpfe waren nicht gemacht, um null Grad Kälte in

New York auszuhalten. Sie hätte ein paar Fellstiefel gebrauchen können. Sie lächelte Hunter trotzdem so entspannt wie möglich an. Oder versuchte es jedenfalls.

Hunter zuckte mit den Schultern und zog sich sein Jackett wieder an. »Wenn du es nötig hast, aus Eitelkeit an einer Bronchitis mit Todesfolge zu sterben …«, sagte er und zuckte mit den Schultern. »Wenn ich jetzt sagen würde, dass du auch mit Jackett noch gut aussiehst, ziehst du es dann an?«, fragte er. Auf seinem Gesicht war keinerlei Gefühlsregung erkennbar. Nie konnte man sagen, ob er etwas ernst meinte oder sich nur lustig machte.

»Mir ist nicht kalt«, log sie. Die Genugtuung würde sie ihm jetzt nicht geben. Na wunderbar, das fing ja schlimmer an als befürchtet. Sie musste sich zusammenreißen. Immerhin hatte die Kälte die Benommenheit vertrieben, die Laurens Wodka hinterlassen hatte.

»Ich weiß gar nicht, was du hast. Ist feinster italienischer Stoff. Hat bestimmt ein kleines Vermögen gekostet. Ziehst du es jetzt an?«

Hatte er das gerade ernsthaft gesagt? Wollte er sie damit etwa beeindrucken?

»Chips frisch gestärkte Jacke würdest du wahrscheinlich nehmen«, fügte er spöttisch hinzu, als sie nicht reagierte.

Pippa verschlug es für einen Moment die Sprache. Wieso kam Hunter ausgerechnet auf Chip? Sie waren am College nur selten gemeinsam unterwegs gewesen, er konnte sie sicher nicht zusammen gesehen haben.

Hunter wartete auf eine Reaktion und reckte den Nacken

zur Seite, als hätte er ihn sich verrenkt. Pippa versuchte zu übersehen, wie gut er in dem Jackett aussah und wie sein Strecken sie an einen Tiger erinnerte, der sich für einen Kampf bereit machte. Das tiefe Blau seines Anzugs war wirklich schön. Der Stoff fiel weich um seinen Körper. Die Italiener wussten, was sie taten. Aber das war eigentlich nicht das Entscheidende, was ihr auffiel. Der Anzug konnte nicht verstecken, dass darunter ein Körper steckte, der fit bis zum Anschlag war. Hunter spielte Squash, und zwar so gut, dass er zu Turnieren geschickt wurde, seit er klein war. Daher kannte er auch David. Im Schein der Straßenlaternen erkannte Pippa allerdings, dass er nicht rasiert war und tiefe Schatten unter den Augen hatte.

»Ich bekomme nicht aus Eitelkeit eine Bronchitis. Mir ist eben nicht kalt«, wiederholte Pippa, obwohl sie wusste, dass sie keine überzeugende Erscheinung abgab. Sie konnte sich nicht erklären, wieso sie eigentlich behauptete, dass ihr bei zwei Grad mit nackten Schultern nicht kalt war. Sie war schließlich kein Yeti.

»Du hast dich ja richtig chic gemacht für heute Abend«, sagte Pippa, um von sich abzulenken. »Ich dachte, Rockstars und ihre Kinder tragen nur zerrissene Jeans.«

»Hat mein Vater geschenkt bekommen«, sagte er, ohne auf ihre spitze Bemerkung einzugehen. »Er kriegt ständig Klamotten geschenkt.«

»Wieso?«, fragte Pippa.

»Die Firmen schicken ihm Klamotten, damit die Paparazzi ihn darin fotografieren.« Hunter zuckte mit den Schultern.

Natürlich. Er klang zwar nicht besonders angeberisch, aber trotzdem.

Hunter musterte sie einen Moment. »Okay. Lass uns trotzdem reingehen, auch wenn du eine Eisprinzessin mit fünf Grad Körpertemperatur bist«, sagte er. Wahrscheinlich hatte er keine Lust mehr, weiter zu argumentieren. »Jetzt, wo wir Partner sind, bin ich auch für dich verantwortlich.« Schon wieder sprach er das Wort »Partner« irgendwie abfällig aus. Er wirkte genervt.

»Ich habe mir nicht ausgesucht, eine Last für dich zu sein. Ich mache das nur für Lauren«, sagte Pippa durch zusammengepresste Zähne. Der Typ war wirklich das Allerletzte. Vielleicht hatte sie bis gestern tatsächlich nur Vorurteile gegen ihn gehabt, wegen der Zeitungsberichte und der Fotos. Jetzt allerdings hatte sie eine Meinung.

»Tja, das Schicksal nimmt unergründliche Wege«, gab Hunter zurück. »Und du bist dir sicher, dass du Elle nicht die Treppe heruntergestoßen hast, um in der Junggesellinnenhierarchie aufzusteigen und die Krone zu übernehmen?«

Pippa blieb die Luft weg. »Hast du sie noch alle?«

»Du bist gern ganz oben, stimmt doch, oder?« Hunter lächelte, aber sein Blick war nicht freundlich dabei.

»Wenn du wirklich glaubst, dass ich …« Nein, solche Sprüche würde sie nicht aushalten auf Dauer. Das konnte jetzt kein Zufall sein. Hunter wusste genau, was er andeutete. Er war nicht dumm.

»Schon gut.« Hunter legte seine Hand auf ihre Schulter und drehte sie Richtung Tür. »Ich sehe dich meistens auf der

Bühne hier an der Uni. Scheint dir wichtig zu sein. Oder habe ich das falsch gesehen, dass du gerade den Ball eröffnet hast? Und stellvertretende Studentensprecherin bist du auch. Dafür hat es ja noch gereicht. Keine Veranstaltung, bei der du keine Rede hältst. Dürfte für eine Hochzeit wahrscheinlich absolut vorteilhaft sein, wenn man eine Rampensau mit einem Strahlelächeln ist.«

»Komisch, dass gerade *du* was von Rampensau erzählst.«

Hunters Hand glühte auf ihrer eiskalten Schulter, seine Finger lagen direkt auf ihrer Haut. Sie wischte seine Hand weg und ging vor ihm ins Hotel zurück. Es war einfach eine Katastrophe. Worauf hatte sie sich nur eingelassen? Vielleicht gab es doch noch einen Weg, wie sie aus der Nummer rauskam, ohne ihre Freundin absolut zu enttäuschen.

»Vielleicht können wir ja ein Planungstreffen machen und die Aufgaben verteilen. Den Rest organisieren wir per Mail. Und du brauchst keine Angst zu haben, dass ich dir den Platz auf der Bühne streitig mache, falls es das ist, wovor du Panik hast. Sonst macht dein Vater bestimmt Platz für dich auf seiner Bühne. Er reicht doch auch die Models an dich weiter, die er abgelegt hat«, sagte Pippa. Kaum hatte sie das ausgesprochen, schlug sie sich die Hand vor den Mund, erschrocken von der Gehässigkeit ihrer Worte und dem Blitzen in Hunters Augen. Hatte sie ihn tatsächlich getroffen? Wieso wurde sie so gemein in seiner Nähe? Hunters Vater war in den letzten Jahren als Sänger superbekannt geworden. Und Hunter hatte einmal eine Freundin von ihm übernommen. Schlimm genug, dass sie das gelesen hatte.

Hunter hatte sich schnell wieder gefasst und seine Augen verrieten keine Gefühlsregung. »Mein Vater hat letzte Woche geheiratet. Wir machen dieses Ding und das war's. David ist mein bester Freund. Ich werde natürlich dafür sorgen, dass er einen coolen Junggesellenabschied hat. Und nur, damit du es weißt: Ich bin niemand, der Klatsch weitererzählt und alles überall postet. Falls dich das beunruhigt.«

Er fixierte sie mit seinem Blick, dass Pippa es bis in die Zehenspitzen spürte. Sie wusste natürlich, was er meinte. Aber andererseits: Meinte er das wirklich? Wollte er wirklich darauf anspielen? Hatte er damals überhaupt genau verstanden, was passiert war? Er hätte sogar die Macht, sie von der Schule zu werfen. Pippas Hals wurde ganz trocken, als sie daran dachte. Wenn er es darauf anlegte, könnte er das tun. Er könnte sie dem Studentenkomitee melden. Und dann würde sie alles verlieren. Wenn sie erst einmal vor dem Studentenkomitee stand, war das geradezu unausweichlich. Denn dort sprach man unter dem Ehrenkodex die Wahrheit. Und Pippa wusste, dass sie dann nie würde lügen können.

Und wieder stieg dieses Gefühl in ihr hoch, das sie seit dem letzten Jahr begleitete. Vielleicht gehörte sie einfach nicht mehr an diese elitäre Universität, die sie nicht mehr bezahlen konnte. Egal wie viele Weihnachtsbälle und sonstige Veranstaltungen sie noch organisierte.

Hunter fuhr sich durch die Haare und Pippa spürte, wie sein Blick noch mal über ihren ganzen Körper glitt, obwohl er es diesmal nicht ganz so demonstrativ machte. Er sah sie einfach so an, wie andere Jungs andere Mädchen abscannten.

Aber so war Hunter eben. Das war das Blöde an schönen, sexy Klamotten. Wenn man sie anzog, dachten alle Kerle, dass sie einen so anschauen durften. Auch die, auf die man gar keine Lust hatte. Sie wollte sich etwas überziehen.

»Ruf mich an«, sagte Hunter und wandte sich abrupt ab. Er verschwand, und sie stand plötzlich allein vor dem Eingang zum Festsaal. Ihr Herz pochte so doll in ihrer Brust, dass es wehtat. Und sie wusste eigentlich noch nicht mal so ganz genau, warum.

Sie ging zurück Richtung Garderobe, um ihre flachen Schuhe zu holen. Dann schaute sie, ob sie Lauren irgendwo entdecken konnte. Aber der Festsaal war inzwischen sehr voll und völlig unübersichtlich. Sie tippte eine Nachricht an Lauren, dass sie nicht auf sie warten solle.

»Diese Veranstaltung ist wirklich ganz fantastisch organisiert. Sie sind Pippa Schwab, nicht wahr?« Pippa schreckte von ihrem Handy hoch. Neben ihr stand ein Mann und lächelte sie mit seinen perfekten Zähnen an. Es war auch nicht irgendein Mann, es war der Vater einer Kommilitonin. Er sah elegant aus, konservativ, aber mit einer Lässigkeit, die man nur entwickeln konnte, wenn man schon sein ganzes Leben lang in teuren Anzügen herumlief. In New York gab es unzählige Familien von dieser Sorte. Pippa stellte ihr Strahlen an.

»Vielen herzlichen Dank, Mr Sheridan. Es wäre ja ohne die großzügige Unterstützung von Ihnen und einigen anderen Eltern überhaupt nicht möglich gewesen.«

»Das machen wir natürlich alle gern«, erwiderte Raymond Sheridan. »Ich war schließlich selbst Student in Stonehill. Du hattest ja viel Kontakt mit meiner Assistentin in letzter Zeit. Ich hätte mich natürlich selbst gekümmert, aber ich hoffe, es hat alles gut funktioniert?«

Sheridan war nur höflich. Er wusste natürlich genau, dass seine Assistentin sagenhaft gut war. Er gab einer vorbeieilenden Servicekraft ein kurzes Zeichen, und der Kellner stoppte so abrupt, als hätte man ihn an einer Leine zurückgerissen. Sheridan sagte irgendetwas zu ihm und der Kellner verschwand eilig. Natürlich, schließlich gehörte Mr Sheridan das Hotel.

»Wir haben Ihnen so viel zu verdanken für diese Party«, erwiderte Pippa. »Da wir keine Raummiete zahlen mussten, hatten wir natürlich ein viel besseres Budget für die Ausstattung und das Catering.«

»Es war mir eine Ehre. So festlich habe ich diesen Saal allerdings noch nie gesehen, egal wie hoch das Budget war. Mein Eventteam könnte noch etwas von dir lernen. Mein Kompliment.« Er deutete eine Verbeugung an. Das hätte steif sein können, aber Mr Sheridan tat das mit einer solchen Natürlichkeit, dass die Geste tatsächlich schmeichelnd war. Der Kellner tauchte mit zwei schmalen Champagnergläsern neben ihm auf. Sheridan reichte ihr eins.

Pippa zögerte. »Ich werde erst in zwei Monaten zwanzig.«

»Ich denke, das geht schon in Ordnung«, sagte Sheridan und zwinkerte ihr zu, als würde er hier die Gesetze machen. Das tat er wahrscheinlich auch. Pippa nahm das Glas und sie stießen an. Sogar das Gläserklirren klang besonders elegant. Flirtete Sheridan gerade mit ihr? Er war über vierzig und verheiratet. Allerdings war er, soweit sie wusste, gerade bei Ehefrau Nummer vier angelangt, dem ehemaligen Au-pair aus der Ukraine.

»Pippa-Schatz?«

Pippa drehte sich um und war einen Moment lang erleichtert, in das Gesicht ihrer Mutter zu schauen. Sie hatte ihren Lippenstift frisch nachgezogen und sah strahlend aus. Aus Gewohnheit überprüfte Pippa die Augen ihrer Mutter, aber ihr Blick war klar und nicht verschleiert oder abwesend.

»Schatz, das Fest ist wirklich eine Wucht. Wie du das wieder auf die Beine gestellt hast … Würdest du Partyplanerin werden, würdest du Mindy Weiss den Rang ablaufen«. Sie lächelte und wandte sich zu Raymond Sheridan.

»Hallo, Mr Sheridan. So schnell trifft man sich wieder. Erst im Büro, jetzt als Eltern. Wie großzügig von Ihnen, Ihr Hotel für diese Party zur Verfügung zu stellen.«

Sheridan schüttelte die Hand ihrer Mutter und machte dabei eine angedeutete Verbeugung. »Sie können stolz auf Ihre Tochter sein. Sie ist ein Organisationstalent. Vielleicht können Sie später ein gutes Wort für mich einlegen, wenn ich Pippa für die Firma gewinnen will. Sie könnten gemeinsam arbeiten.« Er lächelte Jocelyn wohlwollend an. »Aber du bist wahrscheinlich genauso stolz auf deine Mutter«, fügte er an Pippa gewandt hinzu. Der Kellner tauchte mit einem weiteren Champagnerglas neben ihnen auf. Sheridan musste ihm unauffällig ein Zeichen gegeben haben. Oder der Kellner versorgte Sheridans Gesprächspartner standardmäßig mit Champagner.

»Darf ich Ihnen etwas anbieten, Mrs Schwab?«

»Sehr gerne, Boss.«

Sheridan winkte ab. »Heute sind wir als Eltern hier und nicht als Boss und Angestellte«, sagte er und hob das Glas. »Nennen Sie mich doch Raymond.«

»Aber nur, wenn Sie Jocelyn zu mir sagen«, erwiderte Pippas Mutter und lächelte.

»Sollen wir gemeinsam zum Dinner nach drüben gehen, Jocelyn? Ich bin zu selten Gast im eigenen Haus. Und dann versprechen Sie, mir alles Negative zu sagen, was Ihnen auffällt. Die Leute sind leider nicht immer ehrlich zu mir …« Er lächelte Jocelyn mindestens genauso charmant an wie sie ihn. Vielleicht hatte er doch nicht mit Pippa geflirtet. Das war einfach seine Art, sich zu unterhalten.

»Ich fürchte, ich kann sehr direkt sein. Nicht wahr, Pippa?«, fragte Jocelyn kokett.

Pippa nickte und machte ein übertrieben resigniertes Gesicht. »Ja, man muss aufpassen, was man sich von ihr wünscht«, sagte sie.

»Das klingt perfekt«, erwiderte Sheridan.

»Evalinas Ansprache war wunderbar«, sagte Jocelyn und hakte sich bei Sheridan ein. »Pippa hat schon so viel von Ihrer Tochter erzählt.« Sie zwinkerte Pippa zu, während sie sich auf den Weg machten. Das stimmte, Pippa hatte sie erwähnt, weil sie eine sauarrogante Zicke war. Aber es war alles wert gewesen, wenn sie sah, wie ihre Mutter wieder alles unter Kontrolle hatte. Wie sie mit ihrem Chef zum Elterndinner ging. Raymond Sheridan war sympathischer als seine Tochter Evalina Sheridan. Da war irgendetwas schiefgegangen in der dritten Generation Sheridan. Raymond verschwand mit Pippas Mutter zwischen zwei glitzernden Bäumen Richtung Nebensaal. Wahrscheinlich war Jocelyn ohnehin nicht gekommen, um Pippa zur Rede zu gratulieren, sondern um Raymond Sheridan zu finden, schoss es Pippa durch den Kopf. Sie zuckte mit den Schultern und seufzte. Hauptsache, ihre Mutter machte nicht denselben Fehler noch mal. Sie ließ sich blenden vom Geld und den Männern, die es verdienten.

Pippa nahm noch einen Schluck Champagner, der sich wesentlich angenehmer trinken ließ als Laurens Höllengebräu. Dann machte sie sich auf den Weg nach Hause.

2. Hunter

Es hatte geschneit, aber der Schnee war so schnell geschmolzen, dass die Straßen jetzt von einer grauen, matschigen Schicht bedeckt waren. Hunter hatte seine Turnschuhe angezogen, was ein Fehler gewesen war. Er schlitterte über den halb gefrorenen Bürgersteig, während die Feuchtigkeit langsam in seine Socken kroch und die Kälte seine Beine hochwanderte. Direkt nach Thanksgiving, als wäre das der Startschuss gewesen, waren die orangenfarbenen Kürbisse, künstlichen Herbstblätter und Plastiktruthähne in den Schaufenstern gegen Weihnachtsdeko in Rot und Gold ausgetauscht worden. Wie immer standen die Läden im Wettbewerb, wer prächtiger dekorieren konnte. Eine untersetzte Frau mit dunklen Haaren drängte sich an ihm vorbei und schleuderte ihm dabei eine überdimensionierte Dior-Tüte gegen die Beine. »Perdona«, sagte sie auf Spanisch und lächelte ihn freundlich, aber gestresst an. Die teure Tüte passte nicht zu ihrer Kleidung. Wahrscheinlich war sie losgeschickt worden, um die Weihnachtsgeschenke für eine verwöhnte Ehefrau zu kaufen, um die sich der Ehemann nicht selbst kümmern wollte. Er dachte an den albernen Verlobungsring, den sein Vater Kimyo gekauft hatte, teuer und mit vielen Diamanten. »Ihr ist das nicht wichtig, Hunter«, hatte sein Vater erklärt. »Aber ich habe das Gefühl, dass sie sich trotzdem freuen würde. Warum sie deswegen verurteilen?«

Wie konnte man so alt und so naiv sein? Kimyo war das natürlich megawichtig. Sie war nur klug genug, seinen Vater glauben zu lassen, dass ihr das viele Geld und die ganzen Auftritte auf dem roten Teppich nichts bedeuteten. Sie war gut darin, bescheiden und unbestechlich rüberzukommen, weil sie wusste, dass Travis darauf abfuhr. Nein, diese Shoppingexzesse bei Barneys bedeuteten ihr *natürlich* rein gar nichts. Der Altersunterschied zwischen Hunter und ihr war geringer als der zwischen ihr und seinem Vater. Als seine Mutter und sein Vater damals geheiratet hatten, hatten sie sich auf Hawaii gegenseitig selbst gebastelte Muschelketten umgehängt, es gab keine Diamanten und mit Sicherheit kein weißes Tigerfell, egal ob künstlich oder echt.

Fast wäre er an dem etwas heruntergekommenen Haus aus roten Backsteinen vorbeigelaufen, ein altmodisches Gebäude mit nostalgischer Weihnachtsbeleuchtung. Kleine, geradezu schüchtern blinkende Lichterketten und rote Weihnachtssterne erhellten die Fenster. Hinter den unterteilten Fenstern blickte man in ein Café, in dem hauptsächlich grauhaarige Besucher saßen. Hunter kontrollierte noch mal sein Handy, aber doch, *Cute Cat Café*, das war die Adresse, die Pippa ihm genannt hatte.

Pippa. Es war doch unglaublich, dass jetzt auch noch Pippa in diese schreckliche Hochzeit verwickelt war. Dieses Mädchen, das den Teil der Upper-East-Side-Welt verkörperte, den er hasste. Wie konnte man es sich nur zum Lebensmittelpunkt machen, Weihnachtsbälle zu organisieren? Und jetzt hatte sie sich, da bestand kein Zweifel, auch noch in eine der großen New Yorker Hochzeiten eingeschmuggelt und die Organisation an sich gerissen. Sie hatte schließlich keine Hemmungen, ihre Ziele zu erreichen. Auch wenn sie ihn seit der Wahl vor drei Monaten ignoriert hatte, als wäre nichts gewesen oder als hätte *er* etwas Unerlaubtes getan. Klar, dass so ein Mädchen die Freundin von Lauren war, deren einziges Ziel es war, einen Typ mit einem Lastwagen voller Cash abzukriegen. Pippa würde dem Spektakel noch die Krone aufsetzen, daran bestand kein Zweifel. Sie würde wie Kimyo enden. Wahrscheinlich konnte er froh sein, dass sie nicht schon seine Stiefmutter war.

Eine altmodische kleine Glocke kündigte seinen Eintritt an, und mit dem ersten Schritt ins Café hatte er das Gefühl, in eine vergangene Epoche einzutreten. Der Flur sah nicht viel anders aus als der Hausflur eines sehr altmodischen Privathauses – eines Hauses, in dem ausschließlich Siebzigjährige wohnten. Er hängte seine Lederjacke an einen der kleinen geschnitzten Katzenköpfe an der Garderobe und unterdrückte den Impuls, seine nassen Turnschuhe auszuziehen. Hier war die Zeit stehen geblieben, und obwohl die gemusterte Tapete an der Wand sicherlich einmal prächtig gewesen war, hatte sie schon bessere Zeiten gesehen. Durch eine Glastür betrat er den Hauptraum. Leichte Klaviermusik tönte ihm aus altmodischen Lautsprechern entgegen. Über den Holztischen mit bestickten Decken hing ein überdimensionaler und prächtiger, aber etwas verstaubter Kronleuchter. In Glasvitrinen wurde bunt zusammengewürfeltes Porzellan mit Katzenmotiven ausgestellt. Natürlich, es hieß nicht umsonst *Cute Cat Café*. An den Tischen saßen nur alte Leute, einige gepflegt und superkonservativ, einige ärmlicher gekleidet, die hier wahrscheinlich schon seit zwanzig Jahren herkamen. Oder auch vierzig. Das *Cute Cat Café* war einer dieser übrig gebliebenen Orte aus einem vergangenen New York.

An einem kleinen Tisch in einem Seitenraum entdeckte er Pippa. Sie saß seitlich zu ihm über den Tisch gebeugt und schrieb konzentriert in ein Notizbuch. Sie war völlig versunken in ihr Schreiben, ihr Mund war leicht geöffnet. Der Anblick dieses Eifers war irgendwie rührend. Sie trug ein graues, enges Shirt mit einem tiefen Rückenausschnitt, das aussah wie ein Ballettoberteil und die Formen ihres Oberkörpers betonte. Er trat an den Tisch heran und blickte über ihre Schulter in das Heft. Der Kokosnussgeruch ihres Shampoos zog ihm in die Nase, weil er so dicht hinter ihr stand. Es roch gar nicht schlecht, wenn auch ziemlich stark.

»Notierst du die Inhalte der Goodiebags für die Hochzeit?«, fragte er und Pippa zuckte zusammen. »Ich verstehe nicht, wie Mädchen ihr halbes Leben verschwenden, um einen einzigen Tag zu planen mit Details, die niemand wahrnimmt, außer den anderen Mädchen, die Ideen für ihre eigene Hochzeit brauchen. Vielleicht ist das alles nur eine Strategie, um die anderen eifersüchtig zu machen?«, fragte er.

»Hallo, Hunter. Auch schön, dich zu sehen.« Sie klappte

ihr Notizbuch demonstrativ zu. »Ich musste noch etwas wegen des Kirchenprogramms regeln. Hat deine Mutter dir nicht beigebracht, nicht in den Unterlagen von anderen zu spionieren?« Er zuckte zusammen bei der Erwähnung seiner Mutter. Jetzt konnte Hunter erkennen, dass ihr Stift mit einem Einhorn mit Regenbogenmähne verziert war.

»Bist du nicht ein bisschen alt für so was?«, fragte er und nickte in Richtung des Stifts.

»Hat Lauren mir geschenkt. Ich finde ihn süß.«

»Na, das lässt ja nicht gerade hoffen. Gibt es bei der Hochzeit wieder grüne Drinks?«, fragte Hunter und musste grinsen. »Die Drinks beim Ball hatten ein bisschen was vom Grinch. Schmeckten auch so.« Er ließ sich auf den Stuhl ihr gegenüber fallen.

»Du kannst dich gern drüber lustig machen, aber offensichtlich sind sie dir zumindest aufgefallen.« Wenn er sich nicht täuschte, errötete sie allerdings leicht. »Die Lebensmittelfarbe war nicht so optimal, glaube ich«, nuschelte sie.

Er blickte sich um. »Du magst es avantgardistisch?«, sagte er. »Sehr edgy Café-Auswahl.«

Für einen Moment schaute Pippa verwirrt um sich, dann kam ihr Blick zu ihm zurück und sie begriff die Ironie. Das hatte etwas gedauert.

»Du wirst es nicht glauben, aber dies hier ist eines meiner Lieblingscafés. Ich komme schon seit über einem Jahr hierher. Die Menschen hier sind etwas ganz Besonderes.«

»Dein Lieblingscafé?« Hunter schaute sich um. »Du stehst auf ältere Männer?«, sagte er dann mit Blick auf die grauhaarigen Herren an den Tischen neben ihnen. Wahrscheinlich hatte jeder Besucher in diesem Restaurant graue Haare. »Oder nur ältere Männer mit Geld?« Er zog eine Augenbraue nach oben.

Pippa starrte ihn einen Moment mit offenem Mund an. War sie wirklich schockiert oder gehörte es zum Image, so zu schauen, wenn man einen Witz machte? Für Mädchen wie sie zählte Image doch über alles.

Pippa schüttelte den Kopf. »Du bist natürlich zu cool für alte Leute. Du gehst wahrscheinlich nur dahin, wo deine Rockstarfreunde dir schriftlich bestätigt haben, dass es hip ist. Ich mag es hier einfach«, seufzte Pippa, als hätte sie ihn jetzt endgültig aufgegeben.

»Schon gut.« Hunter war einen Moment überrascht, dass sie ihn so sah. Früher war er nur der Junge ohne Geld gewesen, der Stipendiat, ein Exot an der Highschool. Manchmal vergaß er, dass wirklich jeder ihn jetzt als Sohn eines erfolgreichen Sängers wahrnahm. Irgendwie verstand auch niemand mehr seine Ironie. Viele, die früher nichts mit ihm zu tun haben wollten, waren plötzlich anhänglich. Manchmal machte er sich einen Spaß draus und posierte mit ihnen auf Fotos.

»Da du doch so gut im Organisieren bist, muss ich wahrscheinlich davon ausgehen, dass es Teil deines Plans gewesen ist, mit mir zusammenzuarbeiten. Muss ich jetzt geschmeichelt sein?«

Pippa seufzte. »Ich weiß nicht, *was genau* dir zu Kopf gestiegen ist, aber irgendetwas *ist* dir ganz offensichtlich zu Kopf gestiegen. Lauren ist meine beste Freundin und ich würde alles für sie tun. Und ich habe ihr versprochen, dich zu treffen«, sagte sie ohne einen Anflug von Humor in der Stimme. Sie wirkte auch insgesamt ziemlich humorlos. Sie saß sehr aufrecht und drückte ihren Rücken durch. Vielleicht tanzte sie wirklich Ballett und hatte deshalb eine so gerade Haltung. Wahrscheinlich hatte jedes Mädchen an der Upper East mal ein rosa Tutu angehabt und getanzt. Gehörte wohl zum guten Ton.

»Vielleicht ist es ja auch einfach das Schicksal, das uns zusammengebracht hat«, fuhr er fort. »Was auch immer das Schicksal uns damit sagen will. Du glaubst doch bestimmt an Schicksal, nicht wahr?« Hunter lächelte sie unschuldig an. Es machte Spaß, sie zu provozieren.

Pippa starrte nervös in ihren Tee. So ganz wurde er nicht schlau aus ihr. Einerseits war sie immer selbstbewusst und schlagfertig. Andererseits hatte er schon einmal das Gefühl gehabt, dass er sie verunsicherte. Dachte sie wirklich an die Sache vor ein paar Monaten? Ihr musste doch klar sein, dass ihn so ein Zeugs überhaupt nicht interessierte. Wenn sie das nötig hatte, dann war das ihr Problem und traurig genug.

Pippa schloss kurz die Augen und atmete tief durch. Danach fixierte sie ihn aus ihren großen grün-grauen Augen. Vielleicht wirkte ihr Blick auch so eindringlich, weil sie so lange schwarze Wimpern hatte, die fast unecht aussahen.

Ein älterer Herr in einem abgetragenen, aber feinen Anzug näherte sich dem Tisch. »Pippa?«, fragte er. Er nickte entschuldigend zu Hunter. »Ich möchte nicht stören, also …«

»James!« Pippa sprang vom Tisch auf und umarmte den

Mann, der mindestens siebzig war. Er klopfte ihr liebevoll auf den Rücken. Seine Hand war zerfurcht und voller Sommersprossen, ein Kontrast zu Pippas makelloser, heller Haut. Das Stück Hals, das das Ballettoberteil vorn freiließ, leuchtete hell, als wäre sie noch nie in der Sonne gewesen. Das Shirt war vorn wesentlich weniger weit ausgeschnitten als hinten. Er ärgerte sich irgendwie, dass ihm das auffiel.

»Ich wollte nur kurz Hallo sagen, ich habe dich so lange nicht gesehen. Und danke dafür.« Er zeigte auf einen Tannenbaum, der in der Nähe eines Bücherregals mit vielen zerlesenen Büchern stand. »Er macht uns allen große Freude.« Der Baum war mit roten Kugeln, kleinen Äpfeln und vielen bunten Figuren aus Metall geschmückt.

»Es haben sich schon ganz viele angemeldet für den Ausflug im Januar. Sie freuen sich alle riesig drauf. Danke, dass du das organisierst. Wo hast du gesteckt?«

»Ich hatte so viel für die Uni zu tun und musste noch diesen Ball vorbereiten.«

»Ich bin mir sicher, dass es wundervoll war«, sagte James. »Du bringst allen so viel Freude.« Er lächelte sie liebevoll an, was seine kleinen blauen Augen, die tief in seinem Gesicht lagen, zum Leuchten brachte. »Ich wäre gern gekommen, um auch einmal wieder das Tanzbein zu schwingen. Aber ich fürchte, ich bin zu alt für einen Ball.« Er gluckste, trotzdem hatte er einen sehnsüchtigen Blick.

»Du bist nicht zu alt, James«, widersprach Pippa. »Zum Tanzen ist man nie zu alt. Das nächste Mal bist du mein Date«, sagte sie.

James winkte ab. »Du kannst doch nicht mit so einem alten Kerl tanzen. Aber komm mal wieder vorbei, wenn du Zeit hast für eine kleine Teestunde.« Er deutet eine Verbeugung an und entfernte sich vom Tisch.

Hunter blickte sie fragend an.

»Was?«, wollte Pippa wissen, als sie seinen Blick bemerkte. »Es ist mein Lieblingscafé, da lernt man sich halt kennen.« Sie zuckte mit den Schultern. »Und ja, ich mag James, auch wenn er weder eine Band noch einen Insta-Account mit hunderttausend Followern hat«, sagte sie. »Er ist eben auf andere Art cool. Was hattest du gerade gesagt? Ach ja, Schicksal. Ich weiß nicht mehr so richtig, ob ich an die Gerechtigkeit des Schicksals glaube. Aber ich kann nicht fassen, dass du der beste Freund von David bist und David tatsächlich der Richtige für Lauren sein soll.«

Für einen Moment war Hunter wirklich verdutzt. Ihre Stimme war so ehrlich gewesen, als wäre der ganze Bullshit, den sie sonst so von sich gab, wenn sie mit diesem übertriebenen Lächeln auf irgendeinem Podium stand, plötzlich von ihr abgefallen, und sie hätte ein paar Worte gesagt, die wirklich ernst gemeint waren.

»Also erst mal vielen Dank, dass du meinen Horizont für so beschränkt hältst, dass Instagram eine Rolle darin spielt. Aber was mich mehr schockiert …« Er zögerte einen Moment, aber es musste raus. Es war die Wahrheit. »Du tust so, als wäre Lauren überhaupt nicht an David interessiert gewesen. Als hätte sie nicht alles darangesetzt – und ich meine *alles* –, um ihn so schnell wie möglich für sich zu gewinnen. Und jetzt will sie halt den Sack zumachen.« In dem Moment, als er es ausgesprochen hatte, bereute er es auch schon. Er hatte sich dazu verleiten lassen, zu offen zu sein.

Er hob die Hand und winkte die Kellnerin herbei, um etwas Zeit zu gewinnen. Die Kellnerin war ziemlich jung und steckte in einer nostalgischen Blümchenbluse, die ihn an seine Grundschullehrerin erinnerte. In diesem Café war die Zeit stehen geblieben. Sie kam eifrig und mit einem breiten Lächeln zum Tisch.

»Könnte ich eine Bio-Limo bekommen?«, fragt er.

»Wir haben selbst gemachte Zitronenlimonade«, erwiderte die Kellnerin mit einer Begeisterung, die etwas übertrieben war. »Sie ist köstlich.« Sie benetzte sich die Lippen. Oder die Zitronenlimonade war wirklich gigantisch. Sie sprach mit einem osteuropäischen Akzent und ihre Aussprache klang etwas nuschelig.

»Klingt gut«, sagte Hunter und wandte sich wieder Pippa zu. Er ertappte sie dabei, wie sie ihn mit offenem Mund anstarrte.

»Habe ich was Falsches gesagt? Ist die Limo giftig?«

Pippa fuhr sich durch die Haare. »Nein, nichts. Die Kellnerin ist neu, die kannte ich noch gar nicht. Es ist ... Also, das, was du gerade gesagt hast, das stimmt so nicht. Dein Freund hat sich meine Freundin geschnappt. Lauren ist nicht nur das hübscheste Mädchen des Colleges, sie ist auch verdammt klug und ... etwas Besonderes. Und David? Also mal ganz ehrlich. Der hatte vor Lauren doch jede Woche eine andere. Der hat sich doch nicht plötzlich einfach so geändert. Das glaube ich einfach nicht. Natürlich ist er nett. Alle finden ihn nett. Aber Lauren ist … sie ist sensibel. Sie liebt ihn über alles. Und ich weiß jetzt schon, dass er ihr das Herz brechen wird.« Pippa schluckte und sah ihn erschrocken an, als könnte sie selbst nicht so ganz glauben, was sie gerade ausgeplaudert hatte. Die Kellnerin in der engen Blümchenbluse brachte die Limo auf einem kleinen Tablett. Sie lehnte sich über den Tisch und stellte das Glas auf einem kleinen Untersetzer sorgfältig vor Hunter ab. »Genieß sie«, sagte sie und strahlte ihn wieder voller Freude an.

Die Blümchenbluse war mindestens zwei Größen zu klein für die Oberweite der Kellnerin und am Kragen mindestens zwei Knöpfe zu weit geöffnet. War ihm vorhin gar nicht so aufgefallen. Als sie sich vom Tisch entfernt hatte, blickte er zu Pippa zurück.

Sie sah aus, als hätte sie gerade ein widerliches Insekt mit zu vielen, haarigen Beinen gesehen. Sie zog eine Augenbraue nach oben. »Echt jetzt?«, fragte sie. »Ich bin überrascht, dass du sie nicht eingeladen hast, sich auf deinen Schoß zu setzen.« Sie schüttelte den Kopf »Ach, du verstehst doch gar nicht, was ich sage. Ich hatte vergessen, dass Treue und Freundschaft nicht dein Ding sind.«

Hunter hob in gespielter Hilflosigkeit die Arme. »Hey, ich habe eine Limo bestellt.« Aber er musste trotzdem grinsen. Er hatte sich das nicht eingebildet mit der Blümchenbluse. »Woher willst du wissen, dass Treue und Freundschaft nicht mein Ding sind? Sag mir bitte nicht, dass du den Quatsch liest, den die Presse über mich schreibt.«

Erwischt. Pippas Augen huschten für einen Moment verlegen durch das Café. Dann trank sie einen Schluck Tee. Aber wenn er nicht völlig verpeilt war, war ihr das gerade unangenehm gewesen.

»Das schmeichelt mir natürlich, dass du dir Bilder von mir anschaust«, konnte er sich nicht zurückhalten hinzuzufügen.

»Das braucht dir nicht so zu schmeicheln«, sagte Pippa. »Du warst ein Jahr mit deinem Vater auf Tournee und es gab ständig Bilder von dir mit neuen Mädchen. Und als klar war, dass du im zweiten Jahr nach Stonehill kommst … Stonehill ist klein, da wird geredet.«

Natürlich, das stimmte irgendwie mit den Bildern. Nur wollten die Mädchen mit seinem Vater ins Bett. Okay, er konnte jetzt nicht leugnen, dass sie nicht meist genauso gern mit ihm mitkamen. Aber es war bedeutungslos und schließlich auch nicht ständig passiert. Irgendwie störte es ihn, dass Pippa dem Ganzen so viel Bedeutung zumaß. »Ich finde, dass du ziemlich viele Vorurteile hast. Auch gegen David«, lenkte er vom Thema ab. Auf Pippas Stirn hatte sich wieder diese große Falte gebildet.

»Also gegen David habe ich leider keine *Vorurteile*. Es ist einfach Fakt, dass er vor Lauren noch nie länger als ein paar Wochen dieselbe Freundin hatte. Das müsstest du als sein bester Freund doch wissen. Aber vielleicht sind deine Standards einfach anders.«

Hunter nahm einen Schluck von der Zitronenlimo und versuchte ein Lächeln zu unterdrücken, um Pippa nicht noch mehr zu provozieren. Es war irgendwie unterhaltsam, wie sie sich aufregte und einfach das Schlimmste annahm. Die Limo war tatsächlich köstlich, wenn auch auf besonders saure Art. »*Vor* Lauren, genau wie du gesagt hast. Jetzt hat er nur noch Augen für sie. Ich will ja nichts sagen, aber ich glaube kaum, dass Lauren jungfräulich in die Beziehung gegangen ist. Sie wusste ziemlich genau, wie sie David rumkriegen konnte. Du glaubst also ernsthaft, dass er ihre große Liebe ist und er ihr das Herz brechen wird – und nicht umgekehrt?«

Sie schauten sich in die Augen, ohne mit der Wimper zu zucken. Es war eher wie eine Drohung. Ihre Augen glänzten grün-grau. Dann begannen ihre Augenlider zu flattern und sie schüttelte den Kopf.

»Genau das glaube ich«, sagte sie leise.

»Die unschuldige kleine Lauren ist also ganz doll in David verliebt. In all die inneren Werte. Und sonst nichts?« Hunter entfuhr ein Geräusch, das ein wenig wie ein Grunzen durch die Nase klang.

»Du sagst das so, als wäre das absurd. Sie ist in ihn verliebt, genau. Und sie findet ihn auch … *scharf*. Ist das verboten? Ich habe genug damit zu tun, ihr Mitteilungsbedürfnis abzubremsen, das kannst du mir glauben. So genau will ich es nämlich gar nicht wissen, wie sie es mir erzählen will. Nein, sie findet ihn auch anziehend. Nicht nur die inneren Werte. Aber ich habe keine Ahnung, was du andeuten willst. In was soll sie denn sonst verliebt sein?« Pippa wirkte ernsthaft verärgert.

»Das meinte ich nicht. Aber du glaubst, Geld spielt keine Rolle? Der Trustfund? Die Häuser in Italien? Skihütten in den

Catskills und in Aspen? Du kannst mir doch nicht erzählen, dass Lauren da nicht total drauf abfährt.«

Pippa sah ihn entsetzt an. »Darauf reduzierst du Lauren? Das hat sie doch überhaupt nicht nötig. Ihre Familie hat selbst mehr als genug Geld.«

»Du meinst, es ist nur ein Zufall, dass sie vorher mit Wedmore zusammen war? Und mit Callaghan ausgegangen ist? Ich glaube, sie hat schon ganz klar einen Typ. Und der Typ heißt eben *reich*. Und das hat nichts damit zu tun, dass ihre Familie selbst Kohle hat. Sie steht vielleicht gerade deshalb drauf. David ist wahrscheinlich der loyalste und coolste Typ, den ich kenne. Klar ist er reich. Aber das interessiert niemanden weniger als ihn. Hey, er war jahrelang mit mir befreundet, bevor … Travis Montgomery Travis Montgomery wurde. Bei Lauren wäre ich mir nicht so sicher. Ich meine, ist auch okay, was auch immer, aber …«

Pippa stand auf. »Weißt du, *mich* kannst du von mir aus gerne beleidigen. Aber auf meiner Freundin wirst du nicht so rumhacken. Ganz ehrlich, es so darzustellen, als wäre dein Freund, der jede Woche ein neues Mädchen am Start hatte, die reine Unschuld? Und sie nur auf sein Geld aus? Nein, echt nicht.«

»Du tust so, als wäre Lauren ein naives Dummchen, das einem Schürzenjäger in die Falle gegangen ist. Sie weiß, glaube ich, sehr genau, was sie tut.«

Hunter war ebenfalls aufgestanden und plötzlich spürten sie, wie die Blicke der anderen ohnehin nicht sonderlich zahlreichen und eher ruhigeren älteren Herrschaften auf ihnen ruhten. Eine Diskussion in dieser Lautstärke hatte man in diesem Lokal wahrscheinlich das letzte Mal im Jahr 2001 erlebt.

»So kommen wir nicht weiter«, sagte Pippa und presste die Lippen entschlossen zusammen. »Ich habe es wirklich versucht. Aber wie soll ich mit jemandem eine Hochzeit vorbereiten, der meine Freundin einfach null Komma null respektiert? Ich wünsche dir noch einen schönen Abend.« Während sie sprach, zog sie sich einen dicken Rollkragenpullover über den Kopf. Hunter musste sich zusammenreißen, sie nicht zu genau zu mustern, als ihr Kopf im Pulli steckte und sie ihn nicht sehen konnte. Das musste er sich abgewöhnen. Das war schließlich Pippa Schwab.

Als sie fertig war, streifte sie ihren Mantel über und zog eine dunkelrote Pudelmütze auf. In einer einzigen flüssigen Bewegung hatte sie ihr Notizbuch in den Rucksack geschoben, den Rucksack über die Schulter geworfen und in schnellen Schritten das Café verlassen.

»Sie können jetzt weiteressen«, sagte er zu einer Dame am Nachbartisch in grünem Kostüm, die ihre Gabel, die mit Nudeln beladen vor ihrem Mund schwebte, vergessen zu haben schien. »Die Vorstellung ist jetzt beendet.«

Hunter ließ sich wieder auf seinen Stuhl fallen. Er war perplex. In dem Moment kam die Kellnerin mit der Blümchenbluse zurück zum Tisch. »Kann ich dir noch etwas Gutes tun?«, fragte sie strahlend. Sie schaute ihn so voller Aufmerksamkeit an, als gäbe es niemand anders hier im Restaurant und als wäre sein Glück ihre wichtigste Aufgabe.

»Danke, ich nehme die Rechnung«, sagte Hunter und griff

nach dem Zettel, der schon auf dem Tisch auf einem kleinen Teller bereitlag.

»Alles okay?«, fragte sie, ein Hauch von Aufregung schwang in ihrer Stimme mit. »Bist du nicht … also, ich will nicht aufdringlich sein, aber bist du nicht der Sohn von –«

»Nein, bin ich nicht«, unterbrach Hunter sie und warf ein paar Dollarscheine auf den Tisch. »Und ich hasse diesen beschissenen Weihnachtssong von Travis Montgomery«, fügte er hinzu. Er stand auf und ging an die Garderobe, um seine Jacke zu holen.

»Falls ich dir irgendwie helfen kann …«, hörte er die bedröppelte Stimme der Kellnerin hinter sich. Okay, jetzt tat es ihm wieder leid. Er musste sich beherrschen. Was konnte sie schon dafür? Aber manchmal rastete er einfach aus mit diesem dummen Gequatsche. Er tat so, als hätte er nichts gehört und verließ das Café.

Keine Ahnung, warum ihn Pippas Reaktion so verwirrt hatte. Vielleicht, weil er damit einfach nicht gerechnet hatte. Irgendwie war er davon ausgegangen, dass sie natürlich auf jeden Fall die Trauzeugin sein wollte. Er hätte nicht erwartet, dass sie einfach gehen würde. Draußen war es inzwischen dunkel geworden – so weit es in New York zur Weihnachtszeit eben dunkel wurde mit unendlich vielen blinkenden Weihnachtslämpchen. Es war nicht weit zum Rockefeller Plaza. Er würde mit Menschen überfüllt sein, die begonnen hatten, die Läden nach Weihnachtsgeschenken zu durchkämmen. Auch der Legoladen würde aus allen Nähten platzen. Früher hatte er dort immer die neuesten Star-Wars-Modelle angeschaut, die natürlich viel zu teuer gewesen waren, den Millennium-Falken und den Todesstern. Er hatte die Modelle stundenlang betrachtet, meist gemeinsam mit seinem Vater, weil seine Mutter damals zu lange arbeitete. Sie verausgabte sich im Krankenhaus, immer mit dem Gefühl, die Welt wenigstens ein bisschen retten zu müssen. Bis sie dann in seinem letzten Highschooljahr selbst dort lag und innerhalb von nur drei Monaten an Bauchspeicheldrüsenkrebs gestorben war.

Weihnachten waren sie immer gemeinsam zum Rockefeller Plaza gegangen und hatten den Weihnachtsbaum mit dem fast drei Meter breiten Weihnachtsstern bewundert. Er war wieder knapp dreißig Meter hoch dieses Jahr, hatte in der Zeitung gestanden. Das offizielle Anzünden der fünfzigtausend Lämpchen hatte er dieses Jahr verpasst. Wie letztes Jahr auch. Er wollte das nicht mehr sehen. Das offizielle Anzünden hatte er immer mit seiner Mutter besucht. Und danach waren sie Schlittschuh gelaufen. Ohne dass er lang nachgedacht hatte, hatten ihn seine Füße in die richtige Richtung getragen, und ein paar Minuten später lehnte er an der Balustrade und schaute auf die Eisläufer, die dort unten ihre Runden drehten. Aus Lautsprechern dudelte *Rudolph, the Red-Nosed Reindeer*, und der Anblick der mäßig talentierten, aber eifrigen Schlittschuhläufer machte ihn irgendwie froh. Er seufzte. Er fragte sich, ob er vorhin nicht zu weit gegangen war. Aber Tatsache war, dass er sich um David Sorgen machte.

»Hey«, hörte er plötzlich eine leise Stimme neben sich. Er wandte sich zur Seite. Neben ihm lehnte ein Mädchen mit einer roten Pudelmütze an der Absperrung und blickte ebenfalls auf die Eisfläche. Pippa hatte ihre Unterarme auf das Geländer gelegt. »Ich habe dich gerade zufällig hier gesehen.« Sie schaute ihn nicht an. »Hätte gar nicht gedacht, dass du auf den Baum stehst.«

Hunter antwortete nicht. Ein paar Minuten herrschte Stille.

»So kommen wir nicht weiter, Hunter«, seufzte Pippa nach einer Weile. »Weißt du, ich war nicht besonders scharf darauf, mit dir diesen Junggesellenabschied zu organisieren«, sagte sie. Sie schluckte, als würde sie ein paar andere Worte weglassen, und sprach hastig weiter. »Aber der wahre Grund ist, dass ich eigentlich das Gefühl habe, ich müsste Lauren vor dieser Ehe warnen. Wenn ich eine echte Freundin wäre, würde ich das tun.« In ihrer Stimme lag Besorgnis.

»Und ich denke, dass ich David warnen muss«, erwiderte Hunter langsam. Pippa hatte ihn überrascht. Hinter der ganzen Hochglanzfassade konnte man tatsächlich Andeutungen von Gefühlen erahnen, Gefühle von einem echten Menschen, der anders war, als er erwartet hatte. Er blickte zu ihr hinüber.

Pippa schaute zurück. Für einen Moment sahen sie sich in die Augen, bis es unangenehm wurde und Pippa sich wieder der Eisfläche zuwandte.

»Ich meine es ernst«, sagte sie. »Ich sollte sie warnen. Aber natürlich kann ich sie nicht warnen. Sie ist total verliebt. Sie würde mich dafür hassen und denken, ich akzeptiere ihre Gefühle für David nicht. Und das kann man später ja nicht wieder rückgängig machen. Aber ich mache mir ernsthaft Sorgen. Das kannst du wahrscheinlich nicht verstehen.«

Also, unverschämt war Pippa schon. »Warum denkst du, dass ich das nicht verstehe?«

»Meinst du das ernst?« Sie legte den Kopf schief.

Hunter nickte.

»Weil du mir nicht wie der allersensibelste Typ vorkommst, was Frauen angeht. Aber ist ja auch egal.«

Natürlich, das hatte ja kommen müssen. Sollte er jetzt wirklich darauf eingehen? Seit die Karriere seines Vaters durch die Decke gegangen war und er mit auf Tournee gewesen war, war er tatsächlich viel in der Presse gewesen. Und der Schwachsinn, der geschrieben wurde, war unfassbar. Aber wenn jemand so blöd war, den Mist zu glauben, hatte er sich geschworen, keine Zeit mit Richtigstellungen zu verschwenden. Wer das Zeug las und glaubte, war selbst schuld. Er beschloss, Pippa nicht darauf hinzuweisen, dass diese rührseligen Geschichten von Vater und Sohn und neuer Liebe mit Kimyo Quatsch waren. Erst vor Kurzem hatte er rausgefunden, dass die PR-Managerin seines Vaters die Beziehung sogar vorangetrieben hatte, um das neue Album zu promoten. Sie war auch diejenige, die seinen Instagram-Account führte. Seit das neue Album draußen war, warteten alle darauf, dass Hunter wieder mit seinem Vater auf die Bühne ging und gemeinsam spielte. Aber die Zeit war vorbei. Er wischte den Gedanken daran zu Seite.

»Der superunsensible Typ hier macht sich auch Sorgen um seinen Freund«, gab er zurück. »Ich hätte nie gedacht, dass ich mir in irgendetwas einig bin mit dir, aber so scheint es zu sein. Ich glaube, David weiß gar nicht, wen er da heiratet. Die sind eigentlich nur im Bett. Die haben seit Monaten keinen klaren Gedanken mehr gefasst.«

»David erzählt dir darüber Details?« Pippa sah ihn mit aufgerissen Augen an, so voller Horror, dass er ein Lächeln unterdrücken musste. »Nein. Wir sind Männer. Wir reden nicht so viel. Gibt es etwas, was ich wissen sollte? Steht sie auf Handschellen oder so was?«

Pippa schüttelte angewidert den Kopf. Sie hatte ihre Handschuhe ausgezogen und knetete einen zwischen ihren Fingern. Auf ihren Wangen breitete sich eine leichte Röte aus, falls er sich das nicht einbildete. Irgendetwas schien sie nervös zu machen. Ihre Hände bewegten sich nicht schnell, aber ohne Unterbrechung.

Hunter lehnte sich nach vorn und legte seine Hand auf ihre Finger. »Das macht mich ja schon vom Zuschauen verrückt«, sagte er. Pippa hielt inne und sah hoch. Ihre Gesichter waren sich plötzlich sehr nah. Ihre Wangen schimmerten, vielleicht von etwas geschmolzenem Schnee. Ihre Finger waren warm und überraschend klein.

»Das mit den beiden ging zu schnell«, sagte Hunter.

Pippa blickte ihn einen Moment verwundert an, als würde sie ihn zum ersten Mal sehen und hätte keine Ahnung, wer er war. Sie schluckte.

»Es ging schnell«, nickte sie langsam. »Und ich wünschte, sie würde merken, dass es ein Fehler ist. Warum die Eile? Warum können sie nicht bis nach dem College warten? Ich habe mich schon mal gefragt, ob sie selbst Angst davor hat, dass sie später zweifeln könnte.«

Hunter nickte. »David müsste selbst raffen, dass es total überhastet ist.«

»Genau das habe ich auch schon gedacht«, sagte Pippa atemlos und starrte wieder auf ihre Hände. Offensichtlich konnte sie ebenso wenig fassen, dass Hunter und sie denselben Gedanken hatten. »Eigentlich müsste ich meine Freundin verteidigen. Sie ist das Allerbeste, was so einem Macho passieren kann, und ja, David ist ein netter Macho, aber keiner, der Lauren glücklich machen wird. Ich muss Lauren vor einem Fehler bewahren.«

»Ein riesiger Fehler. Ich schulde es meinem Freund«, stimmte Hunter zu. Schließlich hatte er es selbst oft genug erlebt, wie Menschen sich änderten, wenn sie glaubten, dass man erfolgreich war. Geld hatte.

»Meinst du …«, räusperte sich Pippa und begann schon wieder, an ihrem Handschuh zu drehen, »meinst du, wir könnten ihnen dabei helfen, den Fehler zu erkennen?«

Sie blickte hoch, fast flehend.

»Wir könnten ihnen die Chance geben, es selbst zu sehen. Und wenn wir beide falsch liegen, umso besser. Aber dann wissen wir, dass wir alles getan haben, und können ihnen von ganzem Herzen viel Glück wünschen.«

Es war verrückt. Wer hätte gedacht, dass Pippa Schwab genau dasselbe über die beiden dachte wie er? Dass er in diesem Partyorganisations-Trauzeuginnen-Monster eine Verbündete finden würde? Er schüttelte ungläubig den Kopf.

»Was?«, fragte Pippa.

»Ich bin nur … überrascht.«

»Sie werden erst zu spät kapieren, dass sie nicht zusammenpassen. Und das wäre ein Albtraum.«

Hunter nickte. »Allein schon, was Lauren für einen Country-Mist hört. Das hält David keine Woche mehr aus, wenn er aus diesem Verliebtheitsdelirium aufwacht.«

»Moment mal. Sie hört Taylor Swift, Sam Hunt, Carrie Underwood und Tim McGraw«, entgegnete Pippa und Empörung schwang in ihrer Stimme mit. Wahrscheinlich weil sie denselben Quatsch hörte. »Willst du ihre Beziehung jetzt auf ihren Musikgeschmack reduzieren?«

»David hört Metallica oder Klassik. Er hasst Country. Du kannst ihm mit jedem Popkonzert den Tag verderben. Jetzt lachen sie noch drüber, später bekriegen sie sich.«

»Also, ich glaube, da gibt es noch wichtigere Themen.«

»Mein Therapeut hat immer gesagt, wenn man einen Schicksalsschlag überwinden will, muss man ihm einen Sinn geben. Er hat viel Müll geredet, aber das hörte sich tatsächlich vernünftig an. Wenn es also irgendeinen Sinn haben soll, dass wir gemeinsam diese Trauzeugensachen vorbereiten müssen, von denen wir beide nichts halten, dann müssen wir jetzt handeln«, sagte Hunter. »Wir geben David und Lauren die Chance zu erkennen, dass sie nicht füreinander geschaffen sind. Jedenfalls eine kleine Chance. Wir werden zumindest unsere Veranstaltungen so machen, dass sie auf die Probe gestellt werden, und machen ihnen klar, dass sie völlig anders sind. Wenn sie diesen Test aber bestehen, dann sehen wir ein, dass wir einen Fehler gemacht haben, und werden für immer schweigen. Wir schließen einen Pakt.« Hunter hielt ihr die Hand hin.

Pippa blickte zweifelnd auf seine ausgestreckte Hand.

»Wartest du darauf, dass ich vorher reinspucke?«, fragte er, als sie keine Anstalten machte, sie zu nehmen.

»Ihhh, ja, klar. Ich träume schon so lange von deiner Spucke in meiner Hand«, sagte Pippa. Dann seufzte sie und schlug ein.

Hunter grinste. »Du siehst trotzdem angeekelt aus«, grinste er. »Auf der Bühne beim Weihnachtsball hast du so charmant gewirkt.«

»Ich bin charmant. Hast du noch nie was davon gehört, dass man das Verhalten seines Gegenübers spiegelt? Du bist doch in meiner Psychologievorlesung«, sagte Pippa.

»Ich bin erstaunt, dass du das weißt. Du ignorierst mich seit dem ersten Tag«, sagte Hunter.

Sie wandte sie sich ab und blickte zum Weihnachtsbaum.

Es hatte wieder ganz leicht zu schneien begonnen. Die Flocken waren zart. »Es sieht wunderschön aus«, sagte sie.

»Ja, das Wetter ist perfekt für romantische Mädchen wie dich. Muss man jetzt sein Getränk wieder mit Glitzerstrohhalm trinken?«

Pippa verzog das Gesicht. »Du hast so viel Sinn für Romantik wie ein altes Paar Socken. Wenn Lauren wüsste, dass ein derartiger Anti-Romantiker an der Planung der Hochzeit beteiligt ist …«

»Pst …«, machte Hunter. »Hast du vergessen? Wir sind jetzt ein Team. Wir müssen zusammenhalten. Du weißt doch, wie Teams funktionieren, oder?«

Pippa beugte sie sich vor und zog einige Dollarscheine aus

einem kleinen Portemonnaie, das sie aus ihrem Rucksack gefischt hatte. »Ich weiß sehr genau, wie ein Team arbeitet. Deshalb ist es extraabsurd, dass ausgerechnet *wir* ein Team sein sollen. Ich muss jetzt gehen. Ich hab noch andere Sachen zu erledigen.« Sie reichte ihm das Geld. »Hier, ich habe vergessen, meinen Tee zu bezahlen.« Ihr Ton war plötzlich wieder distanzierter.

Hunter schob ihre Hand zurück. »Das ist schon in Ordnung, der Tee geht auf mich, Partner.«

»Danke noch mal, dass du es als Schicksal bezeichnet hast, mit mir die Hochzeit zu planen«, sagte Pippa und lächelte ihr perfektes Lächeln, das er schon von der Bühne kannte. Sie steckte die Scheine zurück in ihr Portemonnaie. »Du darfst sehr gern zahlen.«

Als Hunter ein paar Minuten später zurück nach Hause ging, war er irgendwie gut gelaunt. Es schneite immer noch, die Flocken waren sogar etwas dichter geworden und der Schnee dämpfte die Geräusche der Stadt. Seine Gedanken wanderten zu Pippa in ihrem Ballettoberteil und zu dem Grübchen, das so deutlich und rund in ihrer Wange zu sehen gewesen war, wenn sie lächelte, seitlich über ihrem Mundwinkel. Ein Grübchen, das man irgendwie häufiger sehen wollte. Wobei er jetzt mal ganz schnell nicht mehr an Pippa denken sollte. Sie war überhaupt nicht sein Fall.

3. Pippa

»Elle, hi! Hier ist Pippa.« Auf dem Weg zur Uni erreichte Pippa endlich Elle am Telefon.

»Pippa?« Elles Stimme klang sogar durchs Telefon ziemlich schwach. »Schön, dass du anrufst.« Ihren texanischen Akzent hatte sie nicht verloren. »Wie war der Weihnachtsball? Hat alles geklappt? Ich kann nicht fassen, was ich gerade alles verpasse.« Sie klang sehnsüchtig.

»Ach, es war ganz okay. Irgendwie auch alles wie immer. Alle betrinken sich, obwohl offiziell kein Alkohol ausgeschenkt wird. Ich glaube, ich habe Jason Radfort beobachtet, wie er ein neues Opfer klargemacht hat, Catherine Hardwicke. Die Arme, vielleicht solltest du sie warnen, wenn er wirklich so eine Katastrophe im Bett ist.« Sie wollte nicht, dass die Party zu gut klang und Elle noch trauriger wurde.

»Oh Gott, ja. Der Typ geht gar nicht. Aber warte mal, du rufst bestimmt an, weil Lauren dir alles erzählt hat, nicht wahr?«

Pippa machte einen Bogen um eine riesige Pfütze. »Ja, hat sie. Mensch Elle, das tut mir total leid.«

»Braucht es nicht. Glaub mir, ich tue mir selbst genug leid. Es ist unglaublich. Jetzt war auch diese heftige Low-Carb-Diät völlig umsonst, damit ich das Trauzeuginnenkleid eine Nummer kleiner nehmen kann. Ich fresse gerade Donuts wie verrückt, um mich zu trösten. Bringt ja eh alles nichts. Im Gips sieht auch das schmalste Bein fett aus.«

»Tut es denn noch weh?«

»Mir tut gar nichts weh. Die haben mir so viele Schmerzmittel gegeben, dass ich wahrscheinlich Silvester noch völlig high sein werde. Vielleicht gar nicht so schlecht, wenn das ganze Patchworkfamilienfest stattfindet und ich nicht mal eben den Raum verlassen kann. Vielleicht lasse ich mir noch ein Drogen-Care-Paket zusammenstellen, mit dem ich den Weihnachtstruthahn fülle, damit es ein bisschen chilliger wird als letztes Jahr. Aber wichtiger ist mir ja, dass ich am Zwanzigsten für Lauren in der Kirche bin.« Beim letzten Satz glitt ihre Stimme ins Jammernde.

»Das bekommen wir schon hin. Lauren meinte, wir organisieren jemanden, der dich tragen kann.«

»Ein Gipsbein und ein Gipsarm wiegen ziemlich viel. Ich brauche wahrscheinlich eine elektrische Hebebühne. Aber ich bin so froh, dass du es jetzt machst. Du bist doch die beste Partyorganisatorin New Yorks. Und auf den Bildern vom Weihnachtsball, die ich bisher online gesehen habe, ist die Deko unfassbar geworden. Du kannst wahrscheinlich der Hochzeitsplanerin noch ein paar Tipps geben.«

Pippa schluckte. »Lauren meinte, ich müsse vor allem noch den Junggesellinnenabschied organisieren. Und ich wollte noch fragen, also wegen Davids Trauzeugen, also ob du zusammen mit Hunter …«

Am anderen Ende der Leitung erklang ein lautes Stöhnen.

»Elle, hast du dir wehgetan?«

»Nein.« Elle seufzte. »Ich habe Angst vor dem, was du sagen willst.«

»Also, was du damals besprochen hast mit Hunter …«

»Hunter ist ein Horror«, unterbrach Elle. »So was würde es in Texas nie geben. Da sind Männer mehr Gentleman als hier im Osten. Vielleicht kommst du ja besser mit ihm aus. Aber ich weiß, was Lauren sich vorgestellt hatte. Ich meine, wir planen unsere Hochzeit seit ungefähr fünfzehn Jahren. Wir haben ein gemeinsames Buch mit Bildern von Frisuren, Blumengestecken und Deko. Wir haben die Ideen sogar aufgeteilt, damit wir nicht dasselbe machen. Hunter hat sich völligen Müll ausgedacht von wegen gemeinsamen Junggesellenabschied – mit den Jungs! Wir hatten schon mit acht Jahren so eine Spa-Nummer mit Mädels in rosa Bademänteln geplant.«

»Oh nein. Es soll zwar eine Überraschung werden, aber *das?* Können wir Hunter nicht da raushalten? Ich meine, wenn Lauren den Spa-Day will, dann ist doch wohl klar, dass sie den bekommt. Ich sollte mich um Laurens Party kümmern und nicht um Hunters. Am besten ist doch, wir sagen ihm das sofort …«

»Ich fürchte, dafür ist es zu spät. Lauren weiß schon, dass es eine echte Überraschung wird – die ich mit Hunter absprechen sollte. Sie war total aufgeregt deswegen.«

»Klingt nicht gut«, entgegnete Pippa zaghaft.

»Hunter nervt«, sagte Elle. »Aber ich sag dir eins, ich würde mich lieber mit Hunter Montgomery rumschlagen als hier mit gebrochenen Pfoten liegen. Ich könnte echt heulen.«

»Du wirst hundertprozentig dabei sein. Und du hast ja schon so viel vorbereitet für die Hochzeit. Es wird alles deine Handschrift tragen.«

Elle seufzte. »Lauren wollte noch ein kleines Eislaufen mit ihren Studentenfreunden in New York machen. Aber vor allem wollte sie noch ein schönes Treffen der Trauzeugen und Eltern, damit man so ein bisschen zusammenwächst. Die kennen sich nämlich kaum. Das ist noch nicht organisiert. Ich konnte mich mit Hunter nicht einigen. Mit dem würde ich auch nicht zusammenwachsen, wenn er der letzte Mann auf dem Planeten wäre. Aber du schaffst das schon. Ich würde gar nicht einen auf Freundschaft machen, sondern direkt auf Konfrontation gehen. Bringt eh nix.«

»Okay«, sagte Pippa und räusperte sich noch mal. »Danke für die Offenheit. Ich stehe vor der Bibliothek und geh jetzt rein, mir ist eiskalt.«

Sie verabschiedeten sich. Pippa konnte es nicht fassen. Es war noch viel schlimmer, als sie gedacht hatte.

Pippa stopfte ihren dicken Mantel in einen Spind im Vorraum der Bibliothek und nahm nur ein paar Bücher aus dem Rucksack, die sie zum Lernen brauchte. Nach kurzer Überlegung stopfte sie noch ihren Pullover hinterher. Sie schwitzte von der Schlepperei mit dem schweren Rucksack und die Bibliothek war wie immer hoffnungslos überheizt. Aber sie wollte zumindest noch ein paar Stunden lernen, bevor sie einige Weihnachtseinkäufe erledigte. Sie hatte noch keine Idee, was sie ihrer Mutter schenken sollte, und wollte auch irgendetwas für Lauren besorgen. Das dürfte nicht schwierig werden, einfach irgendetwas mit Glitzer. Sie begrüßte flüchtig einige Bekannte und ging dann in ihren Lieblingsraum, den Smith Reading Room. Die Lernenergie vergangener Generationen hing noch in diesem Saal mit der hohen Decke. Hier konnte sie sich immer besonders gut konzentrieren. Altmodische Bücherregale aus dunklem Holz zogen sich an den Wänden entlang, darüber lagen riesige Fenster, die viel Licht in den Raum ließen. An langen, breiten Tischen mit messingfarbenen Leselampen reihten sich die Studenten hinter ihren Büchern auf. Es gab in diesem Raum tatsächlich ein Laptopverbot. In den meisten anderen Räumen gab es das nicht, und man musste sich auf jeden Fall Kopfhörer oder Ohropax mitnehmen, um dem Geräusch des Tippens zu entkommen. Einige Studenten tippten unfassbar laut, und wenn man einmal darauf achtete, konnte man sich nicht mehr konzentrieren.

An einer Seite des Raumes stand auf einem Podest das dickste Oxford-Wörterbuch, das es gab, und hin und wieder stand ein Student auf und schaute etwas im Wörterbuch nach. Es war der Bibliotheks-Catwalk. Wenn Lauren hier arbeitete, ging sie ständig Wörter nachschauen, warf ihre Haare dabei eindrucksvoll nach hinten und setzte eine konzentrierte Miene auf – bis sie dann zur ersten Kaffeepause aufbrach. Lauren war ziemlich klug, dass sie mit einem solchen, an eine Aufmerksamkeitsstörung grenzenden Verhalten letztlich zwar nicht mit perfekten Noten, aber doch mit ziemlich guten Ergebnissen durch die Schule gesegelt war und jetzt an einem so guten College war.

Lauren hatte sich riesig gefreut, dass Pippa endgültig zugesagt hatte, die Organisation zu übernehmen. Auch wenn Pippa nicht wusste, ob ihre Motive dafür wirklich die besten waren.

Der Leseraum war mit einem Teppich ausgelegt, der die Geräusche der Schritte schluckte. Sogar wenn der Raum voll besetzt war, war es hier angenehm still. Pippa hatte eine Cherry-Coke in einem Becher eingeschmuggelt, ein ungesundes Laster, aber der Geschmack erinnerte sie irgendwie an die Zeit, als ihre Welt noch in Ordnung gewesen war.

Sie legte ihr Geschichtsbuch auf den Tisch, daneben leere Karteikarten. Sie musste für die Prüfung lernen, stumpfes Auswendiglernen von Daten der europäischen Vergangenheit, die mit Sicherheit alle abgefragt wurden. Immerhin war sie gut darin, sich etwas in kurzer Zeit einzupauken, eine Arbeit darüber zu schreiben und es danach wieder zu vergessen. Und sie brauchte unbedingt eine gute Note, wenn sie Stonehill weiterhin besuchen wollte. Dass man ihr nachträglich ein Stipendium angeboten hatte, als ihre Mutter nicht mehr für ihre Studiengebühren aufkommen konnte, war die absolute Ausnahme. Ihr Vater hätte ihr Studium zwar bezahlt, allerdings nur unter der Bedingung, dass sie New York verließ und zu ihm in die Schweiz zog.

»Hi, Pippa«, erklang eine Stimme hinter ihr. Sekunden

später legten sich zwei Arme von hinten um ihren Hals und der vertraute, minzige Duft nach Ralph-Lauren-Parfüm stieg ihr in die Nase.

Es war Chip.

»Hi«, sagte Pippa und lächelte. »Du bist auch hier.«

»Ich vermisse dich, Pippa. Wann hast du endlich Zeit für mich?«, flüsterte Chip spielerisch jammernd. Seine Haare sahen wieder normaler aus und fielen ihm ins Gesicht.

»Ich muss leider lernen. Ich habe noch so wenig gemacht und jetzt kommen noch die Sachen für Laurens Hochzeit dazu. Ich hatte dir doch eine Nachricht geschrieben.«

»Ich weigere mich, das zu akzeptieren«, antwortete er. »Du organisierst zu viel für andere. Ich mach mir langsam Sorgen um dich, lass den Mist.« Er grinste, trotzdem war der anklagende Ton deutlich. »Aber du bist mein Date auf der Hochzeit, oder? Ich habe Lauren schon einen Hinweis wegen der Sitzordnung gegeben.« Chip war wirklich süß.

»Das ist lieb, Chip. Ich schaffe es aber einfach momentan nicht.«

»Ein kleiner Kaffee? Ein Snack? Essen musst du doch. Habe ich dir schon gesagt, dass dein Outfit sehr scharf ist?«

»Mein Sweatshirt?« Pippa blickte ihn zweifelnd an. Sie hatte keine Zeit gehabt, um sich ein hübsches Outfit aus dem Schrank zu suchen, ihr graues Sweatshirt war schon ganz ausgebeult und wirklich nicht sonderlich attraktiv. Das konnte er nicht ernst meinen.

»Es überlässt alles der Fantasie des Betrachters. Also,

kommst du jetzt mit mir einen Kaffee trinken?« Er nahm ihre Hand und wollte sie vom Stuhl ziehen. Die anderen Studenten an ihrem Tisch warfen ihnen genervte Blicke zu.

Pippa stupste ihn in die Seite. »Es geht wirklich nicht«, flüsterte Pippa. »Das ist wichtig für mich«. Er wusste nicht, wie wichtig. Er war nicht auf ein Stipendium angewiesen. Sie war früher selbst so gewesen. »Nächstes Mal. Versprochen.« Die Bibliotheksaufsicht hatte sie inzwischen mit starrem Blick fixiert, und Chip hob entschuldigend die Hand, zuckte enttäuscht mit den Schultern und verschwand. Auch Chip fiel nicht gerade durch Übereifer an der Uni auf. Aber er würde natürlich durchkommen. Er musste sich wie die meisten hier letztlich auch nicht den Kopf darüber zerbrechen.

Pippa versank wieder in ihre Notizen und in ihr Buch. Sie schrieb sich alle Daten auf besonders große Karteikarten und hoffte einfach, dass sie irgendwie hängen bleiben würden. Dabei hörte sie Musik mit Thetawellen in ihrer speziellen Brain-Wave-App. Das sollte angeblich die Konzentration fördern. Pippa liebte so ein Technikzeug. Und für eine Weile funktionierte es und sie konzentrierte sich voll auf ihre Notizen.

Irgendwann blickte sie hoch, um einmal die Finger zu lockern, die vom Schreiben steif waren. Sie konnte länger tippen als schreiben, das stand fest. Ihr direkt gegenüber hatte sich jemand hingesetzt, den Kopf tief zwischen die Seiten eines Buches versenkt. Er trug ein Nirvana-T-Shirt und hatte seine Lernsachen großzügig auf dem Tisch verteilt. Er hatte wohl bemerkt, dass sie aufgeschaut hatte, denn nun hob er ebenfalls den Kopf. Als er ihren Blick bemerkte, schaute Hunter demonstrativ überrascht, als hätte er sich zufällig ihr gegenübergesetzt. Hahaha.

Pippa konnte trotzdem ein Lächeln einfach nicht unterdrücken. »Ich muss lernen«, sagte sie, indem sie deutlich, aber stumm die Lippen bewegte.

»Ich auch«, gab Hunter mit einer lautlosen Lippenbewegung zurück. Dann nickte er mit dem Kopf in Richtung Tür und machte ein Zeichen, dass sie mit nach draußen kommen sollte.

Sie schüttelte den Kopf und krauste die Stirn. Er machte ein Zeichen, dass es nur ganz kurz dauern würde. Sie fing einen Blick der Bibliotheksaufsicht auf, die eindeutig die Nase voll hatte, seufzte, schob ihren Stuhl zurück, griff nach Rucksack und Becher und folgte ihm in die Eingangshalle der Bibliothek.

Als die schwere Tür des Leseraums hinter ihr zuschlug, wandte sich Hunter zu ihr um. Seine Haare waren zerzaust und sahen irgendwie länger aus. Er trug ein dunkelrotes Kapuzensweatshirt der Wesleyan University, das den leichten Rotstich in seinen kastanienfarbenen Haaren zum Leuchten brachte.

»Ich habe nachgedacht«, sagte er.

»Das klingt so, als wäre das ein sehr seltenes Vorkommnis«, erwiderte Pippa.

»Ich meine, ich habe mir was überlegt, was wir machen können, damit sie sich klar werden, wen sie da genau heiraten wollen«, sagte Hunter, ohne darauf einzugehen.

»Und das wäre? Ich habe echt keine Zeit, Hunter. Wir wollten uns doch morgen in der Mensa treffen.«

»Nur eine Sache. Wegen des Junggesellenabschieds übernächste Woche«, fuhr er unbeirrt fort. »Ich hatte ja schon mit Elle besprochen, dass wir aus dem Junggesellenabschied ein gemeinsames Wochenende mit den engsten Freunden machen statt so einer Las-Vegas-Stripper-Veranstaltung. Die Location in den Catskills steht ja. Nur war Elle da ein bisschen schwierig, weil sie unbedingt so ein ganz klassisches Ding draus machen wollte.«

»Lauren hatte wohl kaum eine Las-Vegas-Stripper-Veranstaltung im Kopf. Das war wohl David, der das als klassisches Ding sieht. Ist David dann nicht traurig, dass ihm etwas entgeht?«, fragte Pippa und konnte sich einen bissigen Tonfall nicht verkneifen. Genau, Las-Vegas-Stripper-Veranstaltung und dabei denken, dass an so einem Abend nicht so richtig zählt, was passiert. So schätzte sie David leider ein. War er nicht sogar mal mit zwei Mädchen gleichzeitig abgezogen? Okay, man sollte nicht allen Gerüchten glauben.

»Lauren hatte vor, ein Wochenende mit ihren engsten Freundinnen zu verbringen«, sagte sie. »Wellnesshotel, rosa Fellpantoletten, Make-up-Beratung für alle und ein bisschen Mädchenzeug. Elle meinte, sie hätten das schon in ihr Hochzeits-Planungsbuch geschrieben, als sie dreizehn waren.«

»Eben, da waren sie *dreizehn*. Ich hoffe mal stark, dass sie sich seitdem weiterentwickelt hat. Jetzt machen wir ein gemeinsames Wochenende mit Freunden in der Skihütte in den Catskills. Davids Mutter meinte, dass wir ihre Hütte dafür nehmen können. Wobei es nicht wirklich eine Hütte ist. Es ist wohl eher ein Luxus-Chalet.«

»Wenn Lauren erfährt, dass sie keinen echten Junggesellinnenabschied bekommt, wird sie total enttäuscht sein. Sie hat mindestens fünf Pinterestwände mit Bildern und Inspirationen nur dafür.« Einen Moment schwiegen sie beide. Ein paar andere Studenten gingen an ihnen vorbei. Irgendwie war Pippa ganz froh, dass Chip nicht zufällig vorbeikam und sie mit Hunter sah. Nicht dass sie etwas zu vertuschen hätte, aber trotzdem.

»Für David wäre so ein Skiwochenende das Allergrößte. Er ist sich sicher, dass es Lauren gefällt. Das wollte Elle nicht einsehen. David ist sich sicher und ich denke, entweder er kennt Lauren oder eben nicht. Es ist genau so etwas, was wir brauchen. Und mal ganz ehrlich: Ich würde auch lieber mit den Jungs allein losfahren. Aber ich mache, was David will.«

Natürlich wollte Hunter lieber mit den Jungs allein losfahren. Nach Vegas, das war keine Überraschung.

Pippa schluckte. »Und wenn es ihr gar nicht gefällt?«

»Dann ist es vielleicht besser so, dass sie weiß, dass ihr zukünftiger Mann keine Ahnung von ihren Wünschen hat«, sagte Hunter mit fester Stimme.

Pippa zögerte. Ihr war nicht wohl dabei und gleichzeitig sah sie die Logik in Hunters Worten.

»Also, wenn sie es nicht toll findet, ein Wochenende in einer supercoolen Skihütte mit ihren besten Freunden zu verbringen, dann weiß ich auch nicht«, sagte Hunter und zuckte mit den Schultern. »Ihre Freundinnen sind ja auch dabei. Und sie hat David gesagt, dass sie mit einer echten Überraschung, wo alles anders ist als erwartet, absolut einverstanden ist.«

»Aber wenn sie dann total unglücklich ist, bin ich eine schlechte Trauzeugin, weil ich mich nicht für ihre Wünsche eingesetzt habe«, erwiderte Pippa.

»Es ist genau das, was wir für die beiden brauchen. Du musst mir einfach vertrauen.«

»Dir vertrauen?«, fragte Pippa zweifelnd.

»Genau.« Hunter hatte sich neben sie an die Wand gelehnt. Er hatte seine Arme vor der Brust verschränkt und sah von oben auf sie herunter. Machte er das absichtlich? War das ein Machtspiel in irgendeiner Form? Er lächelte selbstzufrieden, als wüsste er, dass es letztlich keinen Grund gab abzulehnen. Ihr wurde warm unter seinem Blick. Richtig lange konnte sie diesen Blick nicht aushalten. Die Bibliothek war zudem geradezu lächerlich überheizt. Hier herrschten hochsommerliche Temperaturen, draußen waren zwei Grad.

Pippa holte ihren Becher hervor und nahm einen Schluck von der Cherry-Coke. »Möchtest du?« Hunter hatte so sehnsüchtig auf ihr Getränk geschaut, dass sie die Frage gestellt hatte, bevor sie richtig darüber nachgedacht hatte. »Wobei ich nicht sicher bin, ob das deine Art von Getränk –«

Hunter griff nach dem Becher, und bevor sie ihren Satz beenden konnte, hatte er einen Schluck aus dem Strohhalm getrunken.

Warum hatte sie ihm den Becher überhaupt hingehalten? Das war irgendwie zu … persönlich.

»Oh Gott«, fluchte er, nachdem er probiert hatte. »Was ist das bitte?« Er würgte.

»Cherry-Coke«, gab Pippa unschuldig zurück.

»Wie kann es sein, dass die ganze Ernährungsrevolution von wegen Kokoswasser und Matcha an dir vorbeigezogen ist und du Cherry-Coke trinkst?« Er schüttelte den Kopf.

Sie zuckte mit den Schultern. »Ich weiß nicht. Es macht mich irgendwie sentimental.«

»Es schmeckt so unfassbar künstlich«, sagte Hunter. »Aber du magst ja künstlich.«

»Was soll das denn bitte heißen?«, fragte Pippa.

»Ach nichts«, sagte Hunter. Er fuhr sich durch die Haare.

Pippas Blick fiel auf die altmodische Uhr, die in der Eingangshalle der Bibliothek hing. »Okay, ich muss jetzt wirklich lernen«, sagte sie. Das stimmte nur so halb. Ihre Lernzeit war fast um, sie musste gleich zur Arbeit, aber das wollte sie Hunter nicht erzählen, der, wie die meisten in Stonehill, wahrscheinlich noch nie gearbeitet hatte. »Ich denke bis morgen darüber nach und dann sehen wir uns mittags in der Mensa und besprechen alles, okay?«, sagte Pippa. »Ich muss los.«

Sie drückte sich von der Wand ab, schob Hunter zur Seite und ging an ihm vorbei. Sie musste endlich aus seiner Nähe verschwinden. In der Bibliothek war es heute wirklich besonders heiß.

4. Pippa

Draußen hatte es schon wieder angefangen zu schneien. Vor den hohen Fenstern der Mensa im ersten Stock fiel unablässig der Schnee und die Studenten sahen sehnsüchtig von ihren Tischen hoch nach draußen. Kurz vor den letzten Prüfungen hatten alle, die hier saßen, wenig Zeit, den Schnee zu genießen.

»Am Achtzehnten ist die letzte Brautkleidanprobe. Du kommst mit, oder? Die machen das immer ganz kurz vorher, weil alle Bräute vor der Hochzeit Gewicht verlieren.«

»Du machst aber keine Diät, oder? Du bist perfekt, wie du bist.« Pippa blickte auf Laurens Tablett, auf dem nur ein Pudding und ein halb gegessenes Sandwich lagen.

»Quatsch, ich mach keine Diät. Ich kann einfach vor Aufregung kaum noch etwas essen.«

Lauren war zierlich und nicht sonderlich groß, aber gleichzeitig überraschend stark. Heute trug sie eine enge, weiße Jeans, die keineswegs geeignet war für den Schneematsch, und einen Pulli mit einem glitzernden Pinguin. Sie kaufte jedes Jahr diese grausigen Weihnachtspullover, die überall angeboten wurden. Früher war sie den ganzen Tag draußen auf der Ranch gewesen und hatte sich dort wahrscheinlich Muskeln für ein ganzes Leben antrainiert. Wie sie ihre Vorliebe für Glitzer und Kitsch entwickelt hatte, war Pippa rätselhaft. Vielleicht kompensierte sie jetzt, weil es dort weder Glitzer noch Kitsch gegeben hatte.

Pippa fiel auf, dass Laurens Gesicht und ihre Hände, die aus dem Pullover ragten, seltsam bräunlich gelblich schimmerten. Lauren hatte immer eine etwas dunklere Hautfarbe wegen ihrer brasilianischen Vorfahren, aber das hier war irgendwie anders.

»Warum bist du so braun?« Pippa steckte sich einen Löffel mit Milchreis in den Mund. Er war warm und tat gut nach der Kälte draußen.

»Ich probiere gerade alle Spray-Tan-Studios durch.«

»Aber du bist doch natürlich braun, warum dann noch Bräunungsspray?«

»Ich wollte den Farbton etwas wärmer haben. Findest du's gut? Die Farbe riecht auch ganz okay, nicht wie die letzte. Da roch ich nach Verwesung. Und wenn man wie eine Leiche riecht, kann man die Hochzeitsnacht wohl vergessen. Das war's mir dann doch nicht wert.« In Laurens Augen trat wieder dieses Leuchten, wie immer wenn sie von David redete oder auch nur an ihn dachte. Das Gespräch rutschte gefährlich in die Region ab, in der Lauren zu viele intime Details ausplauderte.

»Ist das nicht ein bisschen viel? Also, ich meine, du willst doch nicht wie eine glitzernde Orange aussehen«, sagte Pippa schnell, um beim Thema zu bleiben.

»Ich sehe wie eine Orange aus?«, fragte Lauren. Ihr Mund

blieb für einen Moment offen stehen. »Sei ehrlich. Niemand sagt Bräuten die Wahrheit. Alle wollen, dass man sich gut fühlt. Ich brauche die Wahrheit.«

»Also …« Pippa überlegte einen Moment, aber nein, so sollte Lauren nicht zur Hochzeit antreten. »Doch, tut mir leid, du siehst aus wie eine Orange. Eine gepimpte Züchtung mit extraviel neonfarbenen Farbpigmenten. Und mehrmals in Glitzer gebadet.«

Lauren riss schockiert ihre braunen Augen auf. Dann fing sie an zu kichern. Pippa unterdrückte ebenfalls nur mühsam ein Lachen.

»Die Frau im Spray-Tan-Studio meinte, ich sehe aus, als ob ich frisch aus dem Hawaii-Urlaub komme«, sagte sie und prustete wieder los.

»Vielleicht. Die Farbe könnte aber auch Folge eines plötzlichen Leberversagens sein«, fügte Pippa trocken hinzu und musste sich zusammenreißen, um überhaupt noch sprechen zu können.

Inzwischen lachte Lauren so sehr, dass ihr die Tränen aus den Augen schossen, und Pippa musste mitlachen. Sie schnappte sich Laurens Hand und schnüffelte. Sie roch komisch. Es bestand kein Zweifel. Normalerweise roch Lauren nämlich sehr gut und meistens nach Rosen.

»Und wenn ich ganz ehrlich sein soll …« Pippa schnüffelte noch einmal an Laurens Hand. »Also Verwesung wäre jetzt zu viel gesagt, aber dieser Bräuner hat das Aroma von vergammelter Milch oder ranziger Butter. Du hast dich wahrscheinlich nur schon daran gewöhnt.«

Und dann war es vorbei und Pippa und Lauren lachten noch lauter. Die ganze Anspannung fiel von ihnen ab, all der Stress der Vorbereitungen und Aufregung der letzten Tage und der unglaublichen Veränderungen, die auf sie zukamen.

Als sie sich wieder etwas gefangen hatten, lehnte Lauren sich zu Pippa. »Du bist die einzige wahre Freundin, die ich in diesem Hochzeitswahnsinn noch habe. Versprich mir, mich vor jedem Hochzeitsfauxpas zu bewahren, okay?« Lauren blickte ihr in die Augen und lächelte.

Pippa nickte, merkte aber, wie ihr Hals dabei trocken wurde.

»Warte mal, dreh dich nicht um. Wir werden beobachtet«, flüsterte Lauren verschwörerisch.

»Beobachtet?«

»Drüben steht Hunter Montgomery und schaut die ganze Zeit zu dir rüber. Ich glaube, er ist verliebt.«

Pippa haute Lauren aufs Bein.

»Aua, das tat wirklich weh! Du hast ja nicht seinen Blick gesehen. Er starrt dich an, als wollte er dich auffressen. Ins Bett ziehen. Oder ermorden. Irgendwie so was in der Richtung.«

»Wir sind verabredet.«

»Ihr seid verabredet?« fragte Lauren in übertrieben gespielter Überraschung. »Soll ich's posten? Da werden aber einige enttäuscht sein.«

»Hast du schon vergessen? Das hast *du* mir eingebrockt. Mein Trauzeugenbuddy. Vielen Dank noch mal.«

Pippa hatte sich gezwungen, sich nicht umzudrehen.

Lauren blickte weiter über Pippas Schulter dorthin, wo

Hunter stehen musste. »Du weißt, dass mir viele Mädchen sehr dankbar wären für diese Chance, so viel Zeit mit Hunter zu verbringen«, sagte Lauren und grinste.

»Ich bin aber nicht viele Mädchen. Und ich bin vor allem nicht eins dieser Mädchen, das nur darauf wartet, einen BH auf die Bühne zu werfen, sobald sich die Möglichkeit dazu bietet.«

»Also, ich schon«, seufzte Lauren. Pippa sah sie entrüstet an. »Also für ein One-Night-Ding gäbe es glaube ich keine bessere Option in Stonehill. Aber ich bin natürlich vergeben. Allerdings sieht er wirklich sexy aus mit diesem düsteren Gesichtsausdruck.«

»Hat er wahrscheinlich vor dem Spiegel geübt«, sagte Pippa trocken. »Passt zum Rockstarimage. Eine einzige Imagekampagne, der Typ.«

»Vielleicht hat ihn der ganze Rummel etwas verdorben, aber wenn er wirklich so schlecht wäre, wäre er nicht der beste Freund von David.«

Pippa zuckte mit den Schultern. Sie würde Lauren jetzt nicht sagen, dass ihm der Ruhm sehr wohl zu Kopf gestiegen war. Vielleicht war er als kleiner Junge nett gewesen, als David ihn kennengelernt hatte, aber davon war nichts mehr übrig geblieben. Lauren stand auf und winkte in Hunters Richtung.

»Ich lasse euch beiden jetzt mal planen. Tschau, Süße, du schaffst das schon. Und brütet keinen Käse aus.« Sie hob lachend die Hand und war verschwunden.

Pippa atmete nochmal tief ein. Ein Hauch von Laurens Spray-Tan lag noch in der Luft.

Hunter näherte sich Pippas Tisch. Er trug Jeans und ein graues T-Shirt, über das er ein kariertes Flanellhemd gezogen hatte, ohne die Knöpfe zu schließen.

»Hi, ich hole mir auch noch was zu essen, okay?«, sagte er zur Begrüßung.

Pippa nickte und schob sich einen weiteren Löffel Milchreis in den Mund. Mittagessen mit Hunter Montgomery. Gut, dann eben auch das. Irgendwie hatte sie nicht gedacht, dass Hunter den Mensafraß essen würde, eher ein exklusives Curry von seinem privaten Koch. Zum Glück war die Mensa ansonsten ziemlich leer. Sie wusste, dass einige Mädchen Hunter ziemlich genau beobachteten. Und sie hatte keine Lust, zum Fanclub gezählt zu werden.

Kurze Zeit später setzte er sich auf den Stuhl ihr gegenüber. Auf seinem Tablett standen ein Teller mit Gemüse und eine Flasche Milch.

»Ich habe aber wirklich nur kurz Zeit. Ich muss in die Bibliothek«, sagte Pippa. Sie hatte nachher noch Schicht.

»Keine Angst, wir halten uns kurz. Hast du drüber nachgedacht? Ich glaube, die Catskills sind eine super Möglichkeit, um –«

»Okay«, unterbrach Pippa. »Einverstanden.«

»Okay?«, fragte Hunter überrascht. »Mit so wenig Widerstand hatte ich jetzt nicht gerechnet.«

»Wir machen die Catskills. Und dann machen wir den gemeinsamen Abend mit beiden Familien so, wie Lauren sich ihn wünschen würde. Und zwar hundert Prozent Lauren«, sagte Pippa.

»Ein Konzert mit Tim McGraw und alle tragen pinkfarbene Herzchensonnenbrillen?«, fragte Hunter und verzog schmerzvoll das Gesicht.

»Nein, das Christmas-Glamourama am Broadway«, strahlte Pippa, ohne eine Sekunde zu zögern. Das war es. Lauren würde es lieben, die Vorstellung ihren Eltern zu zeigen. Sie waren letztes Jahr gemeinsam dort gewesen. Es hatte Pippa für einen Moment von zu Hause abgelenkt. Da war es mit ihrer Mutter ganz schlimm gewesen.

»Da bringt David sich aber möglicherweise um. Das ist sein Verständnis von Vorhölle«, bemerkte Hunter nüchtern.

Diesmal grinste Pippa zufrieden.

»Okay. Wahrscheinlich geht da kein Weg dran vorbei, wenn wir das konsequent durchziehen«, lenkte Hunter ein. »Gruselig ist nur, dass ich mitkommen muss.«

»Es ist wunderbar«, widersprach Pippa. Die Veranstaltungen waren magisch. *Niemand* konnte völlig immun gegen die Show sein.

»Gut, vielleicht hast du recht. Das Opfer muss ich wohl bringen. Hast du noch mehr Ideen? Was sollten sie noch unbedingt voneinander wissen?«

Für einen Moment kam Pippa sich total albern vorn. Was bildete sie sich eigentlich ein, dass sie besser wusste, was gut für Lauren war als Lauren selbst? Andererseits … Ein paar Sachen würden noch gewaltig kompliziert werden.

»Na ja, allein schon, dass David der ultimative Neuengländer ist und Lauren aus Texas kommt«, sagte sie.

Hunter musterte sie einen Moment verwirrt. »Kommt man

in Texas ins Gefängnis, wenn man *keine* Pistole zu Hause hat?«

»Du kannst dich lustig machen, aber ich war mal in den Ferien bei Lauren. Ich würde sagen, die Hauptfreizeitbeschäftigung von Laurens Vater und ihren Brüdern ist das Jagen. Danach werfen sie das Fleisch auf einen riesigen Grill und essen es noch halb roh. Und Lauren liebt ihre Brüder über alles. Und die Ranch.«

»Aber war David nicht sogar schon mal da?«

»Nur ein Wochenende. Schließlich wollten sie ihren Eltern nicht am Telefon von ihren Hochzeitsplänen erzählen. Aber da waren Laurens Brüder gerade in der Wildnis. Sie machen hin und wieder so ein Cowboy-Ding. Eine Woche komplett in der Wildnis. Das hat Lauren früher auch gemacht. Sie könnte dir sogar sagen, welche Schlangen essbar sind. Ich weiß, dass sie das extra vertuscht hat, weil sie David nicht verschrecken wollte. Das ist Culture-Clash pur.«

»Stimmt. David mit einer Jägertruppe – passt jetzt nicht so ganz«, murmelte Hunter.

»Sag ich doch. Er ist ja eher so jemand, der in weißen Hosen auf dem Squashcourt steht oder sich im Countryclub seiner Eltern rumtreibt.«

»Ich trage auch weiße Sachen beim Squash. Das ist Vorschrift«, sagte Hunter, als würde es das Ganze besser machen. »Er wollte sogar mal die Leitung der PETA-Gruppe an der Uni übernehmen«, fuhr er fort, als Pippa nicht reagierte.

»Laurens Brüder wollen noch einen texanischen Junggesellenabschied machen«, fuhr Pippa fort. »Sie feiern im Sommer eine zweite Hochzeit in Texas für alle Verwandten, die nicht so weit nach New York kommen können. Und zum Junggesellenabschied dort gehört bei denen eine Jagd. Der Brautvater erlegt das Tier, der Bräutigam nimmt es aus und bereitet es zu. Aber das weiß David auch noch nicht …«

»Okay, die sollten sich wohl wirklich besser vorher treffen«, sagte Hunter. Er schob sich eine Gabel voller Karotten in den Mund.

Pippa räusperte sich. »Ist schon erledigt.«

»Schon erledigt?«

»Ich habe sie angerufen, ob sie am Wochenende als Überraschung kommen wollen. Sie waren begeistert. Ihre Brüder lieben Lauren einfach abgöttisch.« Sie war glücklich, dass es so geklappt hatte.

»Und die müssen dann auch zum Christmas-Glamourama? Arme Schweine«, sagte Hunter so ehrlich gequält, dass Pippa lachen musste. »Das ist ein Belastungstest. Die hören sich nicht so an, als wären sie schon oft außerhalb Texas gewesen. Wahrscheinlich haben sie noch nie Schnee gesehen. 2004 gab es mal Schnee in Texas, das war eine Art Naturkatastrophe, von wegen Klimawandel und so.«

»Lauren vergöttert ihre Brüder. Wenn sie David nicht mögen oder umgekehrt, wird's schwierig. Meine Mutter hat eine Freundin im Vorstand des Theaters, die besorgt uns noch kurzfristig Karten.« Sie dachte an das Telefonat. »Ich hatte den Eindruck, Laurens Familie glaubt ohnehin, dass die Hochzeit erst dann rechtsgültig ist, wenn sie auch in Texas gefeiert haben. Feste an der Ostküste zählen für sie nicht.«

»Da wird sich Davids Mutter aber freuen, wenn sie hört, dass die Ostküste nichts zählt«, murmelte Hunter und schob seinen leeren Teller von sich.

»Sie sind ziemlich traditionell, oder? Das hat Lauren schon erzählt.«

»*Traditionell* ist noch harmlos. Ihre Vorfahren sind auf der Mayflower in die USA gekommen. Sie sind der Inbegriff des puritanischen Einwanderers, würde ich sagen. David ist der verrückte Paradiesvogel in der Familie.«

Pippa dachte an Davids dunkelblaue Pullover, die beigefarbenen Hosen. »Das ist in der Tat schwer vorstellbar. Trägt er heimlich bunt gestreifte Socken?«

Hunter gab ein Prusten von sich. »Du bist manchmal richtig lustig, Pippa.«

»Ich finde es erstaunlich, dass ihr befreundet seid. Ihr seid so … verschieden.«

»Wir haben in der Highschool zusammen Squash gespielt. Wir waren abwechselnd Nummer eins und zwei. Wenn man das übersteht, wächst man eng zusammen.« Hunter grinste. »Und wir mögen dieselbe Musik. Wir haben Geschmack. Im Gegensatz zu einigen anderen Menschen.«

Pippa rollte mit den Augen. Wollte Hunter ernsthaft auch noch damit angeben, dass er ach so gut im Squash war?

»Ich habe Laurens Brüdern gesagt, dass sie mit dir ausgehen und ihr einen Männerabend für David macht, so einen kleinen New Yorker Abend vor dem texanischen Junggesellenabschied zum Warmwerden.«

»Warte mal, *ich* soll diesen Männerabend machen?«

Pippa nickte. »Ich bin schließlich kein Kerl. Nach der Hochzeit ist doch ständig die Familie im Spiel. Meine Mutter hat ihre Schwiegermutter gehasst. Und ich denke manchmal, dass das mit ein Grund dafür war, warum die Ehe meiner Eltern gescheitert ist.« Sie hätte sich fast die Hand vor den Mund geschlagen. Warum hatte sie das nur gesagt? Sie wollte Hunter keine Details über ihre Familie erzählen. Sie wich seinem Blick aus und redete schnell weiter. »Die Wahl des Restaurants überlasse ich dir. Das dürfte interessant werden«, fügte sie grinsend hinzu.

»Du hast das alles schon fest ausgemacht, ohne mich überhaupt zu fragen?« Hunter klang gereizt. »Wie heißen die Brüder eigentlich?«

»Max, Brad und Matt.«

»Dein Ernst? Das klingt wie aus einem schlechten Western.«

Pippa zuckte mit den Schultern. »Das kann man zumindest schnell rufen, wenn man auf dem Pferd sitzt.«

»Wenn ich den Männerabend mache, dann machst du einen Mädchenabend. Mit allen Verflossenen von Lauren.«

»Wie bitte?«

»Na ja, David ist ja nicht unbedingt Laurens erste große Liebe. Meinst du, sie bleibt wirklich treu? Oder wird ihr David zu langweilig, wenn die erste Begeisterung abgeflaut ist? David ist extrem eifersüchtig.«

»Mit der Treue liegen die Probleme wohl eher bei David. In was für einer Welt lebst du? Sollen die Frauen schön jungfräulich bleiben und nur die Männer dürfen sich austoben?

Vielleicht ist dir schon mal aufgefallen, dass die Logik dahinter nicht so ganz aufgeht. Schon komisch, dass gerade *du* so was von dir gibst.«

Er zog eine seiner langen Augenbrauen nach oben, als wüsste er nicht, wovon sie sprach. »Nein, ich glaube nur, dass Lauren auch gern mal woanders hinschaut. Jedenfalls zu anderen Jungs mit einer Platin-Kreditkarte.«

»Jetzt kommt schon wieder der Schwachsinn.«

»Wenn das so ein Schwachsinn ist, dann kann man mit so einem Abend ja einfach sicherstellen, dass Lauren David dauerhaft treu ist.«

»Also, dann fassen wir mal zusammen«, sagte Pippa. »Wir machen erst das Glamourama, gefolgt von dem Männerabend mit Brüdern, Pistolen und blutigen Steaks.« Sie lächelte zufrieden. »Ach ja, einen Eislaufabend am Rockefeller Center mit Freunden soll es auch noch geben, aber das ist schnell organisiert.«

»Dann machen wir den gemischten Junggesellenabschied in den Catskills ohne Rosa«, fügte Hunter hinzu. »Aber dann erwarte ich bei deinem Junggesellinnenabend mindestens einen Stripper.«

»Garantiert nicht.«

»Entweder Stripper oder Laurens Verflossene. Das ist deine Entscheidung.«

Pippa schloss die Augen. Worauf hatte sie sich da nur eingelassen? Sie zuckte mit den Schultern. »Was auch immer.«

Sie standen gleichzeitig auf und trugen ihre Tabletts zum Band, welches das benutzte Geschirr in die Küche beförderte.

Dabei fiel Pippa ihr Portemonnaie runter und der Bibliotheksausweis fiel heraus. Nicht der für Studenten, sondern der mit dem Zugangscode für ihren Job. Bevor sie sich bücken konnte, hatte Hunter ihn aufgehoben.

»Du hast einen Job in der Bibliothek?«, fragte er.

Pippa schnappte ihm den Ausweis aus der Hand und steckte ihn weg. »Na und?«, fauchte sie. »Du fragst das, als wäre das strafbar. Einige Leute haben Jobs, das ist dir natürlich fremd«, sagte sie patziger, als sie vorgehabt hatte. Der Job sollte ihr nicht peinlich sein. Aber sie wusste, dass einige Studenten ziemlich schadenfroh gewesen wären, wenn sie es gewusst hätten. Das tat noch zu weh.

»Bleib locker. Hätte ich dir nur nicht zugetraut. Ich habe früher auch in der Bib gearbeitet. In der Highschool«, erwiderte Hunter schlicht. Er räusperte sich. »Am Samstag sollten wir in die Catskills fahren. Wir müssen alles mit den Leuten vor Ort absprechen, wenn wir mit so vielen kommen. Ich glaube, da geht kein Weg dran vorbei.«

Pippa wäre fast das Tablett aus der Hand gefallen. In letzter Sekunde stellte sie es noch auf das Band.

Hunter fuhr sich nervös durch die Haare und schaute dabei auf einen Punkt hinter ihr. »Wir schaffen das an einem Tag, morgens früh hin und abends zurück«, sagte er.

Pippa nickte, während ihr irgendwie sehr flau im Magen wurde. Ein bisschen Organisation, hatte Lauren gesagt. Aber dass das bisschen Organisation einen Tagesausflug allein mit Hunter Montgomery bedeutete, wäre ihr niemals in den Sinn gekommen.

»Oh, hier kommt jemand für dich. Er sieht nicht glücklich aus. Ich gehe besser.« Und damit verschwand Hunter, bevor sie sich verabschieden konnte.

»Für andere Leute scheinst du mehr Zeit zu haben als für mich«, sagte eine bekannte Stimme. Chip. Er klang verdammt sauer.

»Oh, Chip. Hi.« Sie umarmte Chip, der das ziemlich steif über sich ergehen ließ. Er roch frisch geduscht und trat schnell wieder einen Schritt zurück.

»Ich weiß, dass wir nicht exklusiv daten. Aber ich hatte schon gedacht, dass du es ernst meintest, als du gesagt hast, dass du keine Zeit hast. Und nicht, dass du nur für *mich* keine Zeit hast. Falls du mir was sagen willst, dann sag es einfach, Pippa. So nötig habe ich es dann auch nicht.«

»Nein, Chip, nein!« Pippa zog ihn zur Seite, damit die anderen Studenten in der Mensa nicht jedes Wort mithören konnten. New York mochte zwar groß sein, aber Stonehill war klein und alle quatschten.

»Es ging nur um den Junggesellinnenabschied, den ich für Lauren organisieren soll. Das fällt unter Job. Und glaub mir, Hunter Montgomery zu treffen, ist Arbeit.«

»Was hat Montgomery denn damit zu tun?« Chip hatte die Hände vor der Brust verschränkt und blickte sie mit schräg gelegtem Kopf an.

»Er ist Davids Trauzeuge, das hatte ich doch erzählt.«

»So, wie ich das kenne, ist er als Trauzeuge für den Männerteil zuständig. Wozu braucht er dann dich? Ich traue ihm nicht. Der hat doch was ganz anderes vor und glaubt, dass er wegen seines dämlichen Rockstargehabes mit allem durchkommt. Ich hoffe, dich beeindruckt das nicht.«

»Glaub mir, das beeindruckt mich weniger als gar nicht. Der Junggesellenabschied wird aber wohl eher eine gemeinsame Veranstaltung und wir müssen ein paar Sachen zusammen planen ...«

»Wie soll das denn gehen? Ein gemeinsamer Junggesellenabschied? Das ist ja eine bescheuerte Idee.«

Pippa unterdrückte den Impuls, die Idee zu verteidigen. Schließlich *war* es keine tolle Idee.

»Der Sinn ist doch, dass man vom Singleleben Abschied nimmt«, meinte Chip. »Und das macht man nicht gemeinsam.«

»Sie finden es aber schöner, gemeinsam zu feiern.«

»Und Lauren will das auch? So hätte ich sie nicht eingeschätzt«, sagte Chip.

Pippa biss sich auf die Lippen, um nicht zu sagen, dass es ja auch nicht unbedingt Laurens Idee war.

»Vielleicht sollten *wir* mal zusammen was planen, dann hättest du auch Zeit für mich.«

»Ich will dich treffen, wirklich. Aber ich muss jetzt gerade tatsächlich auch los.« Ihr Blick fiel auf die runde Wanduhr rechts von ihnen. Sie war sogar schon zu spät. Aber sie hatte Chip bisher nichts von ihrem Job erzählt und hatte es auch jetzt nicht vor. Er wusste, dass es finanziell nicht sonderlich rosig bei ihnen aussah. Und er wusste auch, dass vor der Scheidung alles ganz anders gewesen war. Aber er wusste nicht, dass sie eine der wenigen Studenten in Stonehill war, die arbeiteten. Sie wollte kein Mitleid.

»Okay, ich gehe aber nicht weg, bevor du mir einen festen Termin gibst. Oder du willst tatsächlich nicht.« Chip sah entschlossen aus.

»Nächsten Samstag? Aber ich kann erst abends etwas später.« Dann hätte sie auch einen Grund, Hunter zu sagen, dass sie sich beeilen mussten auf der Rückfahrt aus den Catskills. Perfekt.

»Ein Date am Samstag? Womit habe ich das verdient? Mit so viel Gunst hatte ich jetzt gar nicht mehr gerechnet«, erwiderte Chip besänftigt. Dann zog er sie zu sich heran. Ihm war egal, dass sie mitten in der Mensa standen. »Ich freue mich, Pippa. Lass uns da weitermachen, wo wir das letzte Mal aufgehört haben.« Er küsste sie sanft auf die Wange.

»Danke für deine Geduld. Ich weiß, dass mein Zeitplan genervt hat in letzter Zeit. Ich freue mich auch.« Und sie meinte es auch so.

5. Hunter

Er hatte beschlossen, zu Fuß zu gehen. Sie würden sich vor dem Theater treffen, und ein bisschen frische Luft vor dem Christmas-Glamourama konnte definitiv nicht schaden. Er war gespannt auf Laurens Brüder. Das dürfte interessant werden. Zu Hause hatte er es nicht mehr ausgehalten. Er konnte auch Kimyos Getue nicht mehr ertragen. Ihre krampfigen Versuche, kumpelhaft zu sein und ihn in ihre Beziehung mit Travis miteinzubeziehen, als wären sie eine Familie.

Er lief vom Central Park aus die Seventh Avenue herunter Richtung New-Amsterdam-Theater. Die Seventh Avenue war auf dieser Höhe noch richtig bodenständig. Es gab billige Geschäfte, Drugstores und einen Haufen günstige Restaurants für die Touristen, die sich hier massenhaft rumtrieben, je näher man Richtung Theater District kam. Bunte Weihnachtsbeleuchtung blinkte in jedem Schaufenster. Dazu kamen noch die hellen Leuchtreklamen der Theater und die überdimensionalen Models auf riesigen Postern, die in Bikinis für Fitnessdrinks oder Parfüms warben. Der Schnee war größtenteils schon geschmolzen.

Als Kind hatte Hunter mit seinen Eltern zu ganz besonderen Ereignissen ein Musical besucht: *Mary Poppins, Der König der Löwen, Aladdin, Cats, Das Phantom der Oper.* Aber wieder dachte er bei der ganzen Weihnachtsbeleuchtung besonders an seine Mutter Kate.

Er war vorhin im Apple Store gewesen, um seinem Vater ein neues Handy zu Weihnachten zu besorgen. Das kaufte er jetzt, ohne mit der Wimper zu zucken. Es war absurd, wie viel Geld sie plötzlich hatten. Hunter trauerte FAO Schwarz nach, dem Spielwarengeschäft, das aus dem riesigen Laden am Central Park von Apple vertrieben worden war. Der größte Spielzeugladen der Welt – oder zumindest war es ihm damals so vorgekommen – war von einem auf den anderen Tag verschwunden. Er hatte immer ewig vor den überdimensionierten Stofflöwen und -giraffen gestanden, hatte sich schwitzend in seiner Winterjacke durch die überfüllten Gänge gequetscht. Nur die riesige Puppenabteilung hatte er ausgelassen. Im Laden gab es vor Weihnachten überall Vorführungen, bei denen die Mitarbeiter in roten Uniformen mit Goldapplikationen die neuesten Spielzeuge vorführten: ferngesteuerte Hubschrauber, magische Stifte, motorisierte Mini-Autos, Instrumente, die allein spielen konnten. Sie hatten nie viel gekauft. »Das ist nur Zeug, das man besitzt. Das Schöne ist die Erfahrung und die Erinnerung«, hatte seine Mutter gesagt. »Die Sehnsucht ist viel schöner als das Besitzen.« Das zu akzeptieren, war Hunter damals schwergefallen. Heute wusste er genau, was sie gemeint hatte. Irgendwie mochte er sogar diese Weihnachtsdekoration, den ganzen Aufruhr um Weihnachten, der ihn an seine Mutter erinnerte.

Er kam an einem heruntergekommenen Hard Rock Café vorbei, in dem er früher häufig gewesen war. Keins dieser Hard Rock Cafés für die Touristen mit Klamotten, die Mick Jagger mal getragen hatte, sondern ein echtes Hard Rock Café. Seine letzte Freundin hatte hier häufig gespielt, Shanty. Um die Eingangstür herum hatte der Besitzer besonders geschmacklose Blinklichter in Neonfarben angebracht.

Er kam etwas zu früh am Theater an und sah noch niemanden von den anderen. Max, Brad und Matt hatte er natürlich noch nie gesehen, aber er war sich sicher, dass man das Trio erkennen würde. Die Menschen, die herbeiströmten, waren genauso aufgebrezelt wie die ganze Stadt: überall Glitzer, bestickte Roben und auffälliger Schmuck. Sogar auf den Gesichtern schien Goldstaub zu liegen. Ein Blick auf das Ankündigungsplakat für das diesjährige Glamourama machte klar: Die Vorführung war für alle, die nur die Highlights sehen und sich nicht mit dem Zeug dazwischen aufhalten wollten. Das Beste, sofort, ohne Pause. Highlights aus *Nussknacker* und *Schwanensee*. Italienische Opernstars waren angereist, nur um ein paar berühmte Arien zu singen. Alles, was aus Europa war, wurde vermarktet, als wäre es etwas Besseres. Travis Montgomery lief in Europa und insbesondere in Japan als amerikanischer Star ja auch besonders gut. Für die Ballettsolos war eine Starballerina aus St. Petersburg engagiert. Eine Attraktion folgte der nächsten, natürlich wurde auch eine Jahreszeit von Vivaldi aufgeführt, dazwischen dann Lieder aus Musicals. Erstaunlich, dass sie nicht eine Jazzversion von Michael Jackson reingemischt hatten – oder den ach so populären Weihnachtssong von Travis Montgomery.

Hunter schluckte. Für jeden war was dabei. Es war so ähnlich wie diese hippen Fotogalerien, wo das Gruselige war, dass es eigentlich immer etwas gab, was einem gefiel. Irgendwie hatte man letztlich einen durchschnittlichen Geschmack, den diese Fotogalerien herausgefunden hatte. Wie konnte er so einfach gestrickt sein, dass sogar ein solcher Laden ihn durchschauen konnte?

Unfassbar, dass Lauren und Pippa solche Aufführungen liebten.

Endlich entdeckte er David, der gemeinsam mit seinen Eltern auf den Stufen zum Theater stand. Davids Eltern natürlich in konservativen gedeckten Farben, vierte Generation Perlenkette.

»Hey, Mann, wie geht's?«, begrüßte David ihn. »Wo ist dein Smoking?« Er grinste. »Danke für die Organisation, ich glaube, die Überraschung ist gelungen«, sagte er und nickte Richtung des kitschigen Posters vom Christmas-Glamourama.

»Es war Pippas Idee. Das dürfte wohl Laurens Traum von einem perfekten Abend sein: Ein paar verhunzte Opern und Musicals müssen in Zukunft drin sein. Dein neues Leben, Alter. Gewöhn dich besser dran«, gab Hunter zurück.

David gluckste. »Meine Eltern freuen sich schon ziemlich. Sie haben das Glamourama jedenfalls noch nie gesehen.« Er boxte Hunter in die Seite. »Das ist der Inbegriff des Kulturverfalls für meine Mutter. Bin gespannt, was sie ihren Freunden erzählt, wo sie war. Das kann sie nicht öffentlich zugeben.«

David war ähnlich musikbesessen wie Hunter. Allerdings war er mehr für Klassik zu haben und Metal zum Ausgleich. Er spielte Cello, hatte zwei Opernsänger in der Familie und war schon als Kind nach Bayreuth geschleppt worden, wo er mit seinen Eltern stundenlange Wagnerorgien über sich ergehen ließ.

In dem Moment kam Lauren mit ihrer Mutter und drei Typen, die aussahen, als würden ihnen die Anzüge körperliche Schmerzen zufügen, die Stufen zum Eingang hoch. Auf Laurens Gesicht leuchtete das gleiche strahlende Lächeln wie auf dem Gesicht ihrer Mutter. Lauren trug ein rotes Paillettenkleid mit einer Borte aus weißem Fell, das auch aus einer Weihnachtsrevue stammen konnte. Das war sogar für Laurens Verhältnisse ziemlich durchgeknallt. Aber wahrscheinlich wollte sie sich ihrer Mutter anpassen, die aussah wie eine überdimensionierte goldene Weihnachtskugel, die in einen Glitzertopf gefallen war. Sie war auch für New York kurz vor Weihnachten völlig overdressed. Sogar ihre Augen waren mit Gold umrandet. Neben ihr wirkte Davids Mutter wie ein ärmliches Schulmädchen.

Lauren stürmte auf David zu und warf sich ihm in die Arme. »Danke!«, rief sie in sein Ohr. »Ich dachte, du hasst so einen Kram. Danke, danke, danke!« Sie begann, ihn so wild zu küssen, dass Davids Eltern verlegen zur Seite sahen. David schien das Ganze zu amüsieren, und er erwähnte nicht, dass er vom Glamourama genauso wenig gewusst hatte wie sie. Er warf allerdings besorgte Blicke zu seinen Eltern, wie sie das Glamourama und die Texas-Schwiegerfamilie verkrafteten.

Matt, Brad und Max klopften David abwechselnd und ziemlich heftig auf die Schulter, hielten aber ansonsten scheinbar nicht viel von Small Talk.

»Was für eine wunderbare Idee«, verkündigte Laurens Mutter Renée mit weit ausgestreckten Armen. »Ich bin begeistert. Und nur das Beste vom Besten. New Yorks kulturelles Angebot ist unglaublich.« Laurens Mutter suchte nach Zustimmung bei Davids Mutter, der Wagnerexpertin.

»Ja, das Angebot in New York ist sehr abwechslungsreich«, erwiderte Davids Mutter mit einem angestrengten Lächeln. Sie wirkte blass neben Laurens Mutter. Sie hatte wahrscheinlich in ihrem ganzen Leben nicht so viel Make-up benutzt wie Laurens Mutter an diesem einen Abend. Sogar ihre Stimme war gemäßigt und zurückhaltend, keine zu große Begeisterung, keine Kritik. Die van Houtens waren ein einziges Understatement.

»Dick ist noch in Dallas. Ihr wisst ja, das Öl fließt auch am Wochenende«, lächelte Renée und zwinkerte, nicht ohne Stolz. Mrs van Houtens Augen verrieten nichts, aber ihre Lippen waren noch ein wenig verkniffener als vorher. Ihr würde es nie einfallen, über Arbeit und Geld zu sprechen. Auch wenn das Vermögen der van Houtens um ein Vielfaches größer war als das der Martins. Laurens Familie besaß eine kleine Ölquelle in Texas, die in der letzten Generation auf einer ihrer Ranches entdeckt worden war. Miniölfarmen, so was gab es in Texas tatsächlich.

»Ja, natürlich«, erwiderte Davids Vater George mit einer kleinen Verbeugung, um das Schweigen seiner Frau zu überbrücken. »Wir freuen uns, mehr Zeit nach der Hochzeit mit Dick, äh, Richard zu verbringen.«

Lauren wollte ihre Brüder gar nicht mehr loslassen. »Sie können es gar nicht erwarten, dich mit zum Jagen zu nehmen. Das kannst du nicht ablehnen«, sagte sie strahlend zu David.

David zog eine Augenbraue nach oben. »Sicher«, sagte er lächelnd. David würde niemals jagen gehen, so viel wusste Hunter. David wurde schon schlecht, wenn sich jemand beim Squash eine kleine Verletzung geholt hatte, bei der drei Tropfen Blut flossen.

Lauren kicherte und flüsterte mit ihren Brüdern. »Seid nett zu ihm und macht ihm keine Angst.« Sie sagte es laut genug, dass es jeder hören konnte. Dann sah sie David tief in die Augen. David schüttelte den Kopf, als wollte er allen klarmachen, dass Lauren nur Witze machte. Für einen Moment wirkte sein Grinsen allerdings arg angestrengt.

Und Hunter war sich sicher, dass Pippa und er die richtige Entscheidung getroffen hatten.

Im Foyer erklang jazzige Weihnachtsmusik. Frauen in hautengen Kleidern und Männer in roten Fräcken mit goldenen Knöpfen verteilten die Programme. Die Eingangshalle war mit großen Girlanden und goldenen Schleifen festlich dekoriert. Aufgeregtes Stimmengewirr hallte in jedem Winkel des prächtigen Foyers. Ganze Familien strömten herein, Großmütter, Mütter, Enkel, feine Upper-East-Side-Familien, die ohne nachzudenken teure Tickets für die entfernte Verwandtschaft gekauft hatten, und Familien, die sich so kurz vor Weihnachten etwas Besonderes leisteten.

Auf dem Rückweg von der Garderobe erspähte Hunter endlich Pippa, die eilig die Treppe hochgelaufen kam. Ihre Pudelmütze stach aus der Menge heraus. Ihre Wangen waren gerötet, ihre Haare hatten sich durch die Feuchtigkeit gewellt und fielen in weichen Locken über die Schultern. Als sich ihre Blicke trafen, riss sie ihre Augen weiter auf. Sie sah aus wie ein aufgeregtes kleines Mädchen kurz vor der Bescherung.

»Hallo, Hunter!«, rief sie, als hätte sie kurzzeitig vergessen, dass sie sich nicht mochten. »Ich konnte nicht früher von zu Hause weg. Sind sie schon da?«

Er nickte mit dem Kopf hinter sich in Richtung der van Houtens und der Martins, die zusammenstanden und das peinliche Schweigen mit Small Talk überbrückten. Laurens Brüder hatten die Hände in die Taschen gesteckt und standen hinter Lauren. Sie fühlten sich wohl unbeobachtet und warfen David abschätzende Blicke zu.

Pippa schaute kurz zu ihnen, dann zu Hunter. Sie krauste die Nase. »Alles okay?«

»Ich sag mal so: Lauren und ihre Eltern werden es lieben. Davids Eltern sind sehr höfliche Leute. Schließlich wissen sie jetzt, was sie die nächsten Jahre erwartet.«

Pippa schmunzelte. »Und sie wissen ja noch nicht mal, dass das Lieblingsausflugziel von Laurens Familie Vergnügungsparks sind. Und Mrs Martin macht in Texas jede Menge opulente Wohltätigkeitsveranstaltungen. Sie haben auch für den Weihnachtsball gespendet und ein extragroßes Foto für die

Wand mit den Spendern geschickt.« Pippa kicherte. Dabei erschien wieder das kleine Grübchen in ihrer Wange. »Hach, ich freue mich schon aufs Ballett«, sagte sie. »Irina Kolesnikova tanzt den Schwan, das ist einfach völliger Wahnsinn!«

»Ach ja, das wollte ich dir auch schon erzählen«, erwiderte Hunter trocken.

Für einen Moment blickte sie ihn irritiert an. Dann boxte sie ihn in die Seite. »Du kennt sie gar nicht. Sie ist wirklich unglaublich gut.«

»Hast du früher selbst getanzt?«, fragte Hunter. »So was weiß man nur als Insider.«

»So was weiß man mit einer gewissen Bildung. Vielleicht hättest du das erste Jahr in Stonehill doch nicht schwänzen sollen.«

»Also hast du jetzt Ballett getanzt?«, fragte Hunter noch einmal und fixierte sie.

Sie seufzte. »Ziemlich viel sogar. Aber weiter als bis zum *Nussknacker* bin ich nicht gekommen«, fügte sie hinzu, dann wich sie seinem Blick aus, als hätte sie schon zu viel erzählt. Sie knöpfte ihren Mantel auf und streifte ihn sich von den Schultern, während sie nach der Garderobe Ausschau hielt. Darunter trug sie ein schulterfreies Kleid, das viel hell schimmernde Haut freigab. Hatte sie dort irgendetwas hingeschmiert, dass ihre Haut so glänzte? Da gab es doch bestimmt irgendwelche Cremes, die Mädchen sich auf den Körper schmierten.

Als er hochschaute, blickte er direkt in Pippas Augen. Sie legte den Kopf schief.

»Darf ich dich fragen, wohin du da gerade gestarrt hast?«

Hunter öffnete den Mund, aber nichts kam heraus. Dann setzte er noch mal an. »Sorry, Pippa, aber das ist doch kein Zufall, dass dein Kleid einen Ausschnitt hat, der dazu einlädt hinzustarren. Du kannst ruhig zugeben, dass du mit mir flirtest.« Er verschränkte die Arme vor der Brust.

»Ich würde sagen, du solltest nicht immer alles auf dich beziehen. Immerhin habe ich kein Poloshirt an, obwohl es angemessen wäre, ein Hemd zu tragen für den Anlass. Schließlich weißt du, wie konservativ Davids Eltern sind. Das könnte man einfach aus Respekt ihnen gegenüber machen. Vielleicht sich selbst nicht so wichtig nehmen? Aber wahrscheinlich glaubst du, dass du mit diesem Shirt zeigen kannst, dass du besonders cool bist. So ganz unangepasst. Als ich fünfzehn war, hatte ich auch mal eine rebellische Phase«, erwiderte sie zuckersüß.

»Wie sah denn deine rebellische Phase aus, Pippa? Hast du mal ein schwarzes Shirt angezogen statt eines in pink?«

Pippa rollte mit den Augen, aber sie lächelte. Irgendwie war die Schärfe ihres Schlagabtauschs heute gemildert.

»Ich hatte bei der Planung übersehen, dass ich dabei sein muss«, sagte Hunter und deutete auf das Plakat, auf dem eine Ballettformation von tanzenden Engeln gezeigt wurde. Kitschig war untertrieben.

»Vergiss einfach, dass du ein cooler Typ sein willst, und genieß es.« Pippa winkte Lauren zu und ging zu den anderen hinüber. Dann begrüßte sie Laurens Brüder, denen ihr Kleid auch ziemlich gut zu gefallen schien.

Sie traten gemeinsam zu den Eltern, die sich für die Organisation der Veranstaltung bedankten, da sie ja doch bisher nur sehr wenig Zeit gehabt hatten, sich kennenzulernen, wie Davids Mutter mit einem leichten Vorwurf in der Stimme feststellte. Hunter hatte schon einmal gedacht, dass Mrs van Houten nicht sonderlich begeistert von der Hochzeit war. Jetzt war er sich ziemlich sicher: Davids Mutter machte gute Miene zum bösen Spiel. Sie war nicht besonders froh über die texanische Schwiegertochter und deren Familie.

Nachdem die Theaterglocke ertönte, nahmen sie ihre Plätze ein. Hunter saß zwischen Lauren und Pippa, wobei Lauren sich an David schmiegte und die beiden sich pausenlos an den Händen hielten oder sich sonst wie unauffällig anfassten. Vor Beginn hatte Pippa sich noch Popcorn mit Butter und Zimtzucker gekauft, was irgendwie weihnachtlich sein sollte. Eine Horrorkombination voller Zucker und künstlicher Geschmacksverstärker. Es war unglaublich, sogar Popcorn war beim Christmas-Glamourama erlaubt. Der fassungslose Blick von Davids Mutter aufgrund des Sittenverfalls war Hunter nicht entgangen.

»Wenn du nicht aufpasst, bestehst du irgendwann von innen aus Zucker«, sagte Hunter. »Cherry-Coke und jetzt Zuckerpopcorn. Hast du denn gar keine Angst vor den leeren Kalorien wie normale Mädchen?«

»Ich liebe Zucker. Nicht immer, aber manchmal. Und ich weiß, dass es nicht gesund ist. Ich frage mich, wieso du plötzlich um meine Gesundheit besorgt bist.«

Er konnte nichts dagegen tun, aber Pippas Gegenwart war ihm in jeder Sekunde bewusst. Ihr schulterfreies, blaues Kleid brachte ihn auf einen merkwürdigen Gedanken: Pippa hatte sehr hübsche Schultern. Er hatte noch nie darüber nachgedacht, was jetzt genau die Kriterien für hübsche Schultern waren, aber ihre gehörten eindeutig in diese Kategorie: nicht breit, aber auch nicht schmal, gerade, irgendwie definiert und sportlich. Er blickte auf ihre Silhouette und sah, wie ihre Lippen im Halbdunkel glänzten.

Ganz plötzlich, keine Ahnung woher, kam ihm der Gedanke, wie es wäre, Pippa zu küssen. Sie würde wahrscheinlich nach Kirschen schmecken. Nach süßlichen Zuckerkirschen, oder was sonst noch für Geschmacksrichtungen in diese Lipglossdinger reingemischt wurden. Oder nach Vanille, wie das Parfüm, das sie heute trug und das ihn einhüllte. Sie roch wie etwas, was man essen konnte, etwas, von dem man später Karies bekam, weil es süß und ungesund war.

Die Show ging los mit *Schwanensee*, allerdings wurde natürlich nur das Highlight gezeigt – in diesem Fall der sterbende Schwan. Vor dem dunkel beleuchteten See drehte sich die russische Primaballerina in großer Anmut in ihrem weißen Tutu, ganz klassisch, bloß nicht das Publikum mit etwas Modernem überfordern. Niemand sollte schockiert werden.

Auf dem Gesicht von Lauren und ihrer Mutter spiegelte sich Entzücken. Die van Houtens ließen alles mit unbewegten Gesichtern über sich ergehen. Pippa saß mit leicht geöffneten Lippen neben ihm. Gebannt verfolgte sie das Geschehen auf der Bühne, auf der der viel zu langsam sterbende Schwan seine Runden zog.

Vielleicht war das auch einmal ihr Traum gewesen, schoss

es Hunter durch den Kopf. Wieso hatte sie wohl mit dem Ballett aufgehört? Passte gar nicht zu ihrer Rampensau-Persönlichkeit. Vor allem nicht während der Highschool, wo man doch allein schon wegen der Collegebewerbung Sport machte. Das sah nämlich gut aus auf so einer Bewerbung. Wobei Pippa wahrscheinlich mit ihren ganzen Clubmitgliedschaften genug punkten konnte.

Pippa war komplett versunken. Heute sah sie noch mehr wie eine Balletttänzerin aus. Sie hatte vorhin ihre Haare zu einem losen Knoten verschlungen, einige kleine Strähnen hatten sich gelöst und fielen ihr in den Nacken. Hunter musste sich zusammenreißen, nicht über die zarte Haut zu streichen. Vielleicht war es die verletzliche Ausstrahlung des Halses, die ihn faszinierte. Ein Seufzer entfuhr ihm, als er diese absurden Gedanken beiseiteschob. Pippa Schwab, das wohl selbstverliebteste Mädchen des ganzen Colleges.

Er lehnte sich zu Pippa. »Hat die Dirigentin sich die Jacke von Britney Spears geliehen?«, flüsterte er.

Pippa rammte ihren Ellenbogen in seine Seite. Nicht brutal, aber mit unangenehmem Schwung.

»Sie soll wahrscheinlich die älteren Herren im Publikum wachhalten«, fügte er grinsend hinzu. »Mit dem ganzen Gold und Glitter sieht sie aus wie ein Zoodirektor.«

Pippa drehte sich zu ihm und blickte in streng an.

Gerade betrat eine Reihe von als Weihnachtsmänner verkleideten Balletttänzern die Bühne.

»Echt jetzt«, flüsterte Hunter, »*das* möchtest du verteidigen?«

Es war mehr als gruselig. Lauren und ihre Mutter schienen sich bestens zu amüsieren, wobei ihre Brüder mit einer gewissen Fassungslosigkeit das Geschehen betrachteten. Der Blick zur anderen Seite bestätigte, dass Davids Eltern dem Schauspiel weiterhin mit erstarrten Gesichtern beiwohnten.

Er lehnte sich nach vorn, um einen Blick auf David zu erhaschen, aber der war weiter damit beschäftigt, Lauren abzuknutschen. Mit ihm war wirklich nichts mehr los in den letzten Monaten.

Hunter seufzte. Manchmal fehlte ihm sein alter Freund, das gemeinsame Ausgehen. Nicht dass er es vermisste, mit ihm Frauen um die Wette abzuschleppen. Er dachte einfach gerne an die Zeit mit ihm, als sie nach dem Squash in einer Bar versumpft waren oder auf dem Heimkino seiner Eltern so lange Star Wars geschaut hatten, bis sie eingeschlafen waren. Und sosehr er David alles Glück der Welt wünschte, hoffte er gelegentlich, dass alles wieder so wäre wie früher.

Nachdem die Show vorbei war, gingen sie für Dinner und Cocktails in den Ivy Club, in dem Davids Eltern stolze Mitglieder waren.

»Davids Eltern lieben den Club«, erklärte Hunter Pippa leise auf dem Weg dorthin. »Man kann nur Mitglied werden, wenn die Eltern auch Mitglied waren. Die Mitgliedschaft wird vererbt. Da herrscht schon seit Jahren totaler Aufnahmestopp.«

Pippa warf ihm einen herablassenden Blick zu.

»Was schaust du so? Bist du etwa auch Mitglied?«

»Nein«, sagte Pippa nur kurz angebunden. Manchmal war sie wirklich schwer zu durchschauen.

Davids Eltern kannten natürlich alle möglichen anderen Gäste im Club und stellten die neue Schwiegertochter, Schwiegermutter und die Cowboybrüder vor. Aber Hunter entging nicht die Anspannung, die Davids Mutter ins Gesicht geschrieben stand, wenn sie die mit Gold und Diamanten behängte neue Familie vorstellte. Und ihm entgingen auch nicht die mitleidigen Blicke der anderen. War ja auch unerhört, dass einer der ihren offensichtlich eine derartige gesellschaftliche Außenseiterin heiratete, statt schön in den eigenen Kreisen zu bleiben und ein nettes Mädchen aus dem Countryclub mit einem großen Trustfund und einem Anwesen in Connecticut zu ehelichen.

Sie nahmen an einem festlich eingedeckten Tisch Platz. Hunter setzte sich so weit wie möglich entfernt von Pippa. Er musste erst einmal wieder einen klaren Kopf bekommen.

»War es nicht einfach nur magisch?«, fragte Laurens Mutter Renée begeistert.

Davids Mutter nickte mit eisernem Lächeln. »Ich bin froh, dass es euch gefallen hat«, erwiderte sie diplomatisch.

»Waren die Weihnachtsmänner nicht unfassbar komisch?«, fiel Lauren ein. »Das war einfach eine großartige Show.«

Mr van Houten nickte und sah dabei auf den Boden, offensichtlich peinlich berührt.

»Aber Renée«, wandte sich Davids Mutter Liz schließlich an Laurens Mutter. »Können wir nicht noch mal über die Hochzeit sprechen? George und ich möchten wirklich unseren

Teil zur Organisation und zur Bezahlung beitragen. Wir haben keine Tochter und die Welt hat sich schließlich geändert in den letzten vierzig Jahren. Natürlich legen wir auf Traditionen wert, aber wir möchten gern etwas beitragen. Wir würden auch die gesamte Finanzierung der New Yorker Hochzeit übernehmen.« Davids Mutter hatte mit ungewöhnlich energischer Stimme gesprochen. Als hätte sie sich fest vorgenommen, dieses Mal ihr Ziel zu erreichen. Der Hinweis darauf, dass sie eine Familie mit Tradition waren, war ebenfalls ziemlich deutlich. Vielleicht wollte sie Laurens Mutter noch mal ausdrücklich daran erinnern, dass sie keine Neureichenhochzeit feiern wollten. »Wir sind schließlich alteingesessene New Yorker«, fügte sie ungewohnt direkt hinzu. »Es fällt uns auch wesentlich leichter, etwas zu organisieren, weil wir uns doch sehr gut auskennen und gute Kontakte vor Ort haben.«

»Ach, Liz«, fiel Renée ihr überschwänglich freundlich ins Wort. »Das ist so reizend von dir und George. Aber wir haben wirklich den allerbesten Hochzeitsplaner gebucht. Er organisiert in Texas alles, was Rang und Namen hat. Eigentlich hatte er überhaupt keine freien Termine mehr. Aber wir haben ihn überredet …«, bei diesem Wort kicherte sie, »dass er auch hier für uns arbeitet.«

Davids Mutter unterbrach sie schnell, wahrscheinlich aus Angst, dass Renée gleich in derselben Lautstärke, in der sie sprach, gut hörbar für alle Clubmitglieder, die Kosten für die Hochzeit ausposaunen würde. Liz sprach extra leise, als könnte sie Renée dadurch ebenfalls dazu bringen, leiser zu sprechen.

»Aber ein Hochzeitsplaner aus Texas kennt sich doch hier in New York nicht so gut aus«, gab sie zu bedenken.

David rutschte unruhig auf seinem Stuhl hin und her. Sein Vater tat so, als wäre er in die Menükarte vertieft.

»Ihr braucht euch keine Sorge zu machen, dass es nicht ein ausgefallenes Fest mit vielen Überraschungen wird.« Renée nickte nachdrücklich. »Es wird nirgends gespart, ihr werdet begeistert sein. Es ist uns eine Ehre, die Hochzeit unserer Tochter auch in New York auszurichten. Wir übernehmen mit großer Freude alle Kosten für die Hochzeit. Und selbstverständlich freuen wir uns schon auf das große Fest in Texas im Frühsommer. Ihr könnt mir glauben, wir Texaner wissen, wie man feiert. Oder habt ihr daran Zweifel?«, fragte Laurens Mutter und zwinkerte.

Sie strahlte voller Freude und erinnerte in diesem Moment sehr an Lauren. Sie sahen sich ziemlich ähnlich, nur war Lauren um einiges dünner.

»Renée, wir würden wirklich gern bei der Planung beteiligt sein«, wiederholte Liz und wirkte beinahe penetrant. Offenbar hatte sie vor den kostspieligen texanischen Überraschungen Angst.

»Schhhhhh«, machte Renée und drückte beschwichtigend Liz' Arm. »Darüber gibt es keine Diskussion.« Sie lächelte noch mal, aber ihr Ton gestattete keine Widerrede. Auf ihre charmante Weise hatte sie Liz deutlich zurechtgewiesen.

Liz nickte mit verkniffenem Mund und sah Hilfe suchend zu ihrem Mann, der versuchte, ein Gespräch mit Laurens wortkargen Brüdern zu führen. Wahrscheinlich vor allem, um sich nicht einmischen zu müssen.

»Mum, keine Angst, wir wickeln keine goldene Schleife um die Kirche«, sagte David, um seine Mutter abzulenken. Aber sein Ton war ziemlich hart.

Renée, die den Unterton in Davids Stimme überhört hatte, warf ihm einen verwirrten Blick zu. Sie dachte wohl, dass es eine ganz fantastische Idee war, die Kirche mit einer Schleife zu umwickeln. Hunter verkniff sich ein Grinsen.

»Sieh mal, da sind die Richardsons, Mum, ich stelle mal alle vor«, sagte David, um das Thema abzuhaken.

»Das reicht doch später«, erwiderte Liz und hielt David am Arm fest.

»Mum. Ich hole jetzt die Richardsons und stelle ihnen die Martins vor. Die Familie, in die ich einheiraten werde.«

Liz schloss kurz die Augen. David war sauer.

Das Abendessen zog sich noch eine quälende Stunde, bis sich die Martins und die van Houtens verabschiedeten – deutlich weniger herzlich, als sie sich begrüßt hatten. Pippa blieb noch, um mit Lauren irgendwelche Dinge zu besprechen. Die Familien hatten sich definitiv besser kennengelernt, insofern war der Abend gelungen. Doch so ganz wohl fühlte Hunter sich nicht dabei. Und dann stand ihm morgen noch der Männerabend mit den Cowboys bevor, den Pippa ihm eingebrockt hatte. Keine besonders schöne Aussicht.

6. Hunter

Hunter hatte tatsächlich die Travis-Montgomery-Karte gespielt, um noch einen Tisch im *Blue Mountain Grill* in Brooklyn zu bekommen.

Sie wussten ja nicht, dass Travis – inklusive neuem Kinnbart – gerade in L. A. mit seinem Produzenten über ein neues Album sprach, an dem Hunter, wie er noch mal deutlich gemacht hatte, nicht mitarbeiten würde.

Das Restaurant, berühmt für seine zarten Steaks, war monatelang ausgebucht. Aber als Hunter am Telefon nach einem Tisch für seinen Vater gefragt hatte, war plötzlich ein Tisch frei gewesen. Nur würde Travis selbst dann wohl plötzlich verhindert sein.

»Hätte es nicht gereicht, wenn ich Laurens Brüder nach der Hochzeit besser kennengelernt hätte?«, fragte David, als sie gemeinsam im Taxi nach Brooklyn saßen. »Die klingen irgendwie ein bisschen schwierig.« Draußen war es kalt und die Scheiben waren beschlagen. »*Blue Mountain Grill,* Kumpel. Bist du jetzt mein Freund oder mein Feind?« David grinste. »Nicht dass du es jetzt nur noch den anderen recht machst und vergisst, dass du *mein* Freund bist.«

»Hey, lieber jetzt die volle Packung und dann keine bösen Überraschungen, wenn es zu spät ist«, sagte Hunter und wischte ein Guckloch in die beschlagene Scheibe.

»Das war ja Horror gestern. Meine Mutter hat fast einen Herzinfarkt bekommen. Ich muss ihr vor der Hochzeit unbedingt ein paar Beruhigungspillen unterjubeln.«

»Eigentlich müsste sie ja sehr froh sein, dass du dich überhaupt auf das Ganze einlässt. Früher hast du dich doch immer lustig gemacht über die ganzen Traditionen und hast mit einer Vegas-Hochzeit gedroht.« Hunter wusste das genau. David wirkte zwar nicht wie ein Rebell, weil er immer noch die Klamotten trug, die seine Mutter ihm kaufte. Aber nur, weil es ihm total egal war. Er war weit weniger konservativ, als viele dachten.

»Eben, dafür sollten sie vor allem Lauren dankbar sein. Sie steht auf diesen Kram«, erwiderte David. Auch er wischte ein kleines Guckloch in der Scheibe frei. Draußen war es dunkel, nur die Straßenlaternen und die vielen Autos erleuchteten die Stadt. Sie kamen nur langsam voran.

»Sie hätte sich ja auch nach dir richten können«, warf Hunter vorsichtig ein.

»Nein, mir ist es letztlich egal. Und wenn es ihr wichtig ist, ist das schon okay.«

»Du kannst dir immerhin sicher sein, dass es etwas auffälliger wird, als deine Mutter sich das vorgestellt hatte«, grinste Hunter.

»Was willst du sagen? Dass es auch eine völlig außer Kontrolle geratene Kitschveranstaltung werden könnte?« David sah ihn an. Es war ein Witz, aber Hunter konnte sehen, dass es ihm durchaus etwas Angst machte.

Hunter streckte die Hand aus und klopfte ihm auf den Rücken. »Willkommen zu deinem neuen Leben in Texas. Ich habe gehört, dass da eben alles etwas größer ist.«

»Eigentlich hatten wir sogar überlegt, für eine Weile nach Texas zu ziehen«, murmelte David und rieb sich dabei den Nacken. »Aber nach gestern bin ich mir nicht mehr so sicher.«

»Sie haben großartige Shoppingmalls in Texas«, erwiderte Hunter und musste sich beherrschen, nicht laut loszuprusten.

Das Taxi stoppte und fuhr ruckartig wieder an. Der Kerl am Steuer hatte keinen besonders sanften Fahrstil.

»Arschloch!«, sagte David.

Der Kopf des Taxifahrers schnellte zu ihm herum.

»Oh, Entschuldigung, ich meinte meinen Freund«, sagte er und haute Hunter auf den Rücken.

»Es geht los«, sagte Hunter, als das Taxi vor dem *Blue Mountain Grill* anhielt. Dort standen sie schon vor dem Eingang, die drei Brüder Tick, Trick und Track. Oder eben Max, Brad und Matt.

Wenige Minuten später saßen sie an einem der schönsten Tische in der Mitte des Restaurants nah am Grill – dank Travis Montgomery.

Die drei Brüder machten ein paar höfliche Bemerkungen über das Restaurant und New York. Bis es zur Bestellung kam.

»Was kannst du uns empfehlen, Dave?«, fragte Matt. Er war der Älteste der drei Brüder und redete am meisten – aber auch das war nicht besonders viel. »Wollen wir doch mal sehen, ob die New Yorker auch ein gutes Steak hinbekommen«, grinste er. Er hatte seine dunklen, langen Haare nach hinten gekämmt. Sein schwarzes Hemd hing über der Hose, dazu Turnschuhe. Er hatte David direkt zu Dave abgekürzt, wahrscheinlich war das nett gemeint.

»Fragt lieber Hunter, ich bin nicht so ein Fleischesser«, gab David lächelnd zurück und studierte konzentriert die Karte.

Der Blick der drei Brüder richtete sich auf ihn und man konnte die Fragezeichen in ihren Köpfen förmlich sehen.

»Du magst kein Fleisch?«, fragte Brad.

»Nicht so gern«, murmelte David.

»Du magst es nicht oder ist das so ein Tierschützerkram?«, fragte Matt. Okay, völlig bescheuert waren die drei nicht.

David zuckte mit den Schultern und blickte zu Hunter. »Ich mag es einfach nicht so. Ist doch okay. Entscheidet jeder für sich.«

»Und, wart ihr heute auf dem Freedom Tower, wie ihr wolltet?«, warf Hunter dazwischen.

»Yay, das war cool. Wenn auch sehr viel Videoanimation, bis man dann mal drin war«, sagte Matt. »Aber abgefahrene Aussicht.«

Eine Pause entstand. Die drei mochten scheinbar keine langen Sätze. Immerhin hatten sie keine Angst vor langen Redepausen am Tisch.

Aber es war natürlich noch nicht vorbei.

»Du hast doch aber nichts gegen Leute, die Fleisch essen?«, hakte Matt nach, als er eine halbe Stunde später sehr energisch das Hüftstück zerteilte, das er sich bestellt hatte.

»Quatsch. Ich bin ja auch mit diesem Idioten hier befreundet«, er zeigt mit der Gabel auf Hunter.

»Ich habe gesehen, dass die hier nur Fleisch von Biorindern haben, die aus der Nähe kommen«, sagte Brad, der genauso aussah wie Matt, nur mit helleren Haaren. »Das ist ja so ein Trend mit dem lokalen Essen. Wobei den Leuten hier die Steaks aus Texas entgehen. Das ist noch mal ein anderer Geschmack. Aber ich dachte immer, so Biofleisch wäre auch für Vegetarier in Ordnung?«

»Du meinst, weil sie bis zu dem Moment, in dem man sie umbringt, hundert Prozent glücklich sind, ist es voll okay, sie abzumurksen?«, wollte David wissen.

Brad war anzusehen, dass er ernsthaft über diese Antwort nachdachte. »Na ja …«, sagte er, »fühlst du dich nicht total schlapp so ganz ohne Fleisch? Da hat man doch überhaupt keine Energie, oder?« Er blickte abschätzend auf Davids Teller mit gedämpftem Gemüse und Vollkornnudeln.

»Rinder sind auch Vegetarier«, antwortete David. Hunter musste grinsen. Er hatte die Argumente von David natürlich schon Tausende Male gehört.

»Aber ist das nicht unnatürlich? Der Mensch hat doch schon immer Fleisch gegessen.« So schnell gab Brad wohl nicht auf.

»Äh, nein. Erst seit der Altsteinzeit. Und meistens hat er auch da gesammelt und nicht gejagt.«

»Ich habe irgendwo mal gelesen, dass Hitler auch Vegetarier war«, murmelte Matt.

Davids Gesichtsfarbe wurde dunkler. »Alter, ich esse kein

Fleisch. Aber ich bin weder ein außerirdisches Wesen noch ein Diktator, alles klar?« David verlor die Geduld, das hatte Hunter befürchtet. David hasste diese Vegetarier-Veganer-Diskussion.

Jetzt schaltete sich Max ein. »Wir haben nur Angst, dass wir nie Onkel werden. Das wäre doch schade für Lauren«, sagte er mit ernstem Gesichtsausdruck.

»Ich kann euch versichern: Von dem her, was ich bisher mitbekommen habe, müsst ihr euch darüber keine Sorgen machen.« Hunter verstummte, als die drei ihm bitterböse Blicke zuwarfen. So genau wollten sie scheinbar nicht wissen, was ihre Schwester trieb.

»Es geht eher um nach der Hochzeit«, erklärte Matt.

Es war zum Totlachen, aber die drei lachten nicht. Sie warfen David weiterhin taxierende Blicke zu.

»Bei uns in der Familie gibt es keine Vegetarier«, sagte Matt.

»Ich bin auch kein Vegetarier«, sage David.

Oh nein. Hunter wusste, was jetzt kam.

Matt, Brad und Max schauten sich verwirrt an.

»Aber ich dachte, wenn du kein Fleisch isst, dann ...«, begann Matt.

»Ich bin *Veganer*«, unterbrach David.

Auf den Gesichtern der drei Brüder erschien kein Ausdruck der Erleuchtung. Die drei kannten den Unterschied wahrscheinlich gar nicht.

»Leute, macht euch mal keine Sorgen, okay?« David stand auf. »Ich bin mal kurz für kleine Veganer.«

Hunter kannte David lang genug. Er hatte keinen Bock mehr.

Matt wandte sich an Hunter. »Ich glaube, das Steak hier ist ganz lecker. Aber den Quatsch mit dem Vegetarierzeug vergisst er doch wieder, wenn er zu uns nach Texas kommt, meinst du nicht?«

Hunter zuckte mit den Schultern. »Er macht das schon eine ganze Weile«, antwortete er zögernd. »Aber ist doch eigentlich egal, oder?«

Die drei nickten zögernd, überhaupt nicht überzeugt.

»Jagen geht er dann wohl auch nicht?«, fragte Brad und sah Hunter besorgt an.

»Er kann ja trotzdem mitkommen, er muss ja nichts schießen«, schlug Hunter vor, auch wenn er wusste, dass David das ebenfalls ziemlich schlimm fände.

»Und was machen wir dann beim Junggesellenabschied?«, fragte Max und legte dabei die Stirn in Falten.

»Junggesellenabschied? Das ist mein Stichwort«, sagte David, der zurückgekommen war und sich wieder hinsetzte. Er hatte sich offensichtlich gesammelt und vorgenommen, sich nicht einschüchtern zu lassen und die Nerven zu behalten.

Die drei blickten unsicher zwischen Hunter und David hin und her.

»Mann«, sagte Matt schließlich. »Ich weiß ja nicht, ob dieses Vegetarierding heilbar ist. Aber in Texas … das wird schwierig.«

»Und ich weiß jetzt, glaube ich, warum Lauren aus Texas wegwollte«, warf David ein. Er trank sein Bier leer. Hunter konnte nicht fassen, dass er das gerade wirklich gesagt hatte. Das mit dem Nerven behalten hatte ja super geklappt.

Die drei Brüder blieben cool. Wahrscheinlich blieb man immer cool, wenn man wusste, dass irgendjemand bestimmt eine Waffe dabeihatte, die er letzte Woche im Supermarkt gekauft hatte.

»Sie wollte nie weg aus Texas«, bemerkte Matt kühl. »Das hat sie nur wegen der Universität gemacht. »Sie hat uns fest versprochen, dass ihr eine Weile zurückkommt, wenn ihr verheiratet und mit dem College fertig seid. Ich freue mich schon drauf.« Sein Gesichtsausdruck verriet keinerlei Gefühlsregung. Er war definitiv hundert Prozent frei von Freude.

»Ich mich auch«, sagte David tonlos. »Das wird bestimmt ganz toll.«

»Hey, ich bestelle uns mal eine Runde Whiskey«, sagte Hunter. Irgendetwas musste jetzt passieren. Dann eben trinken. Er winkte einer Kellnerin.

»Whiskey zählt auch sicher nicht als Fleisch?« Matt bemühte sich um ein Lächeln, das aber nur schlecht gelang. Ihm war eingefallen, dass er David voraussichtlich sein ganzes Leben am Bein hatte, und riss sich wahrscheinlich zusammen.

»Wir hätten gern fünf Gläser von eurem besten Whiskey«, sagte Hunter, als die Kellnerin neben ihm stand.

Er hatte schon lange keinen puren Whiskey getrunken, aber er stellte sich irgendwie vor, dass man den in Texas eher trank als komplizierte Longdrinks mit Cocktailschirmchen in bunten Farben. Wahrscheinlich hatte er selbst ein paar Vorurteile. Aber Matt, Brad und Max hatten auch nicht so richtig etwas getan, um diese Vorurteile zu beseitigen.

Zwei Stunden und viele Whiskeys später lehnten Hunter und David betrunken an einer Wand. Sie waren mit Laurens Brüdern ins *Burner* gegangen, einem Club Downtown, der ganz cool war. Nicht unfassbar cool, aber ein bisschen so, wie sich Nicht-New-Yorker New Yorker Clubs so vorstellten. Es gab ein paar weibliche Vortänzer, die auf kleinen Podesten standen und Stimmung machten. Allerdings waren nicht alle davon Frauen, es gab auch ein paar Transvestiten. Das merkten Laurens Brüder allerdings nicht, und Hunter wusste auch nicht so richtig, wie sie damit umgehen würden. Matt blickte einen Transvestiten jedenfalls ziemlich verliebt an.

»Mensch, ich weiß manchmal nicht, wie ich diese Hochzeit durchstehen soll«, murmelte David. »Die sind da in Texas schon irgendwie in ihrem eigenen Universum.«

»Du kannst mir dankbar sein. Wir haben jetzt Druck aufgebaut mit dem *Blue Mountain Grill.* Wenn du dann nach Texas kommst, müssen sie einen Laden finden, der diesen scheußlichen gebratenen Tofu serviert, den du so gern magst. Dann bist du der Gast.«

David lehnte sich zurück. »Meinst du, in Texas gibt es überhaupt vegane Restaurants?«

Hunter zuckte mit den Schultern.

David sah verzweifelt aus. Dann richtete sich sein Blick auf etwas hinter Hunter. »Oh«, sagte er. »Da kommt jemand, den du kennst. Ich gehe mal rüber, mich weiter verbrüdern.«

Hunter drehte sich um und spürte von der schnellen Bewegung, dass sich sein Kopf irgendwie ziemlich wattig anfühlte. Er brauchte eine Glas Wasser.

»Hi, Rockstar!« Ein Mädchen mit nackten Armen, um die sich aufwendig eintätowierte Rosenranken schlängelten, näherte sich von der Seite. Shanty. Ihre Lippen waren knallrot, sie hatte pechschwarze Haare und einen kleinen silbernen Nasenring. In der Hand hielt sie ein Glas Kirschsaft. Ihr Lieblingsgetränk hatte sich nicht geändert.

»Hi, Shanty«, sagte Hunter. »Lang nicht gesehen.« Sie umarmten sich kurz. Shanty hieß in Wirklichkeit Sharon, aber der Name war ihr zu bürgerlich, deshalb hatte sie sich umbenannt. Wenige Monate nach dem Tod seiner Mutter waren sie lose zusammen gewesen. »Du siehst irgendwie anders aus«, bemerkte er.

»Neue Haarfarbe«, sagte Shanty und griff sich in die Haare. »Ich habe gesehen, dass du mit deinem Dad auf Tour warst letztes Jahr. Warum bist du nicht auch auf die Bühne gegangen, keine Lust? Ihr habt doch super zusammen gespielt früher.«

Hunter zuckte mit den Schultern. Darüber wollte er wirklich nicht sprechen.

»Ich dachte, du wolltest studieren«, fragte sie, ließ dabei aber ihren Blick durch den Club wandern, als würde sie jemanden suchen.

»Ich habe das Jahr über Onlinekurse belegt. Und jetzt bin ich in Stonehill.«

»Uh, Stonehill. Sehr fein.« Sie konzentrierte sich wieder auf ihn.

»Wie man's nimmt. Singst du noch und machst Gigs?«

»Nicht genug. Ich arbeite jetzt für eine Castingagentur. Läuft ganz gut.«

»Ah.« Hunter wusste nicht so richtig, was er noch sagen sollte. Früher hatten sie auch nicht sonderlich viel geredet. Seit Shanty ihn bei ihrem ersten Treffen direkt mit zu sich nach Hause genommen hatte, um mit ihm zu schlafen, hatten sie nicht viel anderes zusammen gemacht.

»Travis ist ja eine richtig große Nummer geworden«, sagte Shanty. »Wie geht's ihm?«

»Gut. Es läuft super für ihn.« Sein Vater und Shanty hatten sich gemocht. Wobei sein Vater wahrscheinlich einfach nur froh gewesen war, dass er eine Freundin hatte. Er war besonders freundlich zu ihr gewesen, um zu zeigen, dass er keine Vorurteile hatte und super offen war – gehörte sich in seiner Branche schließlich so. Mit Kimyo hatte er selbst aber eine standardmäßige Schönheit geheiratet: dünne Beine, lange Haare, große Augen und asiatische Herkunft.

»Oh, da ist George«, meinte Shanty plötzlich. »Mein Chef. Er ist Brite und sehr sexy. Ich muss los.« Sie umarmte Hunter noch mal flüchtig.

»War schön, dich zu sehen«, sagte Hunter zum Abschied.

»Ja«, sagte Shanty. Aber sie war mit ihren Gedanken wohl schon wieder woanders. Kaum war sie verschwunden, kam David zurück.

»Gibt's ja nicht. Ich dachte, die fängt jetzt wieder an zu kletten.«

»Nee, sie scheint mich mehr als überwunden zu haben«,

erwiderte Hunter. Shanty war zu ihrem britischen Chef-Lover gegangen und knutschte wild mit ihm rum.

»Macht sie das für dich, Kumpel? Um dir zu zeigen, was du verpasst hast?«

»Hey, wir waren nie richtig zusammen. Nichts Festes.«

»Stimmt, deshalb hat sie sich ja auch deinen Namen auf die Rippe tätowieren lassen. Steht er da immer noch?«

»Ich glaube, sie hat sich die Namen all ihrer Lover eintätowieren lassen.«

»War sie eigentlich überall gepierct?«

»Das beantworte ich jetzt nicht. Für so etwas bist du zu jung, van Houten.«

»Können wir jetzt los? Mir reicht's mit Männerabend. Und Lauren wartet zu Hause.«

»Sie wartet zu Hause? Ich dachte, das wäre ein Open-End-Männerabend«, maulte Hunter.

»Ich habe ihr versprochen, nach Hause zu kommen. Sonst wäre sie selbst ausgegangen. Und ich mag es nicht, wenn sie allein ausgeht und von fiesen, fremden Männern angesprochen wird. Da kommen noch so Leute wie du.« Er zwinkerte, aber Hunter wusste, dass er es auch ein bisschen ernst meinte.

»Meinst du, Tick, Trick und Track kommen auch ohne uns klar?«, fragte Hunter und blickte zu Matt, der gerade eine der Tänzerinnen auf einen Drink einlud.

»Die fliegen morgen wieder nach Texas zurück und werden mich bis zur Hochzeit nicht sonderlich vermissen«, sagte David. »Ich fürchte, das beruht auf Gegenseitigkeit.«

7. Pippa

Am Samstag blickte Pippa um sechs Uhr morgens aus ihrem Fenster auf die Fassade gegenüber, die mit großen Tannengirlanden und rot glänzenden Kugeln geschmückt war, die sich an den Fenstersimsen entlangzogen. Im Haus daneben konnte sie einen riesigen Tannenbaum hinter den Fenstern erkennen.

Pippa hatte Lichterketten um ihr Fenster drapiert, sogar einen kleinen selbst gebastelten Adventskranz, wie sie ihn von ihrem Schweizer Vater kannte, hatte sie aufgestellt. Darin hingen kleine Nussknacker und Weihnachtsengel mit roten Wangen, alles aus dem Laden der Heilsarmee. Früher, als sie noch im riesigen Apartment von ihrem Vater gelebt hatten, hatte ihre Haushälterin immer die Dinge bei der Heilsarmee abgegeben, die bei ihnen aussortiert worden waren. Jetzt profitierte sie selbst von der Verschwendung der anderen und hatte auch schöne Weihnachtsdeko für das *Cute Cat Café* dort gefunden.

Sie konnte beinahe hören, wie Hunter einen bissigen Kommentar darüber machte, wie kitschig ihr Gesteck sei.

Pippa schaute runter auf die Straße, aber bisher stand noch kein Auto dort, das auf sie wartete. Sie wollten ganz früh aus der Stadt, um dem Wochenendverkehr ein Schnippchen zu schlagen. Dann würden sie auch früh wieder zurück sein.

Und heute Abend würde sie endlich Chip wiedersehen.

Sie nahm noch einen Schluck von ihrem Christmas-Chai, der nach Nelken, Zimt und einem Hauch Ingwer schmeckte. Er vertrieb die Müdigkeit. Sie hatte letzte Nacht noch lange gelernt für ihre letzten Prüfungen vor Weihnachten.

Aus dem angrenzenden Zimmer hörte Pippa eine betont gut gelaunte Stimme. Das war ihre Mutter, die ihre Coachingvideos aufnahm. Die Wohnung war hellhörig und winzig im Vergleich zu der Wohnung, in der sie vor der Scheidung gelebt hatten. Eine alte Bekannte ihrer Mutter hatte Mitleid gehabt mit der neuen Armut und ihnen die Wohnung zu einem Bruchteil des angemessenen Preises vermietet. »Wir sollten aber mit niemandem drüber reden«, hatte ihre Mutter gesagt. Pippa fragte nicht genau nach, ob das die Freundin ihrer Mutter so wollte oder eine Idee von Jocelyn selbst war. »Das Entscheidende ist die Wohngegend«, hatte ihre Mutter gesagt, »das Publikum.« Als wäre ihr Leben eine Theatervorstellung.

Seit September arbeitete Jocelyn bei Sheridan PR und glücklicherweise lief es gut. Sie war viel stabiler. Zusätzlich baute sie sich ein Onlinebusiness als Coach auf. Sie hoffte natürlich auf Millionen wie Anthony Robbins und seine Gurus sie verdienten. Pippa seufzte. Aber immerhin hatte sie ein Ziel, auch wenn Pippa aufpassen musste, nicht selbst auf irgendwelchen Videos zu landen. Die Leute kauften Jocelyns Kurse und glaubten, dass sie genauso erfolgreich werden würden wie ihre Mutter, wenn sie das taten, was sie ihnen sagte.

Dadurch wurde Jocelyn wiederum erfolgreicher – ein ewiger Zirkel.

Die Stimme ihrer Mutter wurde noch mal lauter, dann verebbte sie. Kurz darauf öffnete sich die Zimmertür.

»Guten Morgen, meine Liebe. So früh und du bist bereit für dein Skiabenteuer?« Ihre Wangen waren gerötet und am Hals hatten sich hektische rote Flecken gebildet. Sie trug auffälligen Eyeliner und hatte ihre Haare hochgesteckt. Ziemlich viel Aufwand für sechs Uhr morgens.

»Ist der Ausschnitt nicht ganz schön tief für einen Wintermorgen?«, fragte Pippa mit Blick auf den halb freiliegenden Busen ihrer Mutter im Push-up-BH.

»Jeder schaut doch gern etwas Hübsches an, oder?« Sie lächelte. »Du fährst also mit Hunter Montgomery in die Catskills, Pippa. Weiß Chip denn davon?« Sie schaute Pippa vielsagend an.

Pippa rollte die Augen. Aber natürlich fühlte sie sich etwas ertappt bei dem Gedanken, dass sie Chip nichts von dem Ausflug erzählt hatte, damit er sich nicht aufregte.

»Aber du weißt schon, dass Hunter … also er mag vielleicht so sexy sein wie sein Vater Travis, aber das ist alles nichts, worauf man seine Zukunft bauen kann. Da bist du mit Chip besser beraten. Falls du meine Meinung hören willst.« Sie wartete nicht auf Pippas Zustimmung. »Wir können uns finanziell nicht mehr auf deinen Vater verlassen. Und wenn du denkst, dass du immer noch seine Tochter bist, nun ja, er hat jetzt diese Zwillinge, die was erben werden, und eine zwanzig Jahre jüngere Frau, die mit Sicherheit nicht so blöd war wie ich und einen miesen Ehevertrag unterschrieben hat und –«

»Mama«, unterbrach Pippa sie. »Bitte nicht. Ich glaube, deine Meinung ist nicht nötig. Ich will auf niemanden meine Zukunft bauen. Und ich mag Chip wesentlich lieber als Hunter. Aber du magst Chip wiederum mehr als ich.« Pippa sagte das, obwohl sie ein ungutes Gefühl dabei hatte. Ein wenig so, als würde sie Hunter gerade verraten. Sie schüttelte das Gefühl ab. Das war ja verrückt.

»Ich möchte nur, dass du die richtigen Entscheidungen triffst. Und wenn man alles will, dann bekommt man manchmal gar nichts. Man darf nicht zu gierig werden.«

»Was willst du denn damit sagen?«

»Lass dich nicht vom Erfolg von Travis Montgomery blenden. Das kann schnell wieder vergehen.«

Pippa schüttelte den Kopf, es war zwecklos. »Mama, ich bereite mit Hunter ein Skiwochenende für Lauren vor und das war's. Ich suche keinen Ehemann, der mir ein schönes Leben machen soll. Das schaffe ich schon allein«, sagte sie und im selben Moment tat es ihr leid. Ein Schatten glitt über das Gesicht ihrer Mutter, den niemand bemerkt hätte außer Pippa. Sie konnte die winzigen Veränderungen in der kontrollierten Miene ihrer Mutter deuten, und ja, es war ein Angriff gegen sie gewesen, die sich immer darauf verlassen hatte, dass ihr Mann ihr anspruchsvolles Leben finanzieren würde. Deshalb war sie so tief gefallen nach der Scheidung. Viel tiefer, als irgendjemand außer Pippa wusste. Weil Pippa die Fassade aufrechterhalten hatte. Ihr zuliebe.

»Ich weiß doch«, sagte ihre Mutter und trat nach vorn, um sie zu umarmen. Pippa ließ es zu. Ja, ihre Mutter war wieder ganz stabil und ihre aufgedrehte Stimme war trotz allem natürlich und nicht durch Tabletten verursacht. Nie wieder wollte sie erleben, wie sie mit glasigem Blick auf der Couch gelegen hatte. Alkohol und Tabletten waren eine teuflische Kombination.

Pippa holte ihre kleine Reisetasche aus dem Zimmer, die Skisachen standen schon im Flur.

»Dein Vater schafft es wahrscheinlich erst nach Weihnachten mal wieder nach New York«, sagte Jocelyn und ging dabei zum Küchentresen. Das Einzige, was in der Küche benutzt wurde, war die Mikrowelle. Früher hatten sie eine Köchin gehabt, jetzt bestellten sie sich meist etwas.

»Ich weiß«, antwortete Pippa schlicht.

»Du hast mit ihm geredet?«, fragte ihre Mutter, und Pippa hörte ganz genau, dass sie sich um einen neutralen Tonfall bemühte, gleichzeitig aber genau wissen wollte, ob sie Kontakt zu ihrem Vater hatte.

»Ja«, sagte sie leichthin. Sie erwähnte nicht, dass er nur eine Nachricht geschickt hatte. Es tat zu sehr weh.

»Erstaunlich, dass er Zeit dafür gefunden hat. Jetzt, wo seine Frau schon wieder schwanger ist. Ich fürchte, wir sind nur noch ein Überbleibsel aus seinem alten Leben. Du bist ein Unfall aus der ersten Ehe.«

Pippa zuckte unter den harten Worten zusammen.

»Tut mir leid, Schatz. Hat er dir gesagt, wann er genau kommt?«

»Weiß nicht«, erwiderte Pippa knapp. Egal, was Jocelyn über ihn sagte und egal, wie selten er sich meldete, Pippa vermisste ihn. Sie hatte ihn eigentlich ihr ganzes Leben lang vermisst. Immer war er unterwegs gewesen, hatte gearbeitet. »Er arbeitet so viel, damit wir ein schönes Leben haben«, hatte ihre Mutter früher immer erklärt. Aber sie wusste schon damals, dass ihr Leben viel schöner gewesen wäre, wenn ihr Vater einfach da gewesen wäre.

Und jetzt war er in die Schweiz gezogen.

Es wäre für ihn kein Problem gewesen, ihre Studiengebühren zu zahlen. Aber er hatte gesagt, dass er sie nur zahlen würde, wenn sie mit ihm in die Schweiz käme. Für ihn war Jocelyn inzwischen der Teufel und er war der Meinung, Pippa solle aus ihrem Einflussbereich ferngehalten werden. Doch wenn Pippa letztes Jahr nicht da gewesen wäre – sie wusste nicht, was dann aus ihrer Mutter geworden wäre. Und mit dem Stipendium ging es ja. Nur hatte sie genau dieses Stipendium aufs Spiel gesetzt. Aber sie hatte einfach keinen anderen Weg gesehen.

Pippa blickte aus dem Fenster. Es war kalt, aber es lag momentan kein Schnee mehr auf den Straßen in New York. Das würde es einfacher machen, die Stadt zu verlassen. In diesem Moment klingelte es an der Tür. Sie ging zum Haustelefon und sagte Elliot, dem Portier, dass sie gleich runterkommen würde.

»Ich dachte, wir gehen auf Nummer sicher«, erklärte Hunter statt einer Begrüßung, als Pippa die Wagentür des nagelneuen Range Rovers öffnete, der vor dem Haus stand. »Er gehört meinem Vater. Mit dem dürften wir selbst in einem Schneesturm keine Probleme bekommen.«

Ihm schien es fast peinlich zu sein, dass er mit so einem teuren Auto daherkam.

»Sehr gut«, erwiderte Pippa. Hunter lächelte ihr zu, als sie ins Auto stieg. Seine Augen leuchteten besonders stark heute, vielleicht im Kontrast zu dem dunklen Bartschatten, der auf Wangen und Kinn zu sehen war. Hatte er wahrscheinlich bei irgendeinem Filmstar gesehen und dachte jetzt, er wäre cool mit so einem Bart. Er trug eine dunkle Sweatjacke, die er nicht geschlossen hatte, und darunter ein weißes T-Shirt. Seine Haare waren noch feucht vom Duschen. Es sah gut aus und das wusste er wahrscheinlich sehr genau.

»Okay, dann gib mal Gas«, sagte Pippa, als sie sich angeschnallt hatte. »Ich muss spätestens um acht heute Abend zurück sein.«

»Du hast ein Date?«

Pippa ignorierte die Frage. »Bin mal gespannt, ich war noch nie in den Catskills. Wir waren früher immer in der Schweiz zum Skifahren«, sagte sie.

»Du willst also sagen, du bist Besseres gewohnt?«, fragte Hunter.

»Mein Vater ist Schweizer«, sagte Pippa, und schon wieder war sie gefährlich nah an viel zu persönlichen Themen.

Hunter war pünktlich gewesen, und sie kamen tatsächlich zügig aus der Stadt, als es langsam hell wurde. Die Fahrt würde nur etwas über zwei Stunden dauern und die Sitze im Range Rover waren unglaublich bequem.

»Was ist da drin?«, fragte Hunter mit Blick auf den rosa Stonehill-Becher, an dem sie nippte. »Mehr Cherry-Coke?«

»Christmas-Chai«, erwiderte Pippa. »Mein Lieblingstee zur Weihnachtszeit.«

Hunter schüttelte den Kopf. »Ich dachte, du warst Balletttänzerin. Ist man da nicht eher so ein Gesundheitsfreak mit grünen Smoothies statt Cherry-Coke und so einem Mist?«

Pippa nahm noch einen Schluck von ihrem Tee, um die Überraschung zu überspielen, dass er sich gemerkt hatte, dass sie getanzt hatte. Tanzen war ihr Leben gewesen. »Chai ist gesund. Aber wenn man tanzt, isst man nicht *gesund*, sondern eher *gar nicht*«, erwiderte sie. »Du glaubst doch nicht ernsthaft, dass die superdünnen Models und Tänzerinnen, die behaupten, Gemüse und gedünsteten Fisch zu essen, wirklich gesund leben. Bei den meisten ist es ein ständiger Kampf.«

»Du wirst es nicht glauben, das überrascht mich nicht. Sogar mein Vater kämpft. Dick sein und älter werden ist im Showbiz auch nicht erlaubt. Steht teilweise sogar im Vertrag, also nicht bei ihm, aber bei anderen«, antwortete er.

»Die Direktorin der Ballettschule hat damals angedeutet, dass man eine Essenssünde auch wieder beheben könne.«

Hunter sah sie fragend an.

»Sie meinte damit, man solle sich erbrechen.«

»Das klingt ziemlich krank.«

Pippa nickte. »Das hätte zu einer ziemlich krassen Essstörung führen können. Meine Vorliebe für Getränke mit künstlichem Geschmack ist dagegen harmlos. Schmeckt super, der Tee«, betonte sie nachdrücklich und nahm noch einen Schluck.

Hunter warf ihr einen zweifelnden Blick zu.

Sie überquerten den Hudson River auf der riesigen George-Washington-Brücke mit ihren eindrucksvollen stählernen Pfeilern, die wie die Gerippe von Fachwerkhäusern aussahen. Die Brücke war breit und überdimensioniert mit zahlreichen Fahrspuren, als wäre sie für Riesen gebaut. Es war ein befreiendes Gefühl, über das an den Ufern gefrorene Wasser hinwegzudüsen, endlich mal wieder Bäume und mehr Himmel zu sehen.

Pippa hielt ihm den Becher hin. »Probier mal, die Cherry-Coke fandest du doch auch lecker. Also zumindest heimlich.«

Hunter beäugte den rosa Becher, zuckte mit den Schultern und nahm ihn in die Hand. Nach dem ersten Schluck begann er zu würgen, öffnete das Fenster und tat so, als würde er aus dem Fenster spucken.

»Ist das ein Trick, um mich zu vergiften?«, röchelte er. Er ließ das Fenster noch weiter herunterfahren und ein Schwall kalte Luft wehte ins Auto. Hunter keuchte noch mal, als würde er gleich ersticken. Er blickte in Pippas entgeistertes Gesicht und ließ das Fenster wieder hochfahren.

»Das wolltest du nicht wirklich tun«, sagte Pippa fassungslos. »Aus dem Fenster spucken.«

»Nein. Ich wollte nur dein Gesicht sehen. Es hat sich gelohnt«, sagte Hunter trocken. »Das ist Parfüm mit Koffein«, sagte er. Er nahm zu ihrer Überraschung noch einen Schluck und reichte ihr dann den Becher zurück. »Ich wusste gar nicht, dass Dinge, die so künstlich parfümiert sind und in einer rosa Verpackung stecken, so gut schmecken können«, meinte er und lächelte.

Pippa blickte ihn einen Moment verwirrt an. Aber seine Augen waren auf die Straße geheftet.

»Du hattest übrigens recht – Laurens Brüder und David, das ist … wie eine Frauenrechtlerin in einer Stripbar.«

»Wie bitte?«

»Das ist nur so ein Vergleich.« Hunter zuckte mit den Schultern.

»Lauren war so glücklich, ihre Brüder zu sehen. Es war in jedem Fall die richtige Entscheidung, sie einzuladen. Und sie fanden es auch cool.«

»Der Abend im *Blue Mountain Grill* und im *Burner* war denkwürdig. Armer David.«

»Das *Burner* ist so ein furchtbarer Aufreißladen.«

»Glaub mir, Laurens Brüdern hat es gefallen.«

»Und dir und David ebenfalls.«

»Du hast ein viel zu schlechtes Bild von mir, Pippa.«

Hunter zog seine Sweatjacke beim Fahren etwas umständlich aus. Er trug nur noch sein T-Shirt. Es war tatsächlich ziemlich warm, weil er die Heizung hochgedreht hatte, sodass sich Pippa nach vorn lehnte und ebenfalls aus ihrer Jacke pellte. Nach einiger Zeit zog sie auch ihren grauen Wollpullover aus. Hunter fummelte an ein paar Knöpfen und die Heizung blies noch wärmere Luft in den Innenraum.

»Ich glaube, es ist heiß genug hier drin«, bemerkte Pippa. Die Temperatur im Auto war schon fast tropisch. Draußen hatte es angefangen, leicht zu schneien, nur ganz kleine Flocken. Trotzdem fühlte man sich im Auto wie ein Gewinner, der dem Wetter eins ausgewischt hatte, wenn man hier im T-Shirt saß und vor der Scheibe die Schneeflocken vorbeiflogen.

»Ich dachte, du ziehst dich vielleicht weiter aus, wenn's noch wärmer wird«, sagte Hunter seelenruhig.

Pippa klappte der Mund auf. Ein Lächeln umspielte seine Mundwinkel.

»Ich glaube, du bist nicht so schlimm, wie sie in der Presse immer schreiben. Du bist schlimmer«, sagte Pippa. Aber sie musste ebenfalls grinsen. Irgendwie lag eine komische Energie in der Luft. Eine Energie, die eigentlich nichts mit Hunter und Pippa zu tun haben sollte. Für einen Moment schwiegen beide.

»Es ist nicht mehr weit. Für die Nacht ist ziemlich viel Schnee angesagt, aber dann sind wir schon zurück«, meinte Hunter. »Und mit dem Auto kommen wir auch überall durch.«

»Du kennst den Weg?«, fragte Pippa, die nirgendwo hinfuhr, ohne ihr Navi anzuwerfen. Ihr Orientierungssinn war geradezu absurd schlecht.

»Ich war schon ein paarmal mit David da. Unsere Mütter waren ja auch befreundet.«

»Eure Mütter waren befreundet?«, fragte Pippa überrascht.

»Warum ist das so komisch?«

»Na ja, die van Houtens sind wahnsinnig konservativ. Irgendwie ein seltsamer Gedanke, dass sie mit ihr befreundet war. Aber ist wahrscheinlich Quatsch.« Sie wollte nicht zugeben, dass sie natürlich auch die Bilder von Hunters verstorbener Mutter in der Presse gesehen hatte. Sie war mit ihren geflochtenen Haaren und fließenden Kleidern so ziemlich das Gegenteil von Davids erzkonservativer Mutter gewesen, die wahrscheinlich schon mit Perlenohrringen auf die Welt gekommen war.

»Sie kannten sich schon als Kinder«, erklärte Hunter, als hätte er ihre Gedanken gelesen. »Ihre Eltern waren auch schon befreundet. Alles alte New Yorker.«

»Ich habe schon ein bisschen Angst, dass Lauren total unglücklich damit ist, keinen echten Junggesellinnenabschied zu feiern«, wechselte Pippa das Thema.

»Wir machen doch einen Junggesellenabschied, nur eben etwas anders. Gemeinsam eben.«

»Aber besteht der Sinn eines Junggesellenabschieds nicht darin, dass Männer und Frauen getrennt sind? Das soll doch so eine große Bonding-Veranstaltung mit seinen alten Freunden sein.«

»Du kannst natürlich auch eine Doktorarbeit darüber schreiben, wie man jetzt einen Junggesellenabschied feiern sollte. Vielleicht wird es normalerweise getrennt gemacht, aber wir machen es eben zusammen. Ich dachte, das wäre geklärt.«

»Ich möchte nur, dass Lauren glücklich ist. Jetzt unabhängig davon, sich besser kennenzulernen und zu wissen, was auf sie zukommt.«

»Vielleicht sollte ich mir Sorgen machen, dass du es unbedingt getrennt machen willst. Bist du sicher, dass ihr nicht nach Las Vegas wolltet? Gibt es da noch irgendwelche Erfahrungen, die du und Lauren noch machen wolltet, bevor es so weit ist?« Er schlug sich mit der flachen Hand vor die Stirn »Ach so, lass mich raten: Du hattest schon so ein Las-Vegas-Set gekauft mit Peitschen, Augenbinden, Handschellen und so weiter. Ich verstehe … Also wenn es unbedingt sein muss, könnt ihr mich fragen, falls ihr noch was ausprobieren wollt.«

»Nein, danke. Die Fellhandschellen nehmen wir einfach mit in die Catskills. War schwer genug, welche in rosa zu bekommen«, erwiderte Pippa trocken.

Ein Grinsen breitete sich auf Hunters Gesicht aus. »Du bist ja richtig selbstironisch, Pippa.«

»Erstaunlich, nicht wahr? Dachtest du, dass du der Einzige bist, der sich manchmal fehl am Platze fühlt? Auch andere Leute machen sich Gedanken,«, sagte Pippa. Aber das Gespräch drohte schon wieder, viel zu persönlich zu werden. Warum brachte Hunter sie nur immer dazu, mehr von sich preiszugeben, als sie wollte?

»Mach dir keine Sorgen, Pippa. Lauren liebt die Berge, sie war schon mal mit David in den Catskills«, sagte Hunter und diesmal klang er ernst.

Da konnte Pippa nicht widersprechen. Von dem Wochenende hatte sie mehr gehört, als sie wollte – von wegen Whirlpool und so. »Die Catskills als ›Berge‹ zu bezeichnen, geht allerdings ein wenig weit. Ich würde sie eher *Hügel* nennen.«

»Du bist wahrscheinlich Besseres gewöhnt. Aspen und St. Moritz mit Schweizer Geldadel in Skianzügen aus Pelz.«

»Jetzt mach mal nicht immer so einen auf Underdog, Hunter. Du tust so, als wäre ich eine verwöhnte Luxusgöre und du der arme Arbeitersohn. Dein Vater ist schon seit einer Ewigkeit in den Billboards mit seinen Alben.« Aber Pippa musste schlucken. Schweizer Geldadel. So hatten sie früher wahrscheinlich einige gesehen. Von Geldadel konnte keine Rede mehr sein. Sie konnte sich nicht beschweren, sie und ihre Mutter kamen inzwischen gut über die Runden. Nur war ihr der übertriebene Luxus früher einfach gar nicht aufgefallen. Sie konnte inzwischen noch nicht mal sagen, dass sie sich ihr altes Leben zurückwünschte. Es war so viel falsch gewesen, vor allem die Menschen, die vorgegeben hatten, ihre Freude zu sein. Zum Glück waren die meisten mit dem alten Glanz verschwunden.

Aber Pippa wusste natürlich, dass ihr Leben auf andere immer noch viel glamouröser wirkte. Ihre Mutter hatte ihr nach der Scheidung eingebläut, dass sie auf jeden Fall Contenance bewahren musste, wie sie es nannte. Das war ja auch für ihren Job als Coach nötig. Und ihre Arbeit gab ihr neues Selbstbewusstsein. Wir krass sich ihr Leben verändert hatte, konnte einfach niemand ahnen. Aber wie immer widerstand sie der Versuchung, sich jemandem anzuvertrauen. Außerdem war das hier Hunter Montgomery neben ihr. Und auch wenn er keine Andeutungen mehr machte über diese komische Situation, die er im September bei der Wahl der Studentenpräsidentschaft gesehen hatte, traute sie dem Frieden nicht. Zu viel hing davon ab. Deshalb brachte sie das Gespräch lieber auf etwas anderes.

»Sollen wir noch mal den Plan durchgehen?«, fragte sie.

Hunter, der auch in Gedanken versunken war, schien dankbar über den Vorschlag.

Abgesehen vom Junggesellenabschied selbst, wo ohnehin vierzig andere Freunde dabei waren, mussten sie und Hunter nicht mehr viel zusammen machen. Es war gar nicht so schlimm gewesen.

Bedauerte sie vielleicht irgendwie, ganz tief innendrin, dass es bald zu Ende war? Nein, sie war erleichtert. Natürlich war sie erleichtert.

Chip hatte eine Nachricht geschrieben. Sie würde sich später zurückmelden. Sie wollte ihn nicht anlügen. Aber so genau schreiben, wo und vor allem bei wem sie gerade war, wollte sie lieber auch nicht.

Hunter bog in eine verschneite Straße ab, fuhr eine Auffahrt hoch und kam vor einer klassischen weißen Villa aus Holz mit grün gestrichenen Fensterläden zum Halten. Das Haus von Davids Eltern.

»Wir sind da«, sagte er.

8. *Pippa*

Sie standen in einem eindrucksvollen, aber gemütlichen Eingangsportal mit mehreren großen Kaminen. Die freundlichen Hausangestellten boten ihnen Kaffee und köstliche Bagel an. Alles war geschmackvoll eingerichtet, ohne protzig zu sein. Perfekter Van-Houten-Style. Die Hausangestellten betreuten das Haus, auch wenn die van Houtens nicht da waren, und würden bei der geplanten Feier helfen. Eigentlich konnte nicht viel schiefgehen.

Als alles besprochen war, zogen Pippa und Hunter sich ihre Skisachen an. Jetzt würden sie nur noch die Strecke für das Wettfahren festlegen und die Route abfahren und kurz mit den Leuten von der Hütte am Skilift sprechen. Und dann konnten sie schnell ins Auto und zurück nach New York.

Die Fahrt zur Piste war nicht lang. Auch der Schneefall war nicht viel stärker geworden. Die Tannen in den Catskills standen kerzengerade und mit weißen Hauben bedeckt in der hügeligen Landschaft. Auf den Pisten würde hoffentlich noch eine dünne Lage Puderschnee liegen.

Eine knappe halbe Stunde später waren sie schon auf der nicht sonderlich hohen Bergspitze angekommen.

»Hast du keine Angst, dass du diesmal nicht Erste wirst?«, fragte Hunter mit einem unschuldigen Lächeln. Sie standen oben auf der Piste und schauten die perfekt eingeschneite Abfahrt hinunter.

Pippa lachte so herzhaft los, dass es wie ein lautes Grunzen klang.

»Du kannst ganz schön schmutzig lachen. Oder sollte ich sagen: *schweinisch?*«

Pippa zuckte nur mit den Schultern. Sie hatte eigentlich gehofft, dass ihm das Grunzen entgangen war.

»Finde ich süß, wenn du lachst«, sagte Hunter. »Solltest du häufiger tun.«

»Nicht alle Frauen finden, dass ›süß‹ ein Kompliment ist, Hunter«, erwiderte Pippa.

»Aber Frauen, die Einhornkugelschreiber benutzen, finden normalerweise, dass das ein Kompliment ist.«

»Das war ein Geschenk von Lauren. Spiel dich mal nicht als Menschenkenner auf. Mich wundert, dass du nicht auf einem Snowboard stehst. Wahrscheinlich hast du doch skaten gelernt, um mit den coolen Streetkids mithalten zu können.«

»Ich fahre lieber Ski«, erwiderte er nüchtern. »Aber damit nicht alle deine Vorurteile enttäuscht werden: Im Surfen bin ich gut. Dank meiner Hippiemutter und meinem Musikervater haben wir ja mal ein Jahr auf Hawaii gelebt, als sie dort im Krankenhaus gearbeitet hat.« Er grinste. Hunter wusste wirklich auf alles eine Antwort.

»Okay, dann fahren wir jetzt runter und schauen mal, wo wir unseren Parcours machen. Das wird lustig.«

Der Schnee war in der Tat fantastisch. Puder wie aus dem Bilderbuch. Pippa spürte förmlich die Leichtigkeit der Flocken unter ihren Ski. Nein, die Catskills waren weder die Schweiz noch die Rocky Mountains. Die Abfahrten waren sanft und kurz. Aber trotzdem machte es Spaß.

Während sie den Berg hinunterfuhren, gab der Schnee nach wie weiche Butter. Dicke Wolken standen am Himmel, aber bei dem perfekten Schnee war es egal, dass die Sicht nicht so gut war.

Das alte Glücksgefühl durchströmte sie. So lange war es her, dass sie gemeinsam mit ihren Eltern Ski gelaufen war. Sie waren nach St. Moritz gefahren, hatten im Hotel gewohnt und Pippa war tagsüber in die Skischule gegangen. Abends holte ihr Vater sie ab und fuhr noch ein wenig mit ihr zusammen. Am aufregendsten war der Renntag gewesen. Sie hatte sich immer angestrengt, denn wenn sie eine Chance auf eine Medaille hatte, kamen ihre Eltern zur Siegerehrung und ihr Vater war stolz auf sie. Irgendwo zu Hause gab es noch eine Kiste mit ihren alten Medaillen. Sie war angeblich talentiert gewesen. Aber dann hatte sie sich irgendwann entscheiden müssen: Ski oder Ballett. Pippa wollte Ski laufen. Aber ihre Eltern – vor allem ihre Mutter – fanden Ballett passender. Die renommierte Ballettschule lag um die Ecke und das konnte ihre Mutter besser mit ihren eigenen Terminen vereinbaren, die hauptsächlich Treffen mit Freundinnen und Wohltätigkeitsveranstaltungen waren. Die Berge waren weiter weg, da musste man hingefahren werden. Pippa wäre zudem jedes Wochenende weg gewesen, was ihre Eltern angeblich nicht wollten. Dabei hätten sie es kaum gemerkt, so viel wie sie selbst unterwegs waren: Einladungen zum Dinner, Ausstellungen, Charity-Abende. Im Nachhinein war Ballett natürlich eine schlechte Entscheidung gewesen. Hätte sie kein Ballett getanzt, hätte ihr Vater niemals ihre Ballettlehrerin Jelena kennengelernt.

Hunter war gar nicht so schlecht. Er fuhr nicht weit hinter ihr, als sie schließlich mit einer scharfen Bremsung zum Stehen kam. Hunter glitt an ihr vorbei, stoppte ebenfalls abrupt und versuchte dabei, die größtmögliche Menge Schnee auf sie niedergehen zu lassen.

»Du bist ziemlich großkotzig für einen so langsamen Skiläufer«, grinste Pippa.

»Alter!«, hechelte Hunter atemlos. »Wo hast du bitte so Ski fahren gelernt? Du bist ja eine Maschine.«

»Mein Vater ist Schweizer. Schon vergessen?«

»Schon, aber ich wusste nicht, dass Skilauffähigkeit in der DNA übertragen wird. Und soweit ich weiß, sind wir beide in New York groß geworden.«

»Ja, als ich klein war, haben wir in der Schweiz immer Urlaub gemacht. Zermatt, St. Moritz und so weiter. Du lagst nicht so falsch vorhin. Und dann viel in Frankreich. Val-d'Isère. Immer wieder Val-d'Isère. Die hatten nicht so eine lächerliche Pistenbeschilderung wie hier in den USA, wo jeder Hügel direkt eine schwarze Piste ist. In Frankreich sind schwarze Pisten wirklich schwarz.« Aber irgendwie klangen Hunters Worte in ihrem Kopf nach: *Soweit ich weiß, sind wir beide in New York groß geworden.* Er sagte das so, als hätten sie etwas gemeinsam.

»Ich fürchte, wenn du mitfährst, hat niemand eine Chance«, meinte Hunter.

»Ich werde Schiedsrichter sein, falls du Angst hast, zu verlieren«, erwiderte Pippa grinsend.

Sie lächelte Hunter an. Ihr weißer Helm spiegelte sich in seiner Skibrille. Seinen Gesichtsausdruck konnte sie durch die Gläser nicht erkennen. Sie konnte nur seine Lippen erkennen, aber er lächelte. Sie war ganz froh über die dicken Helme und Skibrillen, die ein bisschen Privatsphäre boten.

Sie nahmen den kleinen Sessellift nach oben. Sie machte hier eine Art Kurzurlaub mit Hunter. Hunter! Meine Güte, sie musste Lauren schon wirklich sehr gern haben, dass sie das in Kauf nahm. Wobei sie schon irgendwie zugeben musste, dass es sich viel weniger wie eine Qual anfühlte, als sie sich eingestehen wollte.

Oben angekommen suchten sie sich einige Pisten aus, die sich für die Spiele eigneten. Das war einfach. So richtig steil wurde es nirgends. Dann liefen sie zur Alm, die sich tatsächlich »Alm« nannte, wahrscheinlich als Hommage an die Schweizer Berge. Dort sollte es ein gemeinsames Mittagessen für die Skiläufer geben. Der Wirt war aber kein Schweizer, sondern ein tiefenentspannter Amerikaner namens Rob, der vor einigen Jahren aus Maine hierher gezogen war und eine deutsche Frau hatte, Annette, die ernsthaft ein Dirndl trug. Pippa konnte ihr eingerostetes Deutsch an ihr ausprobieren. Annette kam allerdings aus dem Ruhrgebiet, wo es natürlich auch keine Almen gab und schon gar keine Dirndl, und bemerkte trocken, dass sie das nur trug, weil die Amerikaner das eben sehr deutsch fanden. Die beiden hatten alle Zeit der Welt. So entspannte Menschen gab es in New York überhaupt nicht. Rob und Annette hörten sich ihre Essenswünsche an, machten selbst ein paar Vorschläge und nahmen sich ewig Zeit, um einen Tee zuzubereiten.

Endlich war alles geklärt. »So, ihr beiden, ihr solltet jetzt auch runterfahren, gleich geht es richtig los mit dem Schnee. Dann machen wir hier auch alles dicht«, sagte Rob mit Blick nach draußen. Und tatsächlich: Als sie aus der Holzhütte traten, hatte sich das Wetter vollständig geändert. Der leichte Schneefall zuvor war nur eine Übung gewesen, jetzt waren die Flocken um ein Vielfaches dicker und der Wind hatte stark aufgefrischt. Sie mussten so schnell wie möglich abfahren.

»Okay«, sagte Hunter, während er schwungvoll in die Bindung seiner Skier trat. »Los geht's. Das Wetter meint es ernst. Ich hoffe, du kannst mithalten. Ich habe vorhin ja nur angetäuscht, dass ich langsam bin, damit du dich besser fühlst.« Hunter grinste. Er hatte ein breites Grinsen, das sein ganzes Gesicht veränderte. Ein Strahlen.

Pippa legte den Kopf schief und hob die Augenbrauen.

»Nein, nein, keine Sorge. Du fährst ziemlich gut«, sagte Hunter. »Also ich meine … für ein *Mädchen*.«

Hunter zuckte zusammen, als sie ihre Faust heftig gegen seine Schulter rammte.

»Ich weiß ehrlich gesagt nicht, ob du das beurteilen kannst. Wahrscheinlich findest du, dass die meisten sehr gut Ski fahren, wenn du der einzige Maßstab bist«, antwortete Pippa zuckersüß.

»Hey, Pippa, ich wusste gar nicht, dass man so gemein sein kann, trotz dieser rosa Tutus, in denen du Ballett getanzt hast«, sagte Hunter. »Färbt sowas nicht auf die Seele ab?«

Pippa schüttelte lachend den Kopf. Und wieder konnte sie die Gefühle nicht so ganz einordnen, die diese Bemerkungen von Hunter in ihr auslösten. Ihr wurde klar, dass er sehr genau zuhörte, wenn sie etwas erzählte.

Der Schnee flog ihnen ins Gesicht und pappte an den Skibrillen fest. Man musste sich konzentrieren, um die Stangen zu sehen, die die Piste markierten. Sie mussten wirklich so schnell wie möglich zum Auto und nach Hause fahren, bevor der Schnee stärker würde und sie ewig brauchen würden.

An einer Abzweigung stoppte Pippa. »Ich glaube, hier kann man direkt runter durch den Wald, das geht schneller«, sagte sie zu Hunter, der neben ihr zum Stehen gekommen war. »Aber pass auf. Du kannst dich echt verletzen, wenn du gegen einen Baum fährst, und irgendwann später kommt eine steile Kurve. Das konnte man vorhin auf der Karte sehen. Nicht dass du so eine Anwandlung bekommst, mir irgendetwas beweisen zu müssen oder so. Kann bei *Jungs* wie dir ja mal passieren …«, sagte Pippa.

»Ich dir etwas beweisen? Ich glaube, ich habe dir schon alles Mögliche bewiesen. Ich bin da ganz entspannt.« Hunter grinste selbstzufrieden.

Pippa zuckte mit den Schultern und sauste los. Zwischen den Bäumen war die Sicht um einiges besser, auch wenn der

Schnee dichter wurde. Sie fuhr die direkte Route nach unten und nahm schnell Fahrt auf. Der Weg war nicht eingefahren und sie konnte sich ihre eigene Strecke zwischen den Bäumen suchen. Es machte ein wenig high, so schnell zwischen den Bäumen hindurchzurauschen. Aber wenn sie sich die Karte vorhin richtig eingeprägt hatte, musste gleich diese steile Kurve kommen.

Plötzlich schoss Hunter an ihr vorbei. Er hatte ein Grinsen auf dem Gesicht, so viel konnte sie sogar noch erkennen. Er drehte sich zu ihr, was definitiv lebensgefährlich war bei den vielen Bäumen, die hier standen. Es war ohnehin lebensgefährlich, was er der tat. Hunter hatte scheinbar vergessen, dass es hier gleich diesen Abgrund gab. Vollidiot.

Sie versuchte ihn einzuholen, ihn an einer Seite zu überholen. Das war nicht so leicht, so dicht, wie die Bäume standen. Hunter drehte sich zur Seite, aber er schien zu denken, dass das hier ein Spiel war. Dieser Abhang musste jede Sekunde kommen.

»Hunter, stopp, gleich kommt ein Abgrund!« Sie machte eine Geste mit der Hand, als würde sie sich den Hals abschneiden. Was gar nicht so leicht war, schließlich musste sie selbst aufpassen, dabei nicht in einen Baum zu rasen. Das war bei dem Tempo, das sie draufhatten, ziemlich gefährlich. Aber Hunter hörte sie nicht, sah auch nicht ihre Geste, dass er dringend in eine andere Richtung fahren musste, weg von dem Abhang. Sie machte eine abrupte Bremsung und hoffte, dass Hunter sie verstand. Sie konnten hier kein Wettrennen machen. Sie wollte, dass er verdammt noch mal anhielt. Hunter schien endlich zu bemerken, dass sie nicht mehr da war. Er verlangsamte sein Tempo, hob eine Hand in Siegergeste, der Angeber, und dann … war er einfach weg.

Er verschwand, als hätte er sich in Luft aufgelöst. Das war ja klar. Sie wusste nicht, an welcher Stelle sie genau waren. Vorsichtig fuhr sie weiter. Die Sicht war richtig schlecht, außerdem setzte die Winterdämmerung ein. Es wurde momentan schon um halb fünf dunkel. Hier musste es sein. Sie konnte sich nicht sicher sein, ob sie nicht selbst gleich den Abhang hinunterfallen würde. Dann erkannte sie, dass die Bäume aufhörten, dahinter war nur noch der verhangene Himmel sichtbar. Es war plötzlich so still, nur ihr eigener Atem und das sanfte Raunen der fallenden Flocken lag in der Luft.

Mist.

Sie lehnte sich nach vorn – und da war er: Einige Meter unter ihr lag Hunter im Schnee. Seine Skier hatten sich gelöst, waren aber im dicken Pulverschnee stecken geblieben. Er lag auf einem kleinen Vorsprung, bevor es ganz steil wurde. Immerhin, durch den vielen neuen Schnee war der Vorsprung ein guter Landeplatz gewesen – solange sich keine Lawine löste jedenfalls. Hier, wo so wenige andere Bäume standen, war das eine andere Gefahr. Dieser Idiot.

»Hunter, alles okay?«, rief sie.

Keine Antwort.

»Hunter!«, rief sie noch mal lauter. »Alles okay? Hast du dir wehgetan? Ich versuche runterzukommen.«

Hunter lag immer noch regungslos im Schnee. Verdammt. Er hatte sich bestimmt verletzt. Ein Bein gebrochen. Oh Gott, wie würde sie jetzt einen Hubschrauber bekommen? Ihr Handy war vorhin schon fast leer gewesen, vielleicht konnte sie Hunters benutzen. Abseits der Piste kamen nicht oft Leute vorbei. Pippas Gehirn begann fieberhaft zu arbeiten. »Ich komme!«

Sie schnallte ihre Skier ab und kletterte den Abhang hinunter. Ihre Beine sanken tief in den Schnee ein. Es fühlte sich plötzlich noch viel kälter an. »Hunter? Hunter, hörst du mich?« War er mit dem Kopf gegen einen Stein gestoßen? Es gab so viele Horrorszenarien, was passiert sein konnte.

Dann bewegte er sich. Sein Körper, der zu großen Teilen unter der Schneedecke lag, zuckte. Sie hatte ihn erreicht und rüttelte an seiner Schulter. Hunter gab ein merkwürdiges Geräusch von sich, das Pippa erst nicht einordnen konnte. Dann richtete er sich auf. Sein Gesicht war voller Schnee.

»Hey«, sagte er, »ich lebe noch.« Er streife seine Handschuhe ab, schob seine Brille zurück und schüttelte den Kopf, um die Nässe und den Schnee vom Helm abzuschütteln. »Hättest du mir nicht sagen können, dass hier ein Abhang ist?«

Pippa konnte es echt nicht fassen. »Hunter, du spinnst ja wohl! Ich habe …« Sie verstummte, weil Hunter ihr seine Hand über die Lippen legte.

»Du brauchst dich nicht aufzuregen. Verstehst du keine Ironie? Jetzt habe ich auch kapiert, was du mit dem Gewedel bezwecken wolltest. Aber das war es wert. Es war absolut rührend zu sehen, was für Angst du um mich hattest. Wer hätte das gedacht! Du willst mich gar nicht loswerden.«

Pippa verschlug es den Atem. Sie war fassungslos. Ihr

Herz klopfte noch bis zum Hals und unter den dicken Schneeklamotten war ihr der Schweiß ausgebrochen.

»Du hast sie nicht mehr alle!«, rief sie und schubste Hunter mit aller Kraft in den Schnee zurück. Er fiel nach hinten und blieb glucksend im Schnee liegen. »Das ist kein Spiel, Hunter! Warst du noch nie in den Bergen? Es kann wirklich was passieren. Was hätte ich denn jetzt machen sollen? Ich hätte noch nicht mal wen anrufen können!«

Hunter lachte und rollte dabei fast zur Seite über den Abhang. Würde ihm recht geschehen.

»Du kannst gerne weiterlachen. Mir reicht's!«

Pippa griff nach dem einen Ski, den Hunter verloren hatte, und stellte ihn aufrecht in den Schnee.

Hunter rappelte sich mühsam wieder auf. Er war noch tiefer eingesunken und schaffte es erst beim zweiten Versuch, wieder aufzustehen.

Sie stapfte nach oben, wo sie ihre Skier abgestellt hatte. Oben lag Hunters zweiter Ski. Sie rammte ihn ebenfalls in den Schnee, damit er nicht den Abhang hinunterrutschte. Aber damit hatte sie Hunter definitiv genug gerettet für heute. Bei dem Tiefschnee den Berg runterzulaufen, hätte Stunden gedauert, und es wurde bald dunkel. Sie waren eh schon viel zu spät dran und der Schneefall wurde immer stärker. Sie wollte jetzt endlich ins Auto und zurück. Dann würde sie es noch bis acht schaffen für ihr Date mit Chip.

»Der Weg geht da vorn lang«, sagte sie und zeigte mit der Hand in die Richtung, wo die offizielle Piste entlangging, ohne sich umzudrehen. Sie befreite ihre Skibrille vom Schnee und zog ihre Skier wieder an, was etwas länger dauerte, da der Schnee an ihren Schuhen pappte.

»Pippa, jetzt warte doch!«, rief Hunter hinter ihr. »Ich komme doch schon.«

Pippa ignorierte ihn. Sie hatte sich so erschrocken. Und wofür? Sie brauchte sich nicht derartig veräppeln lassen.

»Pippa, ich habe keine Kontaktlinsen drin. Bitte. Ich verfahre mich noch und …« Hunters Stimme klang wie ein Flehen. Unfassbar, der Typ.

Pippa seufzte und blieb widerwillig stehen, ohne sich umzudrehen. Sie hörte, wie Hunter sich mit den Skiern die Anhöhe hocharbeite.

»Jetzt hör mir doch mal kurz zu.«

Langsam wandte Pippa sich um und schaute so genervt wie möglich. Das war einfach. Sie war unglaublich sauer auf Hunter. Nichts war schlimmer, als für einen Moment echte Verzweiflung zu spüren, nur um dann zu erfahren, dass jemand sich einfach einen Witz erlaubte.

»Beim nächsten Mal komme ich nicht zurück«, sagte sie nüchtern.

»Ich wusste doch nicht, dass du dich so erschrecken würdest. Ehrlich, Pippa.«

Pippa zog eine Augenbraue hoch, was man wahrscheinlich unter ihrer Schneebrille nicht sah und schüttelte nur langsam den Kopf.

»Es tut mir leid«, sagte Hunter und er wirkte ein wenig wie ein unglücklicher Welpe.

Pippa ließ ihre Schultern sinken und seufzte. »Okay.«

Doch das hätte sie nicht tun sollen, denn sofort blitzte der Schalk in Hunters Augen erneut auf.

»Aber«, setzte er an, »ich finde es ziemlich nett von dir, dass du so ausgeflippt bist. Wer hätte gedacht, dass du so viele Gefühle für mich hast?«

»Ich glaube, du interpretierst da zu viel rein«, sagte Pippa und wollte zu einer Tirade ansetzen, aber verstummte, weil Hunter sich plötzlich weit nach vorn gelehnt hatte.

»Ich meine es ernst«, sagte er. Hunters Gesicht war so nah, dass ihre Skibrillen aneinanderstießen und Hunters Lippen an einem undefinierbaren Ort auf ihrer Wange landeten.

»Ups«, sagte Hunter. Er blickte nach unten und sein Kopf prallte gegen ihren Helm. »Ich wollte nur, ähm … sagen, also … es tut mir wirklich leid.« Seine Stimme war sehr leise und kein Humor lag mehr darin. Dann zog er den Kopf zurück und richtete sich auf, als wäre ihm das alles sehr unangenehm.

Pippa war wie gelähmt und konnte sich nicht bewegen. Was war das denn gewesen? War das … Nein, das konnte nicht sein. Oder doch? Ein ziemlich verunglückter Kuss? Ein Skibrillenaneinanderreiben, so wie Eskimos das mit den Nasen machten?

Hunter richtete umständlich seinen Helm neu auf dem Kopf aus und schob die Brille zurecht. War er verlegen? Hatte er gerade tatsächlich versucht, sie zu küssen? Moment mal, hätte sie sich nicht gegen einen Kuss wehren müssen? Aber vielleicht hatte er sie ja auch nur auf die Wange küssen wollen, zur Versöhnung, so ganz spontan, und es war ihm unangenehm, weil es schiefgegangen war und er fast auf ihrem

Mund gelandet war. Oder nein, er hatte sich nur vorgelehnt und ihre Bewegung hatte dann das Zusammenprallen verursacht.

Egal was es war, es war seltsam gewesen. Ihr Herz klopfte immer noch so stark wie vorhin. Als hätte sie immer noch Panik. Angst um Hunter. Sie fühlte immer noch die Stelle, wo Hunter sie gerade aus Versehen geküsst hatte, als hätte er einen Abdruck auf ihrem Gesicht hinterlassen.

Sie konnte jetzt nicht weiter darüber nachdenken. Aber es fiel ihr sehr schwer, sich wieder zu fassen und ihren Herzschlag zu beruhigen. Bis sie ihre Umgebung wieder wahrnahm. Der Schneefall hatte in den letzten Minuten geradezu rasant zugenommen.

»Ach du meine Güte. Denkst du, was ich denke?«, sagte Pippa und blickte auf die weiße Wand vor ihnen.

»Das glaube ich nicht«, murmelte Hunter, dessen Augen auf ihr ruhten. »Aber ich weiß, was du meinst. Wir sollten uns schleunigst beeilen, dass wir hier wegkommen.«

Und damit machten sie sich auf den Weg nach unten.

9. Hunter

Der Schneefall wurde nicht weniger, im Gegenteil. Das Auto lag schon unter einer dicken Schicht begraben, als sie den fast leeren Parkplatz erreichten. Alles war einheitlich Weiß überzogen. Nur die Liftstation neben dem Parkplatz war noch beleuchtet. Auf der Anzeigentafel blinkte eine große Schneesturmwarnung. Mit den Armen schoben sie den Schnee von den Scheiben und setzten sich ins eiskalte Auto, nicht ohne viel zu viel Schnee mit ins Innere zu nehmen.

Hunter war ziemlich froh, dass er sich das Auto seines Vaters geliehen hatte. Die Heizung wurde schnell warm und es würde auch mit dem Schnee zurechtkommen und sie gut nach Hause bringen, da war er sich sicher. Und doch … Warum erschien es Hunter überhaupt nicht mehr so attraktiv, schnell nach Hause zu kommen? Eigentlich war er ganz glücklich, wo er war.

Neben ihm streifte Pippa sich ihre Skihose herunter. Als sie seinen Blick sah, sagte sie: »Sonst ist gleich alles nass hier und ich habe noch Skiunterwäsche drunter.«

»Tu dir keinen Zwang an.«

Sie schnaufte nur und zog sich weiter um. Hunter ließ den

Wagen an und fuhr langsam los. Doch obwohl der Scheibenwischer ziemlich schnell hin und her schlug, konnte man nicht sonderlich viel erkennen. Sobald eine Ladung Schneeflocken entfernt war, schlugen die nächsten noch schneller, noch dicker gegen die Scheibe. Der Schneefall war enorm. Es würde mit Sicherheit eine ganze Weile länger dauern, bis sie zurück in New York waren, als sie gedacht hatten, und im Dunkeln war die Sicht besonders schlecht.

Pippa zückte ihr Handy. Auf der Rückseite stand in Schnörkelschrift: *Mach jeden Tag eine Sache, die dir Angst macht.*

»Hast du's heute schon gemacht?«, fragte Hunter.

»Was?«, fragte Pippa verwirrt.

»Die Sache, die dir Angst macht.«

Pippa schaute auf den Spruch. »Ich habe mich überwunden, mit dir hierher zu fahren. Das zählt auch, würde ich sagen«, erwiderte sie, blickte dabei aber konzentriert aus dem Fenster. »Darf ich den Schneesturm zumindest musikalisch untermalen?«, fragte sie. Ihre Wangen leuchteten mit einer natürlichen Röte, die mit Sicherheit keine Schminke war. Viele einzelne Strähnen hatten sich aus ihrem Pferdeschwanz gelöst und standen schräg zur Seite. Er schaltete das Radio ein. Sie hielt ihr Handy hoch. »Darf ich?«

Er nickte. Während sie ihr Handy an die USB-Verbindung des Radios anschloss und nach einer Playlist suchte, wurde eine Schneesturmwarnung durchgesagt mit der dringenden Empfehlung, das Haus für die nächsten drei Stunden nicht zu verlassen. Sie schauten sich an und zuckten mit den Schultern.

»Das schafft der. Ist ja nicht umsonst ein Range Rover. Der ist für so was gemacht. Der läuft gerade erst zur Hochform auf.«

Minuten später schallte eine schnulzige Weihnachtsversion von *Have Yourself a Merry Little Christmas* von Francesca Battistelli durchs Auto. Hunter musste sich wirklich zusammenreißen, nichts zu sagen. Warum musste eigentlich jeder Star ein Weihnachtsalbum aufnehmen? Wie er diese Weihnachtsalben hasste. Diese jazzigen, schnulzigen Lieder, die von Stars nachgesungen wurden, als wäre es nicht genug, dass Judy Garland oder sonst wer es im Original gesungen hatte. Aber er wusste natürlich, warum. Es wurde unmenschlich viel Geld damit verdient.

Sie kamen nur langsam voran. Auf den Straßen wurde der Schneefall immer heftiger. Es gab wahrscheinlich gar nicht so viele Schneefahrzeuge in dieser Gegend, dass die Straßen geräumt werden konnten. Sie durchfuhren eine kleine Ortschaft kurz vorm Zubringer zum Highway. Doch als sie sich der Abbiegung näherten, entpuppte sich das, was sie zuerst für Bremslichter gehalten hatten, als die roten Lichter einer Straßensperre. Davor schwenkte ein Mann in Neonfarben eine große Fahne hin und her.

»Oh«, sagte Pippa. »Das sieht nicht gut aus.«

Sie näherten sich im Schritttempo und Pippa stellte die Musik aus. Hunter ließ das Fenster herunterfahren und ein kalter Windzug wehte eine Ladung Schnee ins Auto.

»Guten Abend, die Herrschaften. Der Highway schließt für heute Abend. Ich muss Sie bitten umzukehren.«

»Wir können nicht auf den Highway?«, fragte Hunter verdutzt.

»Der Highway wird während des Schneesturms für einige Stunden geschlossen. Wir empfehlen Ihnen, nach Hause zu fahren und die nächsten Stunden dort zu bleiben. Wir möchten damit weitere Katastrophen wie im letzten Jahr verhindern.«

»Genau dorthin wollen wir ja. Nach Hause. Nach New York.«

»In dem Fall würde ich Ihnen raten, im Ort eine Unterkunft zu nehmen.« Der Polizist hatte ein freundliches, sehr wohlgenährtes Gesicht. »Machen Sie sich einen netten Abend. Ist doch Wochenende. Ich würde an Ihrer Stelle schnell ins Lincoln Inn fahren, denn bald werden die Zimmer da knapp. Heute Abend kommen Sie hier jedenfalls nicht mehr weg und das sollten Sie auch nicht riskieren. Das Pancakehaus hat extralang geöffnet heute. Da könnten Sie sich ein Abendessen holen. Der Blueberry-Banana-Chocolate-Walnut-Cinnamon ist mein Favorit, kurz: BBCWC.«

Das durfte ja echt nicht wahr sein.

»Mein Auto schafft das hier, das können Sie sich doch vorstellen, Officer.«

»Tut mir leid.« Sein Gesicht wurde ernst. »Der Highway ist geschlossen. Da gibt es keine Ausnahme. Wir wollen hier nicht in ein paar Stunden anfangen, die Leute zu retten, die eingeschneit sind und in ihren Autos einfrieren.« Sein Gesicht war nun ganz officermäßig. Hinter ihnen war inzwischen ein weiteres Auto herangefahren. Der Polizist trat zurück und winkte energisch, damit sie weiterfuhren und wendeten.

Hunter setzte noch einmal an, aber der Officer winkte, jetzt ganz Officer, einfach ab und gab dem Auto hinter ihnen schon ein Zeichen.

Hunter fuhr langsam los und wendete das Auto. Pippas Anspannung neben ihm war deutlich spürbar.

»Oh Mann«, sagte er. »Jetzt sind es also nur noch du, ich und das Unwetter«, sagte er übertrieben dramatisch. Er drehte sich zu Pippa, die allerdings ehrlich schockiert aussah. »Und? Pfannkuchen gefällig?«, fragte er.

Sie schüttelte mit starrem Blick den Kopf. »Das darf doch jetzt echt nicht wahr sein«, murmelte sie. Sie schloss kurz die Augen. »Ich wollte doch spätestens um acht Uhr zurück sein.« Sie biss sich auf die Unterlippe.

»Ich hätte jetzt mit etwas mehr Euphorie gerechnet, wenn du die Chance hast, ein ganzes Wochenende mit mir zu verbringen.«

»Ich war doch verabredet«, stotterte sie. »Und ich habe noch so viel zu erledigen zu Hause«, sagte Pippa. Ihre Stimme klang leise, fast etwas schwach, viel weniger selbstbewusst als sonst. Irgendetwas Seltsames lag in ihren Augen. Hunter hielt kurz das Auto an, holte sein Handy raus und scrollte durch die neuesten Nachrichten.

»Ich bin mir sicher, dass wir morgen ganz früh losfahren können, Pippa. Die werden hier so nah an New York alles in Gang setzen, dass der Highway wieder zugänglich ist.« Langsam setzte sich der Range Rover wieder in Bewegung. »Ich hätte nie gedacht, dass die panisch alles dichtmachen, aber online stand gerade, dass der Sturm früher gekommen ist als erwartet. Hätten wir vielleicht oben auf der Hütte schon mal checken sollen, als wir über die Häppchen geredet haben.« Er wusste auch nicht, warum er das Gefühl hatte, Pippa beruhigen zu müssen. Es war doch alles verrückt. Aber jetzt waren sie hier. »Wenn ich ehrlich bin, klingt ein Pfannkuchen gar nicht so schlecht. Ich habe einen Bärenhunger, und wir haben zwar viel über Essen geredet, aber kaum etwas gegessen.« Er schaute zu Pippa.

Ihr Gesicht war erhitzt. Sie wandte sich ihm zu. »Du solltest lieber auf die Straße schauen«, sagte sie.

»Ich bin ein Multitasker. Wie ihr Frauen«, erwiderte er.

»Multitasking ist eine Lüge, habe ich letztens erst gelesen. Aber gut. Pfannkuchen. Zum Abendessen. Warum nicht?« Sie seufzte. »Ich muss nur gleich mal telefonieren.« Ihr Handy lud noch immer über den USB-Anschluss.

»Ich kann immer Pfannkuchen essen. Das ist mein absolutes Lieblingsessen. Früher hat meine Mutter jedes Wochenende eine Pfannkuchenvariation gebacken: Buttermilch oder Buchweizen.« Er verstummte abrupt. Eigentlich wollte er nicht darüber reden.

»Bei uns gab es, glaube ich, seit meinem neunten Geburtstag keine Pfannkuchen mehr. Seit ich ernsthafter angefangen habe, Ballett zu tanzen.«

»Echt jetzt?«, erwiderte Hunter.

Pippa machte eine Bewegung mit ihren Händen, die andeuten sollte, dass sie dick und rund wurde.

»Das kann man sich bei dir überhaupt nicht vorstellen«, sagte Hunter.

Pippa zuckte mit den Schultern. »Es gab sogar Vorträge für die Eltern und so. Dann hat meine Mutter teilweise monatelang nur Gemüse und mageres Hühnchen gemacht. Daher mag ich wahrscheinlich auch Cherry-Coke so gerne. Ich musste mir einfach heimlich ein paar andere Sachen zum Ausgleich kaufen.«

»Okay, dann wird es Zeit für einen BBCBW oder wie das Ding hieß. Betrachten wir es als Herausforderung. Wir werden dir jetzt die dicksten, fettesten Pfannkuchen bestellen, die du seit Jahren gegessen hast. Vielleicht schaffen wir es, dass du nicht mehr in dein Trauzeuginnenkleid reinpasst.« Hunter grinste. »Und ich rufe direkt beim Lincoln Inn an, damit die noch Zimmer für uns freihalten.«

10. Hunter

Das Pfannkuchenhaus war nicht zu übersehen. Auf dem Parkplatz davor stand ein großes Schild in Pfannkuchenform, gut zu erkennen, selbst von der Straße aus. Ansonsten sah es wie ein altmodisches Diner aus. Die großen Scheiben waren mit kleinen Lichterketten und einer schlichten Tanne weihnachtlich dekoriert. Das Haus wirkte wie aus einer vergangenen Epoche. War es wahrscheinlich auch.

Schon von draußen konnten sie erkennen, dass ziemlich viel los war im Pfannkuchenhaus. Es waren wohl einige Leute hier gestrandet.

Sie ergatterten einen kleinen Tisch neben dem Fenster. Durch das beschlagene Glas waren eigentlich nur noch die weißen, dichten Flocken zu sehen, die so eilig vom Himmel herunterfielen, als würden sie gejagt.

»Also, ich nehme den BBCWC. Der Officer wirkte so, als wüsste er, was gut ist. Willst du auch einen? Ich lade dich ein«, grinste Hunter.

»Das klingt gefährlich.«

»Du willst es auch, Pippa. Ich weiß, dass du nicht gierig rüberkommen willst. Keine Angst, ich werde niemandem erzählen, dass du nicht imagebewusst eine halbe Stunde an einem Salatblatt genagt hast. Lass dich ruhig gehen«, sagte Hunter.

»Und das klingt irgendwie anzüglich, wenn du das sagst«, erwiderte Pippa.

»Ich finde es ja schon erstaunlich, dass du dir noch kein neues Make-up nachgelegt hast. So nackt habe ich dich noch nie gesehen«, erwiderte Hunter.

»Definitiv anzüglich«, stellte Pippa fest. Sie griff nach ihrer Tasche und stand auf. »Okay, BBCWC. Vielleicht hört es ja auf zu schneien, wenn wir fertig sind, und wir können doch noch fahren«, sagte sie ohne viel Hoffnung in der Stimme und hob ihr Handy hoch. »Ich muss kurz telefonieren.« Sie wirkte ziemlich nervös.

»War die Verabredung so wichtig?«, fragte er.

Sie winkte ab.

»Ich bin dein Date heute, du verpasst nichts, versprochen«, rief er ihr hinterher. Aber sie reagierte nicht und verschwand in Richtung der Toiletten. Hunter sah sich um.

Das Restaurant war bis auf den letzten Platz voll. Aber mit seinen Lichterketten, der warmen Beleuchtung und den vielen kleinen Holztischen wirkte es unheimlich freundlich. Wenn man durch die Fenster nach draußen schaute, war es, als würde man in einem geschützten Raum mitten in einer Schneekugel sitzen.

Die Leute an den anderen Tischen schienen eigentlich ganz gut gelaunt. Alle saßen hier fest und irgendwie versetzte das die Leute in gute Stimmung, auch wenn das nicht logisch war.

Jeder war extrafreundlich und aufgeschlossen. Der Schnee schien allen richtigen Appetit zu machen und es wurde eifrig gegessen. Natürlich sprachen alle über das Wetter. Seine Tischnachbarn waren überzeugt, dass sie hier heute Abend nicht mehr wegkommen würden. Der Schneesturm dauerte sicher noch mindestens zwei bis drei Stunden an. Sie würden alle in dem Kaff übernachten müssen. Hunter nickte.

»Nun ja«, sagte der ältere Herr, der neben ihm an einem weiteren kleinen Tisch mit seinem Freund saß. Beide trugen Holzfällerhemden in unterschiedlichen Karomustern. Sie waren alt, wirkten aber gleichzeitig irgendwie jugendlich, weil sie so gut gelaunt waren. Erstaunlich, wie man einige Menschen innerhalb von Sekunden sympathisch fand und das Gefühl hatte, sie zu kennen, ihnen vertrauen zu können.

»Dir macht das doch nichts aus, mit deiner Freundin eine Nacht gestrandet zu sein, nehme ich an? Was für ein hübsches Mädchen«, stellte der Mann wohlwollend fest. »Das hast du gut gemacht. Hast du denn so ein Mädchen auch verdient?«, fragte er scherzend.

»Wir sind nur Freunde«, erwiderte Hunter und beobachtete Pippa genau, die sich auf dem Weg zurück zu ihm zwischen den Tischen hindurchschob. Sie war wirklich hübsch. Sie hatte so eine elegante Art zu gehen, und doch explodierte jeder Schritt vor Energie. Sie hatte auch wieder dieses Gloss auf die Lippen geschmiert, nachdem er einen Moment überlegte, was plötzlich anders an ihr aussah. Bei anderen Mädchen könnte das schmeichelhaft sein. Man könnte meinen, dass sie sich für ihn hübsch gemacht hatte, wobei es wahrscheinlich eher so ein Balm gegen trockene Lippen war. Es klebte ganz fürchterlich, wenn man Mädchen küsste, die so ein Gloss benutzten. Das wusste er aus Erfahrung.

Hunter schüttelte den Kopf. Schon wieder wanderten seine Gedanken in eine völlig falsche Richtung.

Als die Pfannkuchen gebracht wurden, war klar, dass der Polizist nicht übertrieben hatte. Nicht nur waren jeweils mehrere Pfannkuchen zu großen Türmen aufgestapelt. Sie hatten zudem eine goldgelbe Farbe und eine dicke, aber fluffig saftige Beschaffenheit – es waren einfach perfekte Pfannkuchen. Hunter goss sich noch eine große Portion Ahornsirup auf den Berg, der sofort in den duftigen Teig einsickerte.

»Und, alles in Ordnung mit deinem Date? Das ist höhere Gewalt, da kann doch niemand sauer sein.«

Pippa lächelte abwesend, war aber etwas schweigsam. Sie war aufgelöst gewesen, als sie an den Tisch zurückgekommen war. Konzentriert trug sie jetzt einzelne Pfannkuchen von dem Berg ab und zerteilte sie mit der Gabel in Stücke.

Hunter reichte ihr den Ahornsirup. »Ich merke schon. Du bist nicht so gut darin, so viele Kalorien wie möglich in dich hineinzuschaufeln. Das habe ich bei den Squashturnieren gelernt.«

Pippa lächelte zaghaft. »Das war bisher noch nie meine Perspektive, so viele Kalorien wie möglich in mich reinzustopfen.« Ihre Augen glänzten, als sie hochschaute. Das Licht der Lampe, die hinter ihm stand, spiegelte sich darin.

»Warum hast du überhaupt aufgehört mit Ballett, wenn es dir so gut gefallen hat?«

Pippa schaute ihn merkwürdig an, fast feindselig. Als hätte er gewagt, eine falsche Frage zu stellen.

»Ich wollte eben nicht mehr«, erwiderte sie schroff. Sie stach mit der Gabel so lange in die kleinen Pfannkuchenstücke, bis keins mehr draufpasste, und quetschte sich den ganzen Stapel in den Mund.

»Dafür, dass ihr das beim Ballett nicht gelernt habt, kannst du das ganz schön gut. Man würde gar nicht denken, dass dein Mund so groß ist«, sagte Hunter.

Pippa schüttelte nur den Kopf und rollte die Augen, antworten konnte sie jetzt nicht.

Die Hintergrundmusik wurde geändert. Der Wirt hatte wohl gemerkt, dass eine Weihnachts-CD bei dem Wetter gut passen würde, und plötzlich spielte *Last Christmas* im Hintergrund.

»Jetzt wird's romantisch«, sagte Pippa ironisch, als sie wieder sprechen konnte.

»Du und ich, Pippa, wer hätte das gedacht.«

»Das Lied habe ich immer gehört, als ich klein war, und fand es super. Es ist das Lieblingslied meines Vaters«, sagte Pippa.

»Das Lied allein bringt jedes Jahr ungefähr siebenhunderttausend Dollar an Lizenzgebühren. Weihnachtslieder sind lukrativ«, sagte Hunter nüchtern.

»Fast eine dreiviertel Million Dollar? Das ist ja krass.«

»Ja, so ein Hit ist ein Traum«, erwiderte Hunter.

»Weißt du was?«, sagte Pippa und lehnte sich zurück. Auf ihrem Teller lagen noch ziemlich viele Pfannkuchen, aber sie hatte schließlich nicht die Statur des Officers. Und sogar Hunter konnte nichts mehr essen nach der Portion.

»Ich glaube, das Junggesellen-Mixed-Wochenende wird doch gar nicht so schlecht.«

»Ach wirklich? Auch ohne rosa Peitsche?«

»Okay, ich will ja nichts sagen. Aber David braucht keine Las-Vegas-Stripperin, weil er in den letzten Jahren mehr als genug Freundinnen hatte, die sich wahrscheinlich bei der erstbesten Gelegenheit für ihn ausgezogen haben. Der hat sich schon genug ausgetobt.«

»Du sagst das so, als wäre das was Schlechtes. Freu dich doch für ihn.« Hunter grinste.

Pippa setzte an, etwas zu sagen. Dann brach sie ab. Ihr fiel scheinbar keine passende Antwort dazu ein. »Ich glaube, die Schnitzeljagd im Schnee wird super«, fing sie neu an, »und das Wettrennen auch. Und wenn der Wirt der Alm dann noch für das Iglu sorgt, wird das der Kracher. Ich hätte nicht gedacht, dass es so schön werden könnte.« Sie schien wirklich erleichtert zu sein.

Das nächste Weihnachtslied setzte ein, Mariah Carey, das war ja klar. Pippa hatte ihr Kinn auf die Hand gestützt und blickte aus dem Fenster. Auf ihrem Unterarm zog sich eine dünne weiße Narbe entlang, die ihm noch nicht aufgefallen war. Ohne nachzudenken, lehnte er sich nach vorn und strich vorsichtig mit dem Finger an der Innenseite ihres Unterarms herunter, wo der feine weiße Strich zu sehen war.

»Was ist das?«, fragte Hunter.

Pippa zog ihren Arm zurück. »Ach, ich hatte mal eine Katze, Marshmallow. Sie war sehr süß, nur waren ihre Krallen ziemlich scharf. Das ist eine Erinnerung an sie.« Sie blickte auf die Überbleibsel des Kratzers. »Aber dann hatte meine Mutter plötzlich eine Katzenallergie und wir mussten sie abgeben. Es war glaube ich der schlimmste Moment in meinem Leben. Ich habe sie so lieb gehabt. Ich vermisse sie immer noch.«

»Deine Mutter hatte plötzlich eine Katzenallergie? Man hat doch nicht *ganz plötzlich* eine Katzenallergie. Entweder man hat eine Allergie oder man hat keine Allergie«, sagte Hunter. »Ich hatte auch mal eine Katze. Sie ist irgendwann krank geworden und gestorben. Ich weiß auch nicht, danach haben wir nie wieder eine bekommen.«

»Nein, am Anfang war alles gut. Aber dann hat sie plötzlich Hustenanfälle bekommen. Und dann mussten wir die Katze abgeben.«

»Und das hast du geglaubt?«

Pippa blickte ihn mit offenem Mund an. »Darüber habe ich noch nie nachgedacht. Aber du hast recht, eigentlich ist es komisch. Denn sie hat ja auch Freunde, die Katzen haben. Da gab es nie Probleme.« Sie legte ihre Hand auf die Lippen.

»Ich hoffe, ich habe keinen Ärger zwischen dir und deiner Mutter verursacht.«

»Das ist nicht unser größtes Problem«, murmelte Pippa und ließ die Hand wieder sinken.

»Hat es euch geschmeckt?«, fragte der Ladenbesitzer, als er zum Tisch kam. Sie nickten gleichzeitig.

»Es war nur ein kleines bisschen viel«, sagte Pippa.

»Man weiß ja nicht, wie lang es noch reichen muss«, erwiderte der Mann mit einem Zwinkern. »Wo schlaft ihr denn heute Nacht? Ich lasse den Laden noch eine Weile auf. Ich möchte sichergehen, dass alle einen Schlafplatz haben.«

»Der Polizist, der uns auch Ihr Restaurant empfohlen hat, hat uns das Lincoln Inn genannt. Die haben wohl noch was. Aber wir dachten, dass der Highway vielleicht doch wieder aufmacht.«

»Der Highway macht nicht mehr auf. Und ganz ehrlich, ihr solltet schleunigst zum Lincoln Inn fahren, damit sie wissen, dass ihr wirklich kommt. Da wird ein ziemlicher Andrang herrschen. Da übernachten schon einige der Gäste hier. Nur zur Warnung.«

In dem Moment setzte das Lied ein, das Hunter befürchtet hatte. *No Christmas Without You.* Ihm lief eine Gänsehaut über den Rücken. Er hatte es dieses Jahr noch nicht so oft gehört. Irgendwie hoffte er immer noch, dass es nicht zum Klassiker werden würde. Dass es einfach wieder vergessen werden würde. Aber alle rechneten damit, dass es bleiben würde nach dem gigantischen Erfolg. Er blickte zu Pippa, die in Gedanken verloren schien. Dann horchte sie auf. Sie stutzte für einen Moment und dann kam das, was er befürchtet hatte.

»Sag mal, das ist doch dein Dad?«, sagte sie. »Der berühmte Travis Montgomery.« Sie lächelte. »Das ist ja schon total abgefahren. Seine Musik ist einfach überall. Wir sitzen hier eingeschneit in den Catskills und jemand will so richtig schöne Musik machen und dann kommt ... Travis Montgomery!«

»Ja«, sagte Hunter knapp. »Komm, wir sollten los. Wir sitzen hier schon viel zu lang. Nicht dass wir hier noch bis morgen früh Pfannkuchen essen müssen, weil kein Hotel mehr frei ist.«

Sie zogen wieder Pullover und Jacken an und verabschiedeten sich vom Wirt. Es fühlte sich wie ein größerer Abschied an, das Restaurant zu verlassen. Eher so, als hätte man eine Woche hier verbracht statt einer Stunde. Als wäre das eine Etappe auf einem Abenteuer gewesen. Die sentimentalen Gedanken verschwanden mit der ersten eiskalten Brise, die ihnen ins Gesicht schlug.

Das Auto war wieder vollständig ausgekühlt und sie schalteten die Heizung auf maximale Temperatur. Sie fuhren einige Minuten in die Richtung, die ihnen der Restaurantbesitzer genannt hatte. Die Sicht war schlecht, der Schnee wirbelte durch die Luft, als würde er jetzt schnell fertig werden wollen. Die Schneeflocken schlugen auf der Scheibe auf und breiteten sich aus, als wollten sie die Sicht auf die Straße extraschwierig machen.

Pippa saß ziemlich still neben ihm. Einige komische Gedanken gingen ihm durch den Kopf. Aber doch vor allem, dass er sich eigentlich nicht ärgerte, einen Abend mit Pippa zu verbringen. Müsste er nicht total genervt sein? Er war keineswegs genervt. Er war ziemlich guter Stimmung. Als sie gerade dachten, sie hätten das Hotel verpasst, zeigte ein Schild neben der Straße das Lincoln Inn an. Das Hotel wirkte gar nicht so klein.

Sie hatten am Telefon versprochen, ein Zimmer frei zu halten. Allerdings standen ziemlich viele Autos auf dem Parkplatz. Vielleicht hätten sie doch nicht bis zur letzten Sekunde warten sollen. Was sollten sie bloß machen, wenn es belegt war? Aber die würden einen doch wohl nicht auf der Straße sitzen lassen. Sie parkten auf einem halb legalen Parkplatz am Rand, auf dem schon eine dicke Schneeschicht lag. Der Range Rover fuhr zum Glück leicht darüber. Mit einem kleinen Auto hätte man keine Chance mehr bei diesen Schneemassen. Die Frage war, ob sie morgen hier wieder rauskamen. Aber ewig konnte es so ja schließlich nicht weiterschneien.

Sie traten durch eine breite Tür ins Innere und sofort begannen ihre Gesichter von der plötzlichen Wärme zu glühen.

Hinter der Hoteltheke stand eine sehr konservativ gekleidete Dame in einer Steppweste. Sie musterte sie über den Brillenrand hinweg, als sie sich näherten. Hunter und Pippa klopften sich schon auf der Fußmatte am Eingang brav die Schneeflocken von der Kleidung, die sich während der kurzen Strecke vom Auto zum Eingang auf sie gelegt hatten, und streiften sich den Schnee von den Schuhen. Der Eingangsbereich des Hotels war gemütlich. Ein verspieltes Gesteck mit roten Weihnachtskugeln und einer ganzen Hirschherde verzierte eine Anrichte.

»Guten Abend, da sind ja noch mehr Gestrandete«, begrüßte sie Hunter und Pippa mit einem freundlichen Lächeln. »Ihr kommt ganz schön spät. Der Highway hat ja schon vor einer Weile zugemacht. Jetzt sagt mir nicht, dass ihr noch ein Zimmer braucht.«

Sie nickten und Hunter fiel auf, dass sie natürlich sogar zwei Zimmer brauchten, nicht nur eins.

»Ich hatte vorhin angerufen, Hunter Montgomery«, sagte Hunter, und ausnahmsweise löste sein Name keinerlei Erkennen in ihrem Gesicht aus.

»Mr Montgomery. Mit Ihnen hatte ich jetzt ehrlich gesagt gar nicht mehr gerechnet.« Sie machte eine Pause und blickte von Hunter zu Pippa und wieder zurück. Sie schien den Anblick ihrer ängstlichen Gesichter ein klein wenig zu genießen. »Die schlechte Nachricht ist, dass ich kein Zimmer mehr habe«, fuhr sie fort.

Hunter und Pippa blickten sie verwirrt an. Sie klang so fröhlich, dass Hunter überzeugt war, dass sie sie nicht einfach wieder wegschicken würde.

Sie schwieg und blickte über ihre Brille hinweg noch einmal von einem zum anderen, um die Wirkung ihrer Worte zu genießen.

»Es klingt, als hätten Sie trotzdem eine Lösung für uns«, bemerkte Hunter ungeduldig. »Am Telefon hatte ich gar nicht den Eindruck, dass ich mich so beeilen sollte.«

»Ich nehme an, Sie sind sehr verliebt?«, fragte sie, zwinkerte und lächelte dabei breit.

»Nein«, stotterte Pippa, »also …«

Hunter stieß sie vorsichtig mit dem Ellenbogen in die Seite. Sie sollte jetzt bloß nichts Falsches sagen.

»Ja?«, sagte er fröhlich und legte seinen Arm um Pippa. Sie blieb ziemlich steif stehen, aber zum Glück gab sie keinen Mucks von sich.

»Sehen Sie, das wusste ich. Ich habe noch ein einziges Zimmer, ein Einzelzimmer allerdings. Aber das Bett ist eigentlich ein Queensize, weil wir hier große Betten mögen. Aber wenn man sehr verliebt ist, reicht das garantiert auch für zwei.«

Sie lächelte beide Beifall heischend an. »Ich verspreche Ihnen, in diesem Ort gibt es nichts mehr. Ich hoffe, es kommt niemand mehr, sonst muss ich anfangen, meine Freunde anzurufen, ob sie noch jemanden aufnehmen können. Und weil hier so viele gestrandet sind, haben mein Mann und ich hinten eine Glühweinecke eingerichtet und laden alle Gäste auf ein Glas Punsch und ein wenig Weihnachtsgebäck ein«, strahlte sie.

Das klang gar nicht so schlecht. Vorsichtig blickte er zu Pippa. Pippa fing seinen Blick auf. Sie wirkte etwas unschlüssig und ihre Wangen waren gerötet. Sie zuckte mit den Schultern und nickte langsam.

»Ich glaube, wir nehmen das Angebot dieser netten Dame lieber an. Bevor wir doch noch im Auto schlafen müssen. Das wird garantiert kalt. Ein Punsch wäre toll. Oder zwei.«

Ein winziges Lächeln erschien in Pippas Mundwinkel.

Sie erledigten die Buchung, erhielten den Zimmerschlüssel und ein paar Minuten später standen sie in einem Raum, der wahrscheinlich sonst ein allgemeiner Aufenthaltsraum war. Auch hier war alles weihnachtlich geschmückt, sogar ein Weihnachtsbaum stand in einer Ecke. Er war über und über mit bunten Lichtern, dicken Engeln, Rehen, Elfen und allem Möglichen behängt, was irgendwie entfernt mit Weihnachten zu tun hatte, kitschig oder irgendwie lustig war. Ungefähr fünfzehn weitere Gestrandete sprachen angeregt miteinander und verteilten sich auf unterschiedlichen Sesseln und Hockern und nippten an ihren Tassen. Im Kamin prasselte ein Feuer. Hinter dem großen Fenster sah man den Schnee unablässig weiter fallen.

Ein älterer Mann in einem gestrickten Pullover mit Norwegermuster kam mit zwei Tassen auf sie zu.

»Gerade frisch eingetroffen, nehme ich an? Ich bin Michael, der Inhaber. Punsch gefällig? Wir feiern heute den Schnee. So ein Unwetter bringt die Leute doch immer zusammen. Und wir genießen jetzt einfach mal die Catskills.«

Sie nahmen den dampfenden Punsch, der nach Orangen und Zimt duftete, entgegen.

»Ein Rezept von Susan«, erklärte Michael wohl in der Annahme, dass sie wüssten, wer Susan war. Wahrscheinlich der Name seiner Frau an der Rezeption. Nach ein paar freundlichen Worten wandte er sich einem anderen Gast zu.

»Ist eigentlich nett, oder?«, sagte Pippa. Sie umfasste die Tasse mit beiden Händen und nahm einen vorsichtigen Schluck Punsch. Hunter machte es ihr nach. Er schmeckte erstaunlich gut und das Getränk war angenehm warm.

»Zumindest wissen sie hier, was gut ist. Ich hab allerdings keine Ahnung, ob da Alkohol drin ist. Aber ich habe den Eindruck, die vertragen hier mehr Alkohol, als man den Weihnachtspullovern zutrauen würde, wenn man sich die Bombenstimmung der anderen hier mal anschaut.«

Es stimmte. Die anderen Gäste unterhielten sich, machten

Witze und lachten herzhaft. Doch Hunter hatte kein Interesse mehr an den anderen Gästen.

Sie setzten sich auf zwei kleine Hocker in die Nähe des großen Kamins mit dem lodernden Feuer.

»Ziemlich verträumte Umgebung für uns.«

Pippa antwortete nicht, sondern griff nach ihrer Tasse. »Ich hole mir noch einen, willst du auch?« Den ersten hatte Pippa ziemlich schnell runtergespült. Hätte er ihr gar nicht zugetraut.

Er zuckte mit den Schultern. »Sicher.« Er trank den Rest seiner Tasse in einem Zug leer. Das Getränk floss warm seine Kehle herunter, Cranberry und Zimt. Den kleinen Schal, der um die Tasse gelegt war, damit man sich die Finger nicht verbrannte, hatte Susan wahrscheinlich selbst gestrickt.

»Vielleicht eine Idee für den nächsten Weihnachtsball?«, fragte Hunter und hielt die Tasse hoch, als Pippa zurückkam. Susan hatte sich inzwischen ebenfalls zu den Gästen gesellt. Man hatte das Gefühl, auf einer Hausparty gelandet zu sein, wo sich alle Anwesenden schon lange kannten.

»Okay. Muss ich jetzt beleidigt sein, dass du dich scheinbar bewusstlos trinken willst? Hältst du es sonst nicht aus mit mir oder was?«

Pippa kicherte. Sie wirkte langsam etwas entspannter. Und ja, seine Vermutung war richtig gewesen, am Alkohol war bei dem Punsch nicht gespart worden, nur war der Geschmack mit irgendeinem Sirup übertüncht worden. Eine Hotelangestellte ging herum und schenkte mehr Punsch aus einer Thermoskanne nach. Sie nahmen ihn dankend an.

»Okay, steckst du mit dem Lincoln Inn unter einer Decke? Willst du mich jetzt betrunken machen und verführen? Oder willst du dich doch nur betrinken, damit du den Abend überstehst?«, fragte Hunter.

Pippa knuffte ihn in die Seite. Er hatte seinen Pullover ausgezogen. Vor dem Kamin war es schnell warm geworden und er konnte ihre Hand sehr genau auf seiner Rippe spüren.

»Du bildest dir wirklich ein bisschen viel ein. Träum weiter«, sagte sie.

Für einen Moment betrachteten sie die tanzenden Flammen im Kamin. Das Feuer sprühte Funken und knackte laut, aber das Metallgitter sah stabil aus, als wäre es große Hitze gewohnt.

»Ich hätte mir echt nie träumen lassen, dass ich jemals bei so einer Hochzeit mitmache. Und so ein bisschen bin ich auch sauer auf David, dass ich hier voll reingerasselt bin. Aber so Mädchen wie du, die träumen davon, nicht wahr? Heiratsantrag mit Kniefall und dann ein fetter Diamant auf dem Verlobungsring. Ich mein, das ist doch eine Idee von den Juwelieren gewesen mit dem Verlobungsring. Das ist doch alles nur ein Plan, um Geld zu verdienen.«

»Wie meinst du das? Verlobungsringe sind doch schön. Sie sind ein Symbol für die Liebe und dafür, dass sie ewig halten soll. Ich finde, das klingt schön. Es wäre jedenfalls schön, wenn es wahr wäre«, fügte sie etwas leiser hinzu.

»Genau das wollen sie dich doch glauben lassen. Bist du noch nie auf die Idee gekommen, dass du Opfer einer geschickten Marketingstrategie von einem Diamantenkonzern geworden bist? Die haben dir doch ganz perfide eingeredet, dass du unbedingt einen Diamanten brauchst, um an die Liebe eines Mannes zu glauben. Was ist das für ein materialistischer Mist? Als würde ein Diamant irgendetwas bedeuten, außer dass wahrscheinlich ein paar Leute dafür gestorben sind und unter unmenschlichen Arbeitsbedingungen geschuftet haben.«

»Es gibt, glaube ich, auch Fair-Trade-Diamanten«, sagte Pippa. Aber so richtig überzeugt klang sie nicht.

»Und dann soll dieser Diamant auch noch ungefähr drei Monatsgehälter kosten? Damit es sich jeder leisten kann, aber man gleichzeitig die Männer aufstachelt: Hier, schau mal, das Ding kann ich mir leisten. Das ist doch völlig beknackt. Mein Vater hat Kimyo auch so ein Ding gekauft.« Hunter hatte sich in Rage geredet. Er wusste auch nicht, warum ihn das so wütend machte. »Sie haben es geschafft, dass Mädchen sich weniger geliebt fühlen, wenn sie keinen Ring bekommen oder nur einen kleinen.«

Pippa schien genau zugehört zu haben. Aber ihre Stimme klang ruhig, fast unwirklich ruhig, als müsste sie sich beherrschen bei ihrer Antwort. »Kimyo ist die neue Frau von deinem Vater, nicht wahr? Glaub mir, ich weiß, wie sich das anfühlt. Aber vielleicht ist Kimyo ja auch ganz nett und du willst das nur nicht wahrhaben. Ist einfacher, jemanden nicht zu mögen, der dein Leben kaputt macht. Wobei Kimyo doch nichts kaputt gemacht hat eigentlich. Sie kennen sich doch noch nicht so lange. Mein Vater hat meine Ballettlehrerin geheiratet, hat Zwillinge mit ihr bekommen und lebt mit ihr in der Schweiz. Ich mochte sie eigentlich ziemlich gern. Aber sie hat mir meinen Vater weggenommen und das Ballett, das mir damals so viel bedeutet hat. Das Ballettstudio war wie ein Zuhause für mich, es war eine enge Gemeinschaft – von der verrückten Direktorin mal abgesehen. Wir haben alle zusammengehalten, und da war immer jemand da und hat zugehört, wenn man ein Problem hatte. Aber Jelena hat ihren Mann verlassen. Danach war es fast so, als wäre ich an allem schuld gewesen. Ich konnte unmöglich weitertanzen. Und ich war es auch noch, die ihr Verhältnis aufgedeckt hat. Aus Versehen. Vielleicht wäre es sonst ganz anders gekommen«, sagte Pippa und starrte in den Punsch in ihrer Hand.

Das war also passiert. Das war in der Tat fürchterlich. Er hatte keine Ahnung gehabt, dass das die Scheidungsgeschichte ihrer Eltern war.

»Das … das klingt nicht so toll«, sagte er leise.

Pippa zuckte mit den Schultern, aber es wirkte verkrampft. »Glaub mir, mein Leben hat sich ziemlich verändert in den letzten Jahren«, sagte sie knapp.

»Und ist es jetzt besser oder schlechter?«, fragte Hunter.

»Ich dachte immer, dass es schlechter ist. Aber das stimmt nicht. Früher hat meine Mutter alles gesteuert. Als ich klein war, hat sie ja alle Verabredungen organisiert. Da hat sie natürlich auch alle meine Freundschaften geregelt. Und ich habe lange irgendwie nicht verstanden, dass ich mich manchmal wie ein Außenseiter gefühlt habe, weil ich gar nicht mit Menschen zusammen war, die so dachten wie ich. Ich war mit Menschen zusammen, die meine Mutter ausgewählt hatte. Aber die waren natürlich alle weg, als plötzlich kein Geld mehr da war und meine Mutter einen Zusammenbruch nach dem nächsten hatte. Nur … meinen Vater vermisse ich schon ziemlich.«

»Mein Leben hat sich auch ziemlich verändert. Und alles sollte jetzt besser sein, aber … ich weiß nicht«, sagte Hunter.

Sie schaute ihn an und zog eine Augenbraue nach oben. »Weil dein Vater so bekannt geworden ist?«

»Vorher hatte ich ein Stipendium an der Highschool. Wir haben Upper West gewohnt, weil meine Mutter da als Ärztin gearbeitet hat. Sie hat das Geld verdient. Mein Vater war einer der vielen erfolglosen Musiker in New York.«

»Und dann kam der Durchbruch.«

»Ja, den hat meine Mutter nur nicht mehr mitbekommen.«

»Das ist so traurig«, erwiderte Pippa. Diesmal wich sie seinem Blick nicht aus.

»Ich hätte dich anders eingeschätzt irgendwie.« Er musste zugeben: diese komischen Bühnenauftritte und Komitees, Chip … Aber vielleicht hatte er sie doch etwas zu schnell abgestempelt.

»Soll das ein Kompliment sein oder eine Beleidigung?«, fragte Pippa, ohne mit der Wimper zu zucken.

»Sorry.« Hunter musste grinsen. »Das kam nicht so richtig raus. Der Alkohol.« Aber es war natürlich nicht der Punsch. Es war Pippa. Sie brachte ihn durcheinander.

»Du bist auch nicht sooo schlimm«, sagte Pippa. »Die Geschichten von dir waren irgendwie schlimmer.«

»Hey, wir überschütten uns heute ja geradezu mit Komplimenten. Was ist los?«, sagte er. Das Feuer gab ein lautes

Knacken von sich und sie zuckten gleichzeitig zusammen, als wären sie tief in irgendetwas versunken gewesen. Waren sie ja auch irgendwie.

Michael kam vorbei und bot ihnen zwei Gläser mit einer dicken, gelblichen Flüssigkeit an.

»Heute geben wir noch etwas ganz Besonderes aus, weil bald Weihnachten ist. Es ist Susans Eierlikör, nach unserem streng gehüteten Familienrezept. Ihr müsst ihn unbedingt probieren. Sonst ist sie persönlich beleidigt.« Das gelblich cremige Getränk in seiner Hand sah nicht sonderlich einladend aus. Aber Michaels Blick war so eindringlich, dass sie nicht ablehnen konnten. Er stellte die Gläser auf den Tisch vor ihnen, der die Form eines Baumstumpfs hatte, und verschwand.

»Okay, Pippa. Wir machen jetzt ein Spiel. Wir sagen dem anderen jetzt etwas, was er garantiert nicht vom anderen weiß. Etwas, was der andere sich nie hätte vorstellen können. Und wer die abwegigste Geschichte zu erzählen hat, der hat gewonnen.«

»Und was bekommt der Gewinner?«

»Der kann sich aussuchen, auf welcher Seite er im Bett schläft.«

Pippa prustete los und verschüttete fast ihren Punsch. »Na schön«, sagte sie.

Vielleicht bildete er es sich ein, denn im Licht des Kamins war nicht so richtig viel zu erkennen. Aber wenn er sich nicht täuschte, wurde Pippa rot.

Er fühlte sich plötzlich ganz leicht. Er hätte ihr das, was er jetzt sagen würde, nie gesagt, nie, nie, nie unter normalen Umständen, weil er natürlich wusste, wie das Ego von Mädchen wie Pippa funktionierte. Aber irgendwie wollte er es ihr erzählen.

Er atmete tief ein. »Ich habe dich im Freshman-Jahr auf einer Party einmal bis zur Damentoilette verfolgt.«

»Im Freshman-Jahr? Du hast mich verfolgt? Aber da warst du doch gar nicht in Stonehill!« Pippa war wirklich überrascht. Ihre Reaktion war irgendwie süß.

»Ist dir das wirklich noch nie passiert? Also, du trägst zwar für meinen Geschmack zu viel Lipgloss, aber es ist jetzt nicht so, dass es total abwegig ist, dass jemand auf einer Party auf dich abfährt.«

Sie war verwirrt und fuhr sich mit der Hand über die Lippen, wo das Lipgloss aber inzwischen verschwunden war. »Und wann genau soll das gewesen sein?« Sie legte den Kopf schief. »Das stimmt doch nicht.«

»Ich habe David damals in Stonehill abgeliefert, bevor wir auf Tour gegangen sind. Und dann waren wir auf einer dieser Willkommenspartys für die Studenten.«

»Ich glaube, ich weiß sogar, welche Party du meinen könntest, ganz am Anfang. Aber du bist mir gar nicht aufgefallen«, sagte Pippa nachdenklich.

»Tja, ich sag doch. Das ist eine erniedrigende Geschichte für mich. Deshalb erzähle ich sie ja auch erst jetzt nach ein paar von Susans Spezialdrinks.«

»Und … und dann hast du aufgegeben? War das diese riesige Party in der St. John's Hall? Aber ich erinnere mich wirklich nicht an dich.«

»Danke, kannst du das noch ein paarmal wiederholen?«

»Sorry.« Sie legte kurz ihre Hand auf seinen Arm, aber zog sie dann wieder schnell zurück.

»Ich habe da auch Lauren zum ersten Mal getroffen«, sagte Hunter.

»Wirklich? Das hat sie nie erzählt«, sagte Pippa.

»Das war wohl kein Abend, wo ich viel Eindruck gemacht habe«, erwiderte Hunter. Es war auch definitiv kein Abend, an den er gern zurückdachte. Schlimmster Kater am nächsten Tag.

»Na ja, es kamen alle möglichen Mädchen vor dir aus besagter Damentoilette und dann war ich abgelenkt.« Er hätte gar nicht damit anfangen sollen.

»Und dann hast du mich direkt wieder vergessen?«, fragte Pippa.

»Du warst weg. Und dann war ich weg. Na ja, du bist eigentlich auch nicht mein Typ. Ich dachte, dein Lebensmittelpunkt ist Partyplanung für Stonehill. Und ich mag keine Cherry-Coke«, grinste er.

»Stimmt. Wobei die Frauen, die dein Typ sind, ja auch kurz nach dir lesbisch werden. Wie dieses Model. Wie hieß sie doch gleich … Heather? Das sollte dich vielleicht auch stutzig machen«, sagte Pippa.

Hunters Mund blieb für einen Moment offen stehen. »Ernsthaft?«

Jetzt schoss ihr wirklich das Blut in die Wangen. Das konnte er sogar im Dunkeln erkennen. Es war ihr unangenehm. Dachte sie tatsächlich, sie hätte etwas für ihn Peinliches gesagt?

Hunter lehnte sich auf seinem Hocker zurück und genoss für einen Moment ihre Unsicherheit. »Du hast also wirklich die albernen Geschichten in der Presse verfolgt. Ich wusste es doch.« Er konnte sich ein breites Grinsen nicht verkneifen, als er sah, wie ihre Augen unruhig hin und her tanzten. Es war ihr wirklich peinlich. »Ist ja nicht so, dass ich Ryan Gosling bin. Nach Artikeln über mich muss man schon suchen.«

»Ich bin mit Lauren befreundet«, verteidigte Pippa sich. »Lauren ist mit David zusammen. Sie sagt mir solche Dinge, auch wenn ich sie nicht hören will.«

Hunter legte den Kopf schief. »Ich gestehe dir, dass ich dich schon mal als armseliger Nobody auf die Damentoilette verfolgt habe, und du erzählst mir im Gegenzug, dass ihr über mich gelacht habt? Findest du das nicht unfair?«

Sie blickte ihn von unten nach oben an und zog ihre Nase kraus. Dann nickte sie. »Könnte sein.«

»Vielleicht hatte sie noch andere Motive, um lesbisch zu werden? Außerdem ist sie gar nicht lesbisch. Wenn sich ein wunderschönes Mädchen die Haare raspelkurz schneidet, weil es einfach genug davon hat, nur wegen seines Aussehens gemocht zu werden, und mal demonstrativ ein Mädchen küsst, ist es ja noch lange nicht lesbisch.«

»Mit dem Gedanken tröstest du dich?«, sagte Pippa und grinste. »Es lag nicht an dir?«

»Heather hatte größere Probleme als mich. Sie hat sich natürlich den falschen Beruf gesucht, Models werden ja selten wegen ihrer inneren Werte berühmt.« Er hielt kurz inne. »Aber es schmeichelt mir, dass du mein Liebesleben in der

Presse verfolgst. Ich dachte immer, du hättest keine Zeit bei deinen ganzen Projekten, Bühnenauftritten, Orga-Komitees und Spendengalas. Es gibt ja kaum einen Club, in dem du nicht Mitglied bist.«

»Also dafür, dass ich nicht in der Presse stehe, weißt du wiederum ganz schön viel über mich. Schmeichelt mir das jetzt, dass du mein Leben verfolgst, oder sollte ich Angst bekommen, dass ich hier mit einem gefährlichen Stalker in einem Hotel eingeschneit bin, aus dem es kein Entkommen gibt? Ich glaube, die Bilder zu der Story von deiner und Heathers Trennung haben sich mir nur deshalb so eingeprägt, weil du in der Zeitung so dermaßen traurig ausgesehen hast, als würdest du unter der Trennung schwer leiden.«

»Erstens waren wir vielleicht fünf Mal aus. Das war keine Beziehung. Und zweitens waren die Bilder mit dem traurigen Gesichtsausdruck alt. Die waren, wenn du es genau wissen willst, von der Gedenkveranstaltung für meine Mutter.«

Das hatte er nicht sagen wollen. Er wollte nicht über seine Mutter reden. Besonders nicht jetzt, so kurz vor Weihnachten. Trotzdem, seit dieses beknackte Lied im Pfannkuchenhaus gespielt hatte, musste er die ganze Zeit an sie denken. Und jetzt war es ihm rausgerutscht.

Plötzlich spürte er Pippas Hand wieder auf seinem Arm. »Entschuldigung. Das tut mir leid, Hunter. Das muss schlimm für dich sein. Ich weiß das natürlich mit deiner Mutter, das wurde ja sehr breitgetreten damals. Das Weihnachtslied, das dein Vater für sie geschrieben hat und so.«

»Schon okay«, wehrte Hunter ab. Auf dieses Thema hatte

er wirklich nicht kommen wollen. Er nahm eins der Eierlikörgläser vom Baumstammtisch. »Dann wollen wir Susan mal nicht beleidigen. Geheimrezept. Klingt vielversprechend. Ich hoffe, es gibt keine Salmonellen bei so vielen rohen Eiern.« Er hob sein Glas und drückte das andere Pippa in die Hand. Sie nahm es. Sie stießen an und tranken gleichzeitig.

Hunter setzte das Glas sofort wieder ab. »Vom dem Zeug bekommt man ja spontan Zahnausfall«, jaulte Hunter. »Das ist reiner Zucker.«

Fassungslos sah er zu, wie Pippa noch zwei weitere Schlucke trank.

»Das schmeckt himmlisch«, meinte sie lächelnd. Sie sah sehr sexy aus, wenn sie lächelte. Oder es war letztlich doch zu viel Alkohol in den Drinks gewesen. Ihre Lippen waren geradezu magnetisch. Er musste aufhören, auf ihre Lippen zu starren.

»Weißt du eigentlich, wie abgestumpft du vom Zuckerkonsum bist?«, fragte er. »Das hier ist ungefähr neunundneunzig Prozent Zucker und ein Prozent Ei. Das ist untrinkbar.«

»Ich finde es lecker. Sahne ist auch noch drin.« Sie hustete und setzte wieder ein Lächeln auf. Diesmal etwas gequälter. Sie blickte noch einmal in Hunters fassungsloses Gesicht und seufzte. »Es ist scheußlich«, murmelte sie.

»Was?«

»Das Zeug ist schlimm.« Sie beugte sich nach vorn und hustete ein paarmal, wobei ihr einige Haarsträhnen ins Gesicht fielen und ihm der Geruch ihres Shampoos in die Nase stieg. Kirsche? Vanille? War an ihrem Körper je ein natürlicher

Geruch zu finden? Hatte sie schon mal nach Schweiß gerochen? So etwas gab es bei ihr wahrscheinlich nicht.

»Okay, Pippa. Wir können hier noch länger sitzen. Aber de facto müssen wir uns der harten Realität stellen und sollten lieber in unser Zimmer gehen, bevor wir wieder nüchtern sind, meinst du nicht?«

»Ich wünschte, ich könnte mich besser an die Party damals erinnern«, sagte Pippa. Sie wirkte gelöster. Klar, das Zeug hatte es trotz der Süße in sich gehabt.

Sie blickte ihn einen Moment ernst an. Ihre Augen waren wirklich besonders hübsch, es war unmöglich zu entscheiden, ob sie mehr grau oder mehr grün waren.

»Ich hoffe, du schläfst nicht mit Lipgloss«, rutschte ihm raus.

»Du hast komische Gedanken.« Aber wenn er sich nicht täuschte, vermied sie seinen Blick, als er das sagte. Es war ihr unangenehm. Oder vielleicht war sie letztlich doch genauso nervös wie er.

11. Pippa

Das Zimmer war klein, aber gemütlich, jedenfalls für Pippas Geschmack. Die Wände waren komplett mit Magnolientapeten tapeziert und die Möbel waren allesamt aus rötlich braunem Holz. Ein Traum aus Neu-England. Die Gardinen waren vom gleichen Blumenmuster überzogen, genauso die Stehlampe. Das Bett war nicht winzig, es war vielleicht einen Meter fünfzig breit, tatsächlich genug für Verliebte. Undenkbar für Pippa und Hunter.

Pippa merkte, wie Hunters Blick, der hinter ihr in den Raum kam, ebenfalls aufs Bett fiel. Wohin auch sonst. Das Zimmer bot wenig andere Möglichkeiten. Es gab natürlich auch kein Sofa, nur einen kleinen Sessel, auf dem aber weder Pippa, geschweige denn Hunter schlafen konnte.

»Okay, du rechts, ich links?«, fragte Hunter.

Pippa musste kichern. Der Glühwein, der absurde, aber eigentlich auch total schöne Abend unten am Kamin … Sie war eigentlich ganz gut gelaunt. Aber sie spürte ihr Herz pochen, die Aufregung – genau die Dinge, die eigentlich nicht passieren sollten, wenn Hunter in der Nähe war. Doch sie passierten.

Sie konnte versuchen, sich etwas vorzumachen, aber sie passierten trotzdem.

»Wir können ja auch noch ein letztes Mal schauen, ob sich mit dem Wetter was getan hat«, sagte Pippa. Obwohl der Gedanke, dass die Straßen plötzlich frei sein würden, wesentlich weniger attraktiv war als noch vor wenigen Stunden. Sie wusste nicht genau, wann es sich verändert hatte, aber es hatte sich alles verändert. Vielleicht sogar schon damals am Rockefeller Center. Nur hätte sie sich das nie eingestanden. Es war etwas Wahres dran an dem, was Hunter vorhin gesagt hatte. Sie hatte auch gedacht, dass er ganz anders war, hatte so viele Meinungen gefasst, bevor sie das erste Wort mit ihm gesprochen hatte. Und er hatte genauso viele Vorurteile. Er hatte sie immer noch als die kleine, verwöhnte Prinzessin gesehen, die alles von ihrem Daddy bekam, was sie sich wünschte.

Sie setzten sich nebeneinander ans Kopfende des Bettes und Hunter schaltete den Fernseher ein, ein altes Modell mit ziemlich kleinem Bildschirm. Hunters Nähe war Pippa fast schon zu viel. Seine Schulter war nur Zentimeter neben ihrer, und wenn er sich bewegte, stießen sie zusammen. Die Stärke, mit der sie dieses Zusammenstoßen spürte, entsprach keineswegs der eigentlichen Stärke der Berührung. Aber es fühlte sich nicht schlecht an oder falsch. Und dann doch wieder völlig falsch.

Chip war außer sich gewesen, als sie ihm gestanden hatte, dass sie eingeschneit in den Catskills war. Mit Hunter Montgomery. Sie hatte ihm erklärt, dass es für die Hochzeit war, und nein, sie hatte kein Interesse an Hunter und freute sich darauf, das Date schon ganz bald nachzuholen. Aber Chip war wütend gewesen und hatte aufgelegt. Das Date würde wohl nicht mehr stattfinden. Aber irgendwie, und das war das Schlimme, war sie nicht traurig darüber. Im Gegenteil, es fühlte sich sogar richtig an. Viel zu sehr gefiel es ihr, hier neben Hunter auf dem Bett zu sitzen.

Der Wetterbericht brachte nichts Neues. Es schneite, das führe momentan zu massiven Verkehrsstörungen, aber man solle sich keine Sorgen machen. Morgen würde alles wieder problemlos laufen.

Es war inzwischen ziemlich spät. Der Skitag, das frühe Aufstehen am Morgen, die ganzen Gespräche … Pippa spürte die Müdigkeit in ihren Gliedern. Dazu kam die Wirkung vom keineswegs harmlosen Punsch und Eierlikör.

»Ich glaube auch, dass es super wird«, sagte Hunter in diesem Moment. Seine Stimme klang belegt.

»Was wird super?«, erwiderte Pippa verwirrt, die gerade daran dachte, dass sie trotz ihrer Müdigkeit wahrscheinlich kein Auge zu machen konnte, wenn Hunter so dicht neben ihr lag.

»Der Junggesellenabschied«, sagte Hunter.

Pippa dachte an das Haus von Davids Eltern, in dem sie vorhin gewesen waren. Die Säulen vor dem Eingang, die mit Tannengirlanden umschlungen waren, die Kamine, die uralten, unregelmäßigen Holzdielen. Alles war herrschaftlich und doch voller Wärme.

»Es ist doch eigentlich viel schöner, die Freunde zusammenzubringen, als irgendetwas nur deswegen zu machen, weil man es eben so macht«, fügte er hinzu.

Pippa sprang aus dem Bett. »So kann David auch nicht in Versuchung kommen. Besser als in so einem Las-Vegas-Moloch.« Sie kramte in ihrem Rucksack, aber eigentlich brauchte sie nur etwas Abstand zu Hunter, weil seine Nähe sie nervös machte.

»Deine Meinung über David ist falsch. Meinst du nicht, dass Menschen sich auch ändern können? Ich will nicht behaupten, dass er immer unschuldig war. Jedenfalls sieht er äußerlich mit seinen Engelslöckchen wesentlich unschuldiger aus, als er ist«, sagte Hunter. »Aber ich bin fest davon überzeugt, dass Menschen sich ändern können. Vielleicht heute sogar ganz besonders.«

Spielte er auf sie an? Sie war jemand völlig anders als noch vor zwei Jahren. Aber sie wusste nicht, was sie dazu sagen sollte.

Sie ging zum Fenster herüber. Draußen war es dunkel, aber man konnte im Lichtschein der Außenbeleuchtung erkennen, wie die Schneeflocken unermüdlich weiter vom Himmel fielen. Das letzte Mal hatte sie so viel Schnee gesehen, als sie letzten Januar bei ihrem Vater in der Schweiz gewesen war. Doch sie hatte sich bei dem Besuch nur schlecht gefühlt. Sie war das Gefühl nicht losgeworden, dass sie Jelena und ihrem Vater eigentlich lästig war. Aber so gern sie Jelena früher auch gemocht hatte, als sie noch ihre Ballettlehrerin war – jetzt war sie ihr fremd. Pippa hatte sich bemüht, die Situation auch aus Jelenas Perspektive zu betrachten, aber das fiel schwer. Jelena hatte Pippa viele Geschenke gemacht. Aber nicht, weil sie ihr etwas Gutes tun wollte oder ein schlechtes Gewissen hatte, sondern um ihrem Vater zu zeigen, wie lieb sie zu seiner Tochter war. Sie hatte mit Pippa ein paar Ausflüge gemacht, weil ihr Vater genauso viel arbeitete wie früher und kaum Zeit hatte. Aber Pippa schien es, dass sie nur demonstrieren wollte, dass sie sich gut verstanden. Pippa hatte danach keine Lust mehr gehabt, noch einmal hinzufahren, um als Statist in Jelenas Aufführung von »Wir sind eine total glückliche Patchworkfamilie« mitzuspielen. Aber sie vermisste ihren Vater schrecklich.

Sie zuckte zusammen, als ihr bewusst wurde, dass Hunter sich neben sie gestellt hatte und ebenfalls aus dem Fenster schaute.

»Es sieht toll aus«, sagte er leise. »Früher habe ich Weihnachten so geliebt. Ich konnte das ganze Jahr nicht abwarten, bis wieder Weihnachten war.«

Sie spürte einen Kloß im Hals. Ihr gingen so viele Sachen durch den Kopf, und doch war alles merkwürdig undeutlich, als wären die Gedanken selbst in einer Schneewolke eingeschlossen. Sie konnte keinen der Gedanken wirklich fassen. Vorsichtig drehte sie ihr Gesicht zu Hunter. Der beobachtete sie aufmerksam. Er sah irgendwie traurig aus. Sie hörte ihren eigenen Pulsschlag. Nein, natürlich konnte sie ihn nicht hören, aber sie spürte ihn so sehr, dass es ihr so vorkam, als ob sie ihn auch hören könnte. Er brachte ihren ganzen Körper zum Schwingen. Erst dachte sie, dass sie es sich einbildete. Es fühlte sich an, als spürte sie einen Windzug im Nacken, aber dann merkte sie, dass es Hunters Hand sein musste. Spielte er mit ihren Haaren? Dann verschwand das Gefühl. Sie musste es sich eingebildet haben.

»Davon merkt man jetzt nicht mehr so viel«, erwiderte Pippa und dachte an die merkwürdigen Bemerkungen, die Hunter bezüglich Weihnachten machte, seine zum Teil abfälligen Worte.

Er gab ein komisches Geräusch von sich, was wohl Zustimmung sein sollte. »Wir haben es früher mit meiner Mutter gefeiert. Sie hat uns all diese Geschichten von Weihnachtselfen erzählt und den Wundern, die passieren. Weihnachten war für sie die Zeit der Magie. Ich glaube, ich war der Letzte in der Klasse, der sich noch nicht sicher war, ob es den Weihnachtsmann nicht doch gibt.«

»Und jetzt magst du es nicht mehr, weil deine Mutter nicht mehr da ist.«

Er erwiderte nichts. Pippa dachte daran, wie der Tod seiner Mutter durch die Presse gegangen war, geschmückt mit den Bildern von Travis und seinem Sohn. Dann kam der Erfolgshit von Hunters Vater.

»Und warum magst du dann das Weihnachtslied von deinem Vater nicht? Ist es nicht eine Erinnerung an sie?«

Hunters Blick ruhte für einen Moment auf ihr. Dann wandte er sich wieder zum Fenster und schaute in den Schnee. »War das so deutlich, dass ich es nicht mag?«

»Na ja, ich hatte das Gefühl, du wolltest jeden Moment fliehen. Wenn das dein Pokerface sein soll, dann musst du daran auf jeden Fall noch arbeiten.«

»Es war ein Lied, das er für *sie* geschrieben hat. Es war kein Lied für die Öffentlichkeit. Es war ein Lied für uns. Ich verstehe nicht, wie er das tun konnte.«

Instinktiv griff Pippa nach Hunters Hand neben sich und … so blieben sie stehen.

Was passierte hier eigentlich gerade? Sie waren in diesem Hotel gelandet, eingeschneit im Nirgendwo, und vertrauten sich hier Geheimnisse an? Hielten Händchen?

Aber dann zog Hunter seine Hand zurück. Sofort fehlte etwas. Pippas Herz begann noch schneller zu pochen. Das war jetzt unangenehm. Sie kam sich albern vor. Aber dann bemerkte sie etwas. Und diesmal wusste sie genau, dass sie es sich nicht einbildete. Das war Hunters Hand, definitiv, seine Finger, die sie durch ihr Shirt am Rücken spürte. So vorsichtig, als wollte er sie darüber im Unklaren lassen, dass er es tat. Sie konzentrierte sich darauf, weiter aus dem Fenster zu schauen – und doch sah sie überhaupt nichts mehr von dieser Landschaft, ihr Blick war ganz nach innen gekehrt, nur Hunters federleichte Finger an ihrem Nacken spürte sie, die Wärme, die Hunters Körper ausstrahlte.

Das ohrenbetäubende Piepsen ihres Handys riss sie aus dem tranceartigen Zustand. »Ich … ich muss kurz nachschauen«, sagte Pippa atemlos. Im selben Moment ärgerte sie sich. Warum musste sie eigentlich nachschauen, wer ihr da geschrieben hatte? Aber alles schien so verworren. Sie war mit Hunter hier und …

Mit schnellen Schritten lief zu ihrem Handy und zog es aus ihrer Tasche.

Hi Pippa.

Die Nachricht war von Evalina. Evalina Sheridan. Das war der zweite Horror an der ganzen Hochzeit. Wobei der Hunter-

Horror eigentlich gar nicht mehr so schlimm war. Evalina hingegen ... das war eine andere Geschichte. Warum schrieb sie gerade jetzt? Sie hatten seit der Wahl damals wenig miteinander gesprochen. Es war nichts, was sie zusammengeschweißt hatte, sondern etwas, was sie auf ewig voneinander entfernt hatte.

Pippa hatte es so eingestellt, dass Evalina sehen konnte, dass Pippa die Nachricht gelesen hatte. Jetzt musste sie also antworten. Sie hasste diese Einstellung und hatte sie nur vorgenommen – sie wagte es kaum, sich das einzugestehen – um zu sehen, ob Hunter ihre Nachrichten gelesen hatte. Aber man konnte die Info nur bekommen, wenn man sie selbst auch freigab. Hunter hatte wahrscheinlich noch keine Sekunde in seinem Leben darüber nachgedacht, wie stressig diese Einstellung war. Jedenfalls für Mädchen und Freundinnen. Eine Nachricht gelesen zu haben, ohne zu antworten, wurde auch als Antwort interpretiert. Und wenn man die Nachricht gelesen hatte und zudem noch in einem Chat war, an dem mehrere Leute teilnahmen, denen man wiederum schon geantwortet hatte, war das sozusagen eine offene Kriegserklärung und konnte einen handfesten Streit vom Zaun brechen. Warum nur war alles immer so kompliziert?

Hi, schrieb Pippa zurück.

Du bist in den Catskills?, fragte Evalina.

Jap, erwiderte Pippa.

Mit Hunter?

Oh Gott, was wollte Evalina denn jetzt? Woher wusste sie das? Hatte Chip was erzählt? Es war ja kein echtes Geheimnis, dass sie mit Hunter hierher gefahren war, um alles zu organisieren. Das konnte Hunter auch erzählt haben. Und natürlich war es ja auch völlig unverfänglich.

Zumindest eigentlich.

Finger weg von Hunter, kam es von Evalina.

Wie bitte? Wie armselig war das bitte? Sollte das eine Drohung sein? Wollte sie jetzt ihr ganzes Leben lang ihr Wissen gegen sie einsetzen?

Pippa starrte auf ihr Handy. Sie hätte es am liebsten weggeworfen. Warum nur hatte sie überhaupt drauf geschaut? Als würde sie nicht selbst wissen, dass sie aufpassen musste, wenn sie nicht alles aufs Spiel setzen wollte.

»Du siehst aus, als hättest du gerade den Poltergeist gesehen.«

Pippa lachte kurz. »Nein. Alles gut. Mein Handy ist gleich leer.« Sie schaltete es aus. Hunter sollte die Nachricht natürlich auch auf keinen Fall sehen. Sie schob den Gedanken an Evalina ganz weit weg.

»Okay, wir sollten wahrscheinlich versuchen zu schlafen«, meinte Hunter.

»Ich gehe mal ins Bad. Susan meinte ja, hier wäre noch eine Zahnbürste. Ich hoffe, sie meinte zwei und nicht nur eine für Verliebte«, sagte Pippa. Sie hatte auch keine Klamotten zum Wechseln dabei und ihre Sachen rochen nicht mehr frisch. Aber ausziehen konnte sie sich schließlich auch nicht. Mehr als den Lipbalm für trockene Lippen hatte sie nicht dabei und sie musste an Hunters Bemerkung von vorhin denken. Sie wusch sich ihr Gesicht und widerstand dem Impuls, neuen

Lipbalm aufzutragen. Sie fühlte sich tatsächlich nackt, wie er vorhin gesagt hatte.

Sie fühlte sich ohnehin immer merkwürdig nackt mit Hunter. Durchschaubar, auch wenn das gar nicht logisch war. Er hatte bisher immerhin nicht den Tag erwähnt, wo er sie überrascht hatte mit den Stimmzetteln. Ihre Unterwäsche ließ sie ebenfalls an, irgendwie wäre das jetzt noch komischer gewesen, ohne BH neben Hunter im Bett zu liegen. Wobei der BH beim Schlafen zwickte. Sie zupfte daran. Zumindest würde es gleich dunkel sein.

Es gab tatsächlich nur eine Zahnbürste. Egal, immerhin war sie als Erste hier, das war ein Vorteil.

Wenige Minuten später lagen sie im Bett.

Hunter und sie.

Sie hatte definitiv das Gefühl, dass ihre Körper reine Energie waren. Zwei entgegengesetzte Stromfelder, die irgendeine Wirkung aufeinander ausübten, die schwer einschätzbar war. Jedenfalls so intensiv, dass man in keiner Sekunde vergessen konnte, dass der andere da war.

Für eine Weile lagen sie einfach nebeneinander und Pippa stellte sich schlafend. Dabei war sie hellwach. Sie war eben noch todmüde gewesen, aber es war völlig unmöglich, neben Hunter einzuschlafen. Sobald sie sich bewegte, stieß ihr Bein, ihr Rücken oder ihr Arm gegen seinen Körper.

Und diese Energie, die dabei entstand, war nicht gerade schlafförderlich.

Sie drehte sich zur Seite. Vielleicht konnte sie besser schlafen, wenn sie sich von ihm abwandte? Aber dann hatte sie das

Gefühl, Hunters warmen Atem im Nacken zu spüren. Ihr Rücken schien zu glühen allein bei dem Gedanken daran, dass Hunter hinter ihr lag.

»Sag mir nicht, dass du so schlafen kannst«, hörte sie plötzlich seine Stimme an ihrem Ohr.

»Das Bett ist nicht sehr groß«, erwiderte Pippa.

»Ja«, sagte Hunter. »Aber ich weiß nicht, ob es nur das ist …«

Sie konnte den Nachhall seiner Worte in der Luft deutlich spüren. Dann fühlte sie wieder eine Berührung, die so leicht war, dass sie sich nicht ganz sicher sein konnte.

»Ich hatte eine Überdosis Eierlikör, Pippa«, flüsterte Hunter. »Aber es ist definitiv mehr als das.«

Plötzlich spürte sie, wie sich seine Hand um ihre Taille schob und auf ihrer nackten Haut liegen blieb. Sie spürte seinen Atem im Nacken, und dann – waren das seine Lippen? Das Bett bewegte sich, als Hunter näher an sie heranrückte. War das ein Kuss an ihrem Hals oder nur sein Atem, der ihren Nacken hinaufwanderte? Es war vielleicht kein richtiger Kuss, es war eine vorsichtige Berührung, eine Art Frage. Pippa bewegte sich nicht. Es fühlte sich so gut an. Aber es war … nicht gut. Das war schließlich Hunter Montgomery, der da neben ihr lag.

Pippa konnte vom Bett aus nach draußen sehen. Der Vorhang aus Flocken, die sich den Himmel runterfallen ließen, dick und flauschig tanzten sie im Licht der Straßenlaterne. Die Bäume hinter dem Hotel waren mit Schneehauben überzogen.

Sie schloss kurz die Augen und in ihrem Kopf begann sich alles zu drehen. Hunter Montgomery. Er war immer so arrogant gewesen, wenn sie ihn an der Uni gesehen hatte. Sie hatte immer das Gefühl, dass er sich über alles lustig machte. Vielleicht machte er sich über sie lustig. Vielleicht dachte er irgendwie, dass er jedes Mädchen haben konnte. Doch schon während sie das dachte, wusste sie, dass es Quatsch war. Sie hatte Spaß mit Hunter. Sogar als sie sich gestritten hatten, hatten sie zusammen Spaß gehabt. Er brachte sie zum Lachen.

Nein, nein, das konnte einfach nicht sein, dass sie sich eigentlich tief innendrin wünschte, dass Hunter sie küsste. Das *durfte* einfach nicht sein.

Und doch. Sie hatte sich etwas vorgemacht. Irgendwie wusste sie natürlich, dass sie Hunter küssen wollte. Schon eine ganze Weile. Aber sie wusste auch, dass sie Hunter nicht küssen sollte. Das war eben ein Unterschied. Hunter konnte jeden Moment alles ins Lächerliche ziehen, konnte einfach verschwinden, weil er doch eigentlich zu cool war für eine Beziehung. Das hatte sie jedenfalls immer gedacht. Das sagte ihr Kopf.

Aber jetzt spürte sie nur seine Hand, die sie so vorsichtig streichelte wie eine Feder, so liebevoll. Sie spürte seinen Atem und drehte sich ihm zu.

12. Hunter

Hunter verharrte an ihrem Hals. Er atmete die Wärme ein, die von ihrer Haut aufstieg. Er hatte das Gefühl, ihren Herzschlag hören zu können. Als sie sich umdrehte, tanzten ihre hellbraunen Haare um ihren Kopf. Eine Strähne verfing sich zwischen ihren Lippen. Er schob die Strähne vorsichtig zur Seite. Seine Hand blieb an ihrer Wange. Sie blickte ihn erwartungsvoll an, aber auch unsicher. Er zog seine Hand langsam wieder zurück. Meine Güte, es würde unmöglich sein, die Hand den ganzen Abend zurückzuziehen, wenn sie ihn so anschaute. Wer hätte gedacht, dass dieses Mädchen, das er für so oberflächlich gehalten hatte, seine Gedanken derartig einnehmen konnte. Aber er musste sich einfach eingestehen, dass er in den letzten Tagen ständig an Pippa gedacht hatte. Er kannte die perfekt gleichmäßige Linie ihres Haaransatzes. Und dann Pippas Haut, die makellos war, besonders heute nach einem Tag im Schnee. Er wollte sie berühren. Hatte er sich nicht immer über ihren Eifer in den Seminaren lustig gemacht, über die emporgestreckte Hand, wenn sie etwas sagen wollte? Ihr Glühen, wenn es darum ging, irgendeine bescheuerte Party zu organisieren?

Und jetzt konnte er kaum atmen, weil sie neben ihm lag.

Plötzlich schlangen sich ihre Finger um seinen Nacken und schoben sich in seine Haare. Es war, als hätte jemand einen Schalter umgelegt. Diesmal zögerte er nicht. Er suchte ihre Lippen, die er schon so oft angestarrt hatte. Sie waren genauso samtig, wie er sie sich vorgestellt hat. Nein, sie waren noch samtiger und so unendlich zart. Er ließ seine Hand über ihrem Pullover an ihren Schultern heruntergleiten, ihren Rücken hinunter, die schwungvolle Biegung ihrer Taille entlang und umfasste ihre Hüften.

Seine Hand passte perfekt in die Rundung ihrer Taille. Dann ließ er seine Hand an ihrer Seite wieder hochgleiten, glitt mit seinem Daumen über ihre Rippen, bis er an ihre Unterwäsche stieß. Sie fühlte sich so unglaublich gut an. Gleichzeitig fühlte er sich so unglaublich eingeschüchtert von ihr. Wie schaffte sie es nur, ihn so zu verunsichern?

Er wollte ihre Haut spüren. Er konnte sich nicht von ihren Lippen lösen und gleichzeitig wollte er sie überall küssen. Er wollte ihr am liebsten die dicken Klamotten ausziehen, die sie auch im Bett noch trug. Sie hatte sogar ihre Skiunterwäsche angelassen. Er bahnte sich vorsichtig einen Weg über den Saum ihres Pullovers. Er spürte wie sie scharf einatmete und einen Moment aufhörte ihn zu küssen. Nein, das durfte sie nicht. Er ließ die Hand liegen und küsste Pippa weiter. Konzentrierte sich ganz auf ihren Mund. Am besten hörte er nie wieder auf, sie zu küssen. Aber dann spürte er, wie sich Pippas Hand unter sein Shirt schob. Und diesmal hörte er auf zu atmen. Er schloss die Augen und ließ sich einfach fallen.

13. Pippa

Sie wusste nicht mehr, wie lange sie sich so geküsst hatten. Es war lange und viel zu kurz gewesen. Sie hatten sich nur geküsst. Gestreichelt. Hunter hatte ihre Hände geküsst, jeden Finger. Er hatte sie im sanften Licht, das durch das Fenster schien, lange angeschaut, aber kein Wort gesagt. Sie hatten beide nichts gesagt. Als wüssten sie, dass der Moment nicht durch Worte zerstört werden durfte. Was sollten sie auch sagen? Sobald sie zu reden anfingen, mussten sie darüber nachdenken, was da mit ihnen geschah, und irgendwie festlegen, was es bedeutete. War das hier eine einmalige Sache ohne Bedeutung? Ein Ausrutscher nach zu viel Punsch und Eierlikör? Der Gedanke war schrecklich, aber das hätte Pippas Verhalten in dem Moment ehrlicherweise nicht geändert. Es hätte sie nicht davon abgehalten, Hunter weiter zu küssen. Vielleicht half es sogar, diese verrückten Gedanken und diese verrückte Sehnsucht nach ihm aus ihrem Kopf zu vertreiben. Bisher hatte es allerdings überhaupt nicht geholfen. Im Gegenteil. Jeder Kuss hatte nach mehr geschrien. Jede Berührung hatte noch mehr versprochen. Sie hatte eher das Gefühl, in einen Sog hineinzugeraten, der immer machtvoller wurde, statt von Hunter geheilt zu werden. Sie hatte sich zurückhalten müssen, sich nicht diese ganzen störenden Klamotten einfach vom Körper zu reißen, die zwischen ihnen waren.

Irgendwann hatte sie so getan, als wäre sie müde und kurz vorm Einschlafen. Hunter war zwar bescheuert, wenn er ehrlich glaubte, dass sie einschlafen könnte, aber sie wusste sich irgendwie nicht aus der Situation zu retten, ohne irgendetwas sagen zu müssen.

Außerdem dachte sie an Chip. Wie sauer er gewesen war und wie sie gesagt hatte, dass es Schwachsinn sei, auf Hunter eifersüchtig zu sein. Aber er hatte ihr nicht geglaubt. Und Evalina hatte offensichtlich auch ihre Zweifel gehabt. War Pippa eigentlich die Einzige, die davon überzeugt gewesen war, dass zwischen ihr und Hunter alles harmlos war? Es war so dermaßen das Gegenteil von harmlos, dass es absurd war.

Sie hatte noch eine Weile regungslos im Bett gelegen, ein Summen in den Ohren. Hunter hatte sie noch eine Weile gestreichelt und dann »Schlaf gut« in ihr Ohr geflüstert.

Seine Stimme war so sanft gewesen. Etwas belegt, anders als sonst. So fürsorglich, wie man es ihm nie zugetraut hätte. »Ich werde mich jetzt umdrehen, hatte er geflüstert. »Wenn du so vor mir liegst, werde ich sonst nie schlafen können.« Dann küsste er sie auf die Wange und drehte sich um.

Pippa konnte sich nicht daran erinnern, eingeschlafen zu sein, aber dann war sie aufgewacht, weil Hunter duschte. Oder weil er neben ihr fehlte. Schnell hatte sie sich komplett angezogen, und schon wenige Minuten später saßen sie auf den gut gepolsterten Sitzen des Range Rovers und fuhren los.

Sie rollten schweigend durch die verschneite, in der Sonne leuchtende Bilderbuchlandschaft zurück nach New York. Ihr Kopf fühlte sich an, als wären nur Luftblasen darin, ganz leicht. Kurz vor New York kam die Sonne durch die Wolken, der Himmel riss auf und der Abend vorher schien noch unwirklicher. Sie sprachen über ihre Pläne für den Junggesellenabschied, ganz nüchtern und sachlich. Sie sprachen das geplante Wochenende in jedem noch so winzigen Detail durch, als würden sie dem, was gestern Abend passiert war, aus dem Weg gehen. Hunter war merkwürdig verschlossen. Er war freundlich, sanfter als sonst, aber auch zurückhaltend. Bereute er, was passiert war? Sie hatte keine Ahnung, was ihm durch den Kopf ging. Er wirkte merkwürdig weit weg. Aber sie war ganz froh, dass sie es vorerst im Unklaren beließen, was in der Nacht passiert war. Sie war viel zu durcheinander. Momentan konnten sie es immer noch auf den Eierlikör schieben. Auch wenn Hunter, was ihr jetzt wie ein Traum erschien, sogar noch gesagt hatte, dass es nicht der Eierlikör gewesen war.

Zum Abschied küsste er sie auf die Wange. Seine Hand lag um ihren Hals und sandte einen Schauer ihren Rücken hinunter. Aber er küsste sie nicht so, als würde noch mehr passieren. Für einen Moment überlegte Pippa, ob es ihm leidtat. Ob er sich entschuldigen wollte. Sie stieg schnell aus, als wäre sie in Eile.

»Entschuldige, Pippa, ich bin etwas abwesend. Bis bald«,

sagte Hunter. Was auch immer das bedeuten sollte. Aber die vergangene Nacht hatte ein kribbelndes Gefühl in ihrem ganzen Körper hinterlassen. Als wären ihre Blutbahnen mit Schmetterlingen gefüllt.

Pippa versuchte zu lernen. Dann ging sie zum Sport, in der Hoffnung, dass sie danach wieder klarer denken konnte. Bisher keine Nachricht von Hunter. Aber es waren natürlich auch erst ein paar Stunden vergangen. Außerdem wollte ihre Mutter sie aus der Wohnung haben, weil sie ein Arbeitstreffen hatte. Immerhin war sie zu abgelenkt, um dämliche Fragen über den Abend vorher zu stellen. Pippa stemmte heftige Gewichte und lief fünfundvierzig Minuten auf dem Laufband. Schnell. Sie fühlte sich besser. Die Schmetterlinge waren immer noch da. Aber keine Nachricht von Hunter.

Sollte sie eine schreiben?

14. Hunter

Hunter war den ganzen Tag wie benebelt herumgelaufen. Was war er für ein Idiot. Nicht eine einzige Sekunde dachte er nicht an Pippa. Er hatte gar nicht gewusst, dass das überhaupt möglich war, so viel an jemanden zu denken, ohne als klinisch wahnsinnig diagnostiziert zu werden. Warum hatte er sie heute Morgen so kühl behandelt? Das war völlig idiotisch gewesen und entsprach überhaupt nicht dem, was er für sie empfand. So viel wusste er schon.

Nein, er wusste, warum er es getan hatte. Es war dieser Tag, der ihn fertigmachte. Er hatte schon seinen Vater angerufen, aber der war gerade bei den Großeltern. Heute war der Tag, an dem vor drei Jahren seine Mutter gestorben war, nur drei Monate nach der Diagnose. Es war so schnell gegangen. Er stellte sein Telefon stumm, um den Beileidsbekundungen zu entgehen, die an diesem Tag immer kamen. Lieb gemeint, aber er wollte sie nicht.

Pippa. Pippa. Pippa.

Abgesehen von letzter Nacht, gab es noch eine Sache, die ihm nicht aus dem Kopf ging. Vielleicht war es kleinlich, darüber nachzudenken. Er hatte gestern irgendwie gedacht, dass sie es ihm erzählen würde, als es darum ging, sich gegenseitig Geheimnisse anzuvertrauen. Denn sie musste doch wissen, dass er daran dachte und dass er sehr gut wusste, was sie getan hatte. Sie hatte damals die Wahl zur Studentenpräsidentschaft von Stonehill manipuliert. Das war in Stonehill, wo man sich einem strengen Ehrenkodex unterwarf, ein schlimmes Vergehen. Er hatte Pippa damals gar nicht heimlich beobachten wollen, aber sie war so fieberhaft beschäftigt gewesen, dass sie ihn nicht bemerkt hatte. Er hatte intuitiv gewusst, dass etwas Merkwürdiges passierte, so wie sie sich über die Wahlzettel beugte, Schweißperlen auf der Stirn. Als er sich räusperte, hatte sie aufgeschrien. Sie hatte panisch um sich geblickt und versucht, gelassen zu wirken. Es war fast rührend, wie ungeschickt sie dabei war. Er hatte so getan, als wäre ihm nichts aufgefallen, und war gegangen.

Als zwei Tage später die Wahlergebnisse bekannt gegeben worden waren, war sie trotzdem nur Zweite geworden. Er hätte sie ohnehin nicht beim Wahlkomitee angezeigt, so was lag ihm nicht. Und so war es sowieso überflüssig, weil sie schließlich nicht gewonnen hatte. Außerdem hatte er damals ja gedacht, dass sie auf so einem armseligen Egotrip war, da hatte er eh keine Lust drauf gehabt.

Aber all das passte nicht zu dem, was er in den letzten Tagen von ihr gesehen hatte. Was er gestern von ihr gesehen hatte. Er musste sie fragen, was da passiert war.

Oh Gott. Er durfte nicht daran denken, wie er sie geküsst hatte. Wie sie ihn geküsst hatte. Dann wurde ihm nämlich wieder wahnsinnig warm. Heißer, als es erlaubt war. Als würde ein Lavastrom durch seinen Körper fließen und langsam zu brodeln beginnen. Sie war nicht nur attraktiv, sie hatte definitiv mehr Anziehungskraft auf ihn als die Erde. Es war unmöglich, dass es ihr entgangen sein konnte. Schließlich war sie nicht meterweit von ihm entfernt gewesen, sondern genau 0,003 Millimeter im selben Bett. Und er hatte nur seine dünnen Boxershorts angehabt. Sein Kopf glühte, wenn er an sie dachte.

Aber dann nagten wieder diese Zweifel an ihm. War Pippa nicht eines dieser Mädchen in Stonehill gewesen, die sich nur mit anderen Barbies umgaben und mit den »richtigen« Jungs abhingen? Na ja, dasselbe hatte er ja auch von Lauren gedacht. Sie hatte erzählt, wie sich ihr Leben geändert hatte. Trotzdem, Pippa war noch vor Kurzem mit Chip ausgegangen. Konnte es sein, dass sie letztlich doch nur auf die Kohle und den Status schaute bei der Auswahl ihrer Freunde? Dass sie sich genau wie so viele andere nur mit ihm abgab, weil sein Vater eben jetzt erfolgreich war? Sie hatte noch vor drei Monaten die Wahl manipuliert, und warum sollte man das tun, wenn man nicht auf dem schlimmsten Egotrip überhaupt war? Aber gestern … Es hatte sich so anders angefühlt, nach so viel mehr als in diesen Nächten mit den Mädchen von den hippen Partys seines Vaters, wo – ganz objektiv betrachtet – so viel mehr passiert war.

Hunter brachte seine Gedanken zum Schweigen. Ihm wurde klar, dass er zu Pippa wollte, sofort, und dort weitermachen, wo sie gestern aufgehört hatten. Wieso war er nicht längst dort? Plötzlich konnte er nicht eine Sekunde länger warten.

15. Pippa

»Chip hat angerufen«, sagte ihre Mutter, als sie am frühen Abend aus dem Fitnessstudio nach Hause kam. »Er wollte dich dringend sprechen«, fuhr ihre Mutter fort. »Chip ist wirklich ein Schatz. Mit dem darfst du es dir nicht verderben.«

Pippa lächelte neutral. Zumindest versuchte sie es. Ihre Mutter hatte natürlich keine Ahnung, was passiert war. Sie wusste nicht, dass sie und Chip nie richtig zusammen gewesen waren. Aber ihre Mutter liebte Chip.

Oder liebte sie eher das Bankkonto von Chips Vater? Die Villa in Griechenland und die ganzen glamourösen Partys für den guten Zweck, die Chips Familie in New York organisierte? Ihre Mutter war so, wie Hunter damals Lauren beschrieben hatte. Pippa hatte einfach überhaupt keine Lust, ihre Mutter darüber zu informieren, dass sie und Chip kein Thema mehr waren. Das war das Schöne am Daten: Man musste nicht so genau definieren, ob man jetzt zusammen war oder eben nur gelegentlich miteinander ausging. Und auf keinen Fall würde sie ihr sagen, dass sie etwas mit Hunter gehabt hatte. Das war sowieso schwer vorstellbar und brachte Pippa völlig durcheinander.

Das Verrückte war, dass sie sich irgendwie immer schlecht gefühlt hatte, dass sie so wenig für Chip empfand, denn eigentlich machte er alles richtig. Er kaufte ihr Blumen. Er hielt ihr die Autotür auf. Er sah gut aus. Er war rücksichtsvoll. Er konnte unterhaltsam sein. Es gab nichts an ihm auszusetzen. Vielleicht war das das Irritierende. Er würde wahrscheinlich die Firma seines Vaters übernehmen – und die ganzen Ferienhäuser, Autos, Angestellten und alles andere ebenfalls.

Es lag in diesem Fall wirklich an ihr. Ihre Mutter hätte das nie verstanden. Chip hatte schnell akzeptiert, dass sie es langsamer angehen lassen wollte. Aber er hatte seinen Freunden bestimmt erzählt, dass er derjenige gewesen war, der das vorgeschlagen hatte. Er wollte nicht gern als Schlappschwanz gelten. Er hatte sich einen ziemlich muskulösen Oberkörper antrainiert im letzten Jahr, aber sogar der wirkte irgendwie … steril. Als sie ein paarmal ausgegangen waren, hatte er darauf gedrängt, mehr Zeit mit ihr zu verbringen – und er wollte auch gern mit ihr ins Bett. Aber sie hatte Nein gesagt. Und dann waren sie einmal in seinem Apartment gewesen, das die Inneneinrichterin seiner Eltern perfekt ausgestattet hatte. Sie hatten eine Flasche Champagner von seinem Vater getrunken und … das war ihr eigentlich schon alles viel zu viel gewesen. Sie hatte natürlich auch nicht so wahnsinnig viel Erfahrung. Aber irgendwann hatten sie fast nackt aufeinandergelegen. Pippa war ziemlich froh, als es vorbei war, und sie war sich nicht sicher, ob Chip nicht eigentlich auch ganz froh war, dass es vorbei war. Jedenfalls hatte er die ganze Zeit ziemlich angespannt gewirkt. Sein Stöhnen war Pippa albern vorgekommen und es war ihr peinlich. Auch das schien irgendwie falsch. Sex – oder Beinahe-Sex – sollte einem doch nicht peinlich sein, weder für sich noch für den anderen.

»Pippa, ich gehe gleich noch mal weg«, unterbrach ihre Mutter ihre Gedanken. »Ich habe nichts dagegen, wenn Chip kommt und dir etwas Gesellschaft leistet.« Sie zwinkerte Pippa bedeutungsvoll zu. Himmel, ihre Mutter übertrieb es wirklich damit. Sie hatte wahrscheinlich auch nichts dagegen, wenn Chip sie schwängerte. Dann mussten sie heiraten und ihre Zukunft wäre gesichert. Pippa verdrängte den Gedanken, das war ihrer Mutter gegenüber auch nicht fair.

»Klar, danke Mama. Ich muss aber noch ein bisschen lernen.«

Sie wollte vor allem einen Moment allein sein. Gleichzeitig hatte sie fast Angst davor, allein zu sein mit den vielen Gedanken an Hunter, die dann auf sie einstürzen würden.

Pippa hatte versucht, Hunter anzurufen. Aber er war nicht drangegangen. Sie musste sich beherrschen, sich deswegen nicht verrückt zu machen. Trotzdem. Er war so komisch gewesen am Morgen und jetzt ging er nicht ans Handy.

»Ich habe noch ein wenig zu essen in der Küche für euch.«

»Für *euch*?«

Jocelyn lächelte nochmals ihr irritierend süßes Lächeln. Sie hatte irgendein Date. Sie hatte online jemanden kennengelernt. Erst der Job, jetzt ein neuer Freund – die Gefahr, dass sie rückfällig wurde, schien für den Moment gebannt. Das erleichterte Pippa am allermeisten. Jocelyns Haare waren glänzend geföhnt wie früher. Vielleicht war sie sogar in der Dry

Bar gewesen, wo sie damals gemeinsam hingegangen waren, viel Geld nur zum Föhnen.

»Viel Spaß, mein Liebling«, sagte ihre Mutter zum Abschied. Sie legte sich ein beigefarbenes Cape von Burberry um, das sehr elegant aussah. Das hatte sie noch von früher, Klamotten hatten sie genug für ein ganzes Leben.

In diesen Momenten war sie wieder ganz die Alte. Ihre Figur war sexy, mit Pilates hatte sie sich den flachen Bauch zurückerobert, das aufgeschwemmte Gesicht war verschwunden. Sie war wieder die Jocelyn, die nach einem einfachen Motto lebte: *Sei die beste Version deiner selbst. Warum solltest du dich mit dem Zweitbesten zufriedengeben?*

Den dunklen Fleck in ihrem Leben, das Jahr nach der Scheidung, hatte sie ausgelöscht.

Pippa war ein wenig stolz auf ihre Mutter, dass sie es geschafft hatte: Immerhin arbeitete sie und verließ sich erstmals nicht auf das Geld eines reichen Mannes. Einen reichen Mann wollte Jocelyn natürlich immer noch viel zu sehr, keine Frage, aber sie würde nicht mehr ihr ganzes Schicksal in die Hände eines Mannes legen und sich dabei selbst verlieren. Hoffte Pippa jedenfalls. Es war richtig gewesen, was Pippa damals für sie getan hatte, egal wie hoch der Preis war.

Pippa ging in die Küche und öffnete den Schrank mit den Tees. Sie suchte sich eine Sorte heraus, die den Körper entgiften, für innere Harmonie sorgen und dem Geist positive Energie geben sollte. Ganz schön viel, was so ein unschuldiger Tee angeblich alles konnte. Sie goss das dampfende Wasser über den Teebeutel und umfasste die warme Tasse mit beiden Händen. Es tat gut, und Pippa reichte es schon, dass der Tee zumindest eines konnte: ihre Finger wärmen. Ihre aufgebrachten Gedanken beruhigten sich ein wenig. Sie musste versuchen, nicht mehr an gestern zu denken, sonst würde sie sich nie aufs Lernen konzentrieren können. Vielleicht sollte sie doch mit Meditation anfangen. Ging es dabei nicht darum, alle Gedanken aus dem Kopf zu verbannen? Sie hatte noch nie daran gedacht, Meditation zu machen. Im Gegenteil, sie hatte sogar in der Uni einen Kurs über Produktivität und Speedreading belegt, nichts lag ihr ferner, als den Input von Informationen in ihr Gehirn zu stoppen. Aber jetzt konnte sie sich plötzlich vorstellen, wie unglaublich erholsam es sein musste, den auf sie einstürzenden Gedanken und Gefühlen für einen Moment zu entkommen.

Noch immer keine Nachricht von Hunter. Obwohl sie ihm schon eine geschickt hatte. Vor Stunden. Sie schaltete ihr Handy aus, auf das sie geradezu zwanghaft schaute.

Sie machte sich auf den Weg zu ihrem Zimmer. Sie hatte angefangen, ein Sammelalbum für Lauren zu basteln, in dem sie alle Erinnerungen zusammentrug, die sie miteinander verbanden. Sie klebte Fotos ein und schrieb Dinge dazu, die sie an Lauren mochte. Sie hatte schon viele Stunden daran gesessen. Sie wollte ihr nichts schenken, was man kaufen konnte. Lauren war die Einzige, der sie sich im ersten Jahr anvertraut hatte, als es ihrer Mutter so schlecht ging. Lauren wusste von den Tabletten und dem Alkohol und den hässlichen Szenen, die sich abgespielt hatten. Sie hatte schon manchmal gedacht, dass sie ihre erste echte Freundin war – abgesehen von James aus dem *Cute Cat Café*, der so außerhalb ihrer Welt lebte, dass sie ihm alles erzählen konnte.

Als sie die Tür zu ihrem Zimmer öffnete, gab sie unwillkürlich einen kleinen Schrei von sich. In dieser Sekunde setzte Musik ein, *One and Only* von Adele. Ihr Zimmer hatte sich völlig verändert. Auf jeder freien Fläche waren Vasen mit roten Rosen aufgestellt. Dazwischen standen Kerzen, es mussten mindestens dreißig oder vierzig sein. Auf ihrem Bett lag eine große rote Schachtel mit einer überdimensionierten Schleife. In der Mitte des Raums stand Chip in dem dunklen Anzug, den er auch beim Weihnachtsball getragen hatte, und strahlte sie an. Er breitete die Arme aus und legte den Kopf schief, als wollte er fragen: »Und? Was denkst du?«

»Was ... was machst du hier«, flüsterte Pippa.

»Unser Lied«, bemerkte Chip.

Für einen Moment war Pippa verwirrt. *One and Only* – war das nicht das Lied, das sie an dem Abend gehört hatten, als sie sich zum ersten Mal geküsst hatten? Ihr wäre allerdings nie eingefallen, es als »ihr Lied« zu bezeichnen. Chip hatte es damals irgendwann angestellt, und sie hatte noch gedacht, dass es etwas kitschig war, als würde man Musik zur Untermalung beim Küssen brauchen, wie in einer Filmszene. Irgendwie wirkte so vieles, was Chip tat, genau so, als hätte man es schon einmal im Film gesehen.

Chip machte einen Schritt auf sie zu. Er öffnete den obersten Knopf seines Hemdes, als wäre ihm heiß. Seine Krawatte hing schief, als hätte er gerade eine ausgelassene Feier hinter sich.

»Ich habe etwas gemerkt, Pippa.« Er strahlte sie so begeistert an, dass sie gar nicht anders konnte, als zurückzulächeln.

Er kam auf sie zu, lehnte sich nach vorn und presste seine Lippen auf ihre. Dann wich er langsam zurück. Chip legte den Kopf schief und sein langer Pony fiel zur Seite.

»Ich weiß, das ist eine Überraschung. Es tut mir leid, dass ich so ausgerastet bin am Telefon. Aber weiß du was? Mir ist dadurch endlich alles klar geworden.« Er griff nach ihren Händen und legte sie in seine. »Pippa, was ist los? Du wirkst versteinert«, sagte Chip. Sein fröhlicher Tonfall machte klar, dass er sich sicher war, dass dies wegen der äußerst gelungenen Überraschung war.

Die Überraschung war tatsächlich gelungen. Aber anders, als Chip sich das vorgestellt hatte.

»Also, mir ist klar geworden, dass ich mehr will. Dass ich dich vermisse, sobald du weg bist und total eifersüchtig bin.« Er lächelte.

Das Zimmer, die ganzen Rosen, die Kerzen. Es war wie im Traum. Trotzdem kam Pippa der Gedanke, ob Chip das nicht nur für sich machte. Manchmal hatte sie bei ihm das Gefühl, dass es ihm gar nicht um sie selbst ging, sondern dass sie einfach nur eine Darstellerin in einer seiner Vorstellungen war. Es hätte sie nicht gewundert, wenn Chip gleich eine Kamera herausgeholt hätte, um ihr Gesicht und die ganze Szene zu filmen, damit er sie noch anderen vorspielen konnte und ihm daraufhin alle gratulierten, was für ein geiler Typ er doch war. Gleichzeitig wusste Pippa, dass das ein fürchterlicher

Gedanke war, wenn sich jemand gerade solche Mühe gemacht hatte. Chip hatte jemanden verdient, der sich freute.

»Ich bin wirklich sehr überrascht«, erklärte Pippa.

»Deine Mutter hat wirklich nichts verraten?«, fragte er.

»Meine Mutter war eingeweiht?« Pippa konnte schwer den Unmut darüber in ihrer Stimme verbergen. Chip wusste, dass ihre Mutter ihn großartig fand, und es hatte ihm bestimmt gefallen, dass ihre Mutter schwer beeindruckt von solchen Aktionen war. Sie hatte ihm sicherlich tausendmal bestätigt, wie wahnsinnig süß das war. Okay, ohne sie wäre er natürlich auch gar nicht erst in die Wohnung gekommen.

»Komm erst mal her«, sagte Chip und zog sie in seine Arme. »Ich habe dich so vermisst. Wir brauchen keinen Abstand und keine Freiheit mehr, kein lockeres Daten, sondern mehr Nähe. Ich will mehr Commitment und mehr Pippa, verstehst du?« Seine Hände glitten an ihrem Rücken herunter und umfassten ihren Po. »Ich vermisse dich und mir gefällt es überhaupt nicht, dass du ohne mich mit Montgomery in die Catskills fährst, um für Lauren etwas vorzubereiten. Natürlich helfe ich dir bei der Vorbereitung, aber die Wochenenden sollten für mich reserviert sein.«

Wahrscheinlich hatte Pippa ihr Zögern bei diesem letzten Satz zu schlecht verbergen können, denn Chip fügte schnell hinzu: »Ich bin natürlich dein ergebenster Diener und mache alles genauso, wie du sagst. Und dabei werde ich dafür sorgen, dass du dich mehr entspannst. Massage gefällig?« Chip zog die Augenbrauen nach oben und blickte Pippa erwartungsvoll an, während seine Hände weiter über ihren Po fuhren.

»Also …« Pippa wusste nicht, was sie sagen sollte.

»Warte«, sagte er aufgeregt. »Ich kann nicht fassen, dass du nicht neugieriger bist.« Er trat zur Seite, um den Blick aufs Bett freizumachen, und zeigte auf die große rote Schachtel. »Du musst es jetzt aufmachen. Willst du nicht wissen, was drin ist?« Er ging mit zwei Schritten zum Bett, holte die Schachtel und hielt sie ihr hin.

»Ich weiß nicht. Das ist irgendwie so … unerwartet.« Pippa schaute ihn verunsichert ein. Panik stieg in ihr hoch. Was war das für ein Paket, was sollten die ganzen Rosen? Chip erwartete eine ganz andere Reaktion von ihr. Eigentlich erwartete sogar sie selbst eine andere Reaktion von sich. Sollte sie sich nicht total freuen?

Chip legte das Paket kurz zur Seite und schloss sie fest in die Arme. »Pippa, Baby«, murmelte er. Der Geruch von seinem immer frisch geduschten Körper, seinem Aftershave und sogar die vertraute Wärme seines Körpers, der irgendwie etwas kühler war als der von Hunter, umfing sie. Sofort durchströmte sie das schlechte Gewissen, dass sie gerade jetzt an Hunter dachte, schon wieder. Chip war gekommen, um ihr eine liebevolle Überraschung zu machen, um sich für seinen Ausraster und für seine Unterstellung zu entschuldigen. Sie hatte ja selbst behauptet, dass die Eifersucht auf Hunter total unfair war, und danach … Aber damit hatte sie einfach nie gerechnet. Chip hatte keine Ahnung, was noch vor wenigen Stunden passiert war. Damals, als sie ausgegangen waren, hatte Chip sogar noch gesagt, dass sie andere daten sollten, dass sie noch zu jung waren, um sich festzulegen. Und anders als er, der mehrmals ausgegangen war – einmal sogar mit Elyssia, die nie ausging, ohne dass der Abend im Bett endete –, hatte sie keine anderen Dates gehabt. Und gestern … das war einfach so passiert. Sie war über Chips Abenteuer nie unglücklich gewesen. Einige ihrer Freundinnen hatten gesagt – wohl um sie zu trösten –, sie sei zu gut für Chip. Aber Pippa hatte es gar nicht gestört, dass er andere Dates hatte, sie war eigentlich erleichtert gewesen, dass sie Zeit hatte, ihre vielen Projekte umzusetzen. Sie hatte immer gedacht, dass sie Chip irgendwie mit der Zeit lieben würde. Schließlich war er wirklich nett zu ihr gewesen. Er war auch kein unerträglicher Macho oder so etwas. Hunter hatte da wesentlich mehr Macho-Eigenschaften als Chip. Hatte sie zumindest immer angenommen.

Da war er wieder.

Hunter. Wie konnte er sich jetzt schon wieder in ihre Gedanken schleichen?

Chip schob sie ein Stück von sich, um ihr in die Augen schauen zu können. »Pippa, keine Sorge, das ist kein Heiratsantrag. Ich bin verrückt und ich bin verliebt, aber ich bin nicht *so* verrückt.« Er musste an ihrem Gesichtsausdruck gesehen haben, dass sie panisch wurde.

»Ich glaube, wir müssen reden, Chip …«

»Stopp«, unterbrach er. »Ich wollte dir einfach etwas schenken und habe mir gedacht, dass du dich darüber freuen würdest. Aber wenn du es jetzt nicht annimmst, bin ich wirklich beleidigt. Ein Geschenk ist ein Geschenk. Ich will dafür nichts zurückhaben, aber ich bin wirklich traurig, wenn du es ablehnst. Das hat deine Mutter dir doch beigebracht, oder?

Wenn du es nicht annimmst, beleidigst du nicht nur mich, sondern die Erziehung deiner Mutter noch dazu.«

Pippa presse kurz die Lippen zusammen. Sie brachte ein schmales Lächeln hervor und nahm die Schachtel, die Chip ihr vor die Brust hielt.

»Genug geredet. Jetzt aber.« Chip lächelte sie erwartungsvoll an.

»Hier läuft aber nicht irgendwo eine Kamera …?«, fragte Pippa.

»Für wen hältst du mich denn!« Chip hob abwehrend die Arme. Trotzdem war Pippa sich nicht sicher, ob die Ermahnung nicht doch nötig gewesen war, schließlich war Chip nicht gerade dafür bekannt, ein Geheimnis aus seinem Privatleben zu machen. Chip sagte immer, dass sie etwas zu paranoid war, was das anging, weil sie von ihrer Mutter geschädigt war, die jedes Detail ihres Lebens postete.

Pippa zog die weiche rote Schleife auseinander. Langsam hob sie den Deckel der Schachtel. Der rote Karton war überwiegend leer. Darin lag allerdings eine weitere, wesentlich kleinere Schachtel, deren Farbe sie sehr gut kannte und die natürlich alles verraten hätte: Es war eine türkisfarbene Schachtel von Tiffany.

Sie blickte Chip an und schüttelte den Kopf.

Er nickte ihr beschwichtigend und auffordernd zu. Sie seufzte, holte die Tiffany-Schachtel heraus, zog die Bänder ab und öffnete vorsichtig den Deckel.

Auf einem weißen Satinkissen lag ein schlichtes goldenes Armband mit einem Herzanhänger. Es war wunderschön.

Und sie wusste, dass es ziemlich teuer war. An ihrem College trugen die Mädchen alle möglichen Schmuckstücke von Tiffany. Aber es war definitiv ein viel zu teures Geschenk von jemandem, von dem man gar nichts wollte.

»Das kann ich wirklich nicht annehmen, Chip.«

Woher wusste er überhaupt, dass sie genau dieses Armband so mochte? Sie hatte es sich schon mehrmals bei Tiffany angeschaut, war sich aber sicher, dass sie das Chip gegenüber nie erwähnt hatte. Das hätte so gewirkt, als würde sie es darauf anlegen, dass Chip ihr teuren Schmuck kaufen sollte. Ihre eigene Mutter hatte das früher dauernd getan und ihrem Vater ihre Lieblingsstücke bei den Luxusjuwelieren gezeigt. Aber gerade deshalb würde Pippa so etwas nie tun.

»Woher wusstest du, dass ich dieses Armband wunderschön finde?« Sie musste es wissen. Es war zu merkwürdig.

»Eingebung?« Chip strahlte. »Jetzt weiß ich, dass es dir wirklich gefällt und du musst es auf jeden Fall annehmen.«

Sie blickte zweifelnd auf das Schmuckstück. »Ich glaube nicht, dass ich die Richtige dafür bin.«

»Doch, das bist du. Ich kann es niemand anders schenken. Sieh mal …«

Mit diesen Worten hob Chip das Armband aus der Verpackung und hielt es Pippa vors Gesicht. Jetzt erkannte sie, dass Chip eine Gravur auf dem Herz hatte anbringen lassen. In winzigen Buchstaben stand dort sein Name.

»Damit du mich nicht vergisst und alle sofort wissen, dass du mir gehörst«, grinste er.

Pippa schluckte. Chip blickte sie so erwartungsvoll an, in

seinen Augen blitzte die Freude darüber, ihr dieses Armband geschenkt zu haben.

»Danke, Chip«, presste Pippa hervor. Sie sollte sich jetzt eigentlich freuen, aber sie freute sich überhaupt gar nicht. Natürlich nicht. Gleichzeitig dachte sie an ihre Enttäuschung darüber, wie Hunter sich heute verhalten hatte. Irgendwie hatte sie sich das ganz anders vorgestellt, hatte sich etwas ganz anderes erhofft.

Hätte Hunter ihr Zimmer mit Rosen geschmückt, hätte sie sich wahrscheinlich wirklich gefreut. Ein Gedanke, der sie noch viel mehr erschreckte. Sie sollte froh sein, dass sie so jemanden wie Chip hatte, der daran interessiert war, dass es ihr gut ging. Irgendetwas war falsch mit ihr.

»Chip«, sagte sie vorsichtig und versuchte die Tränen zurückzuhalten, die ihr bei den letzten Gedanken hochgestiegen waren. Sie blickte in seine Augen. »Ich … ich weiß nicht, was ich sagen soll. Ich glaube einfach, dass ich nicht …«

»Pippa, ich glaube, dass du ganz schön durcheinander bist. Lass dir einfach Zeit.« Er strich ihr über den Rücken und umfasste ihre Taille. Die Enttäuschung war ihm ins Gesicht geschrieben. Gleichzeitig merkte sie, dass er jetzt nichts mehr hören wollte.

»Ich muss noch ein paar Dinge erledigen«, sagte er. Chip war nicht doof. Er war auch nicht völlig unsensibel. Er war geschickt genug zu wissen, dass er besser gehen sollte, wenn er verhindern wollte, dass sie Dinge sagte, die sie nicht zurücknehmen konnte.

»Hey, das war eine Liebeserklärung, keine Verlobung. Du

wirkst so erschrocken«, lächelte er tapfer. Chip verstand die Situation vielleicht viel genauer, als sie ihm zugestand. »Bringst du mich nach unten?«, fragte er.

Pippa nickte. »Natürlich. Bitte sei nicht böse. Ich bin so durcheinander. Ich weiß auch nicht, was los ist. Das ist wirklich das Netteste und Süßeste, was je jemand für mich gemacht hat. Und ich schicke dich weg.«

»Ist schon gut. Ich muss ja auch los«, sagte Chip schnell zu seiner Verteidigung. Die Rolle des Weggeschickten wollte er dann doch nicht annehmen. »Kein Problem.« Trotzdem schwang unglaubliche Enttäuschung in seiner Stimme mit. Kein Wunder.

Sie fuhren gemeinsam mit dem Aufzug nach unten. Chip griff nach Pippas Hand und Pippa überließ sie ihm.

»Hallo, Elliot«, sagte Chip, als sie das Foyer durchquerten. Er hatte sich den Namen ihres Portiers gemerkt. Chip war echt kein schlechter Kerl und viel weniger arrogant als so einige andere Leute, die so wohlhabend waren wie er. Elliot nickte ihnen freundlich zu und sie gingen durch die Eingangstür nach draußen auf die Straße.

»Es tut mir so unendlich leid. Ich weiß nicht, was mit mir los ist«, wiederholte Pippa. Sie wusste nicht, was sie sonst sagen sollte. Pippa spürte wieder Tränen in ihren Augen.

»Ich rufe dich an. Kein Stress.« Chip wollte nicht, dass sie es aussprach. Er hatte genau verstanden, was gerade passiert war. Er strich mit seiner Hand an ihrem Kinn entlang, zog es noch oben und küsste sie auf den Mund. Sie erstarrte. Aber es war ein freundlicher Kuss. Ein warmer und auch vertrauter

Kuss. Ein Kuss ohne jede Leidenschaft. Ein Abschiedskuss. Er nahm sie in den Arm und vergrub seinen Kopf in ihren Haaren. Doch Pippa spürte seine plötzliche Anspannung. »Aber es ist garantiert nicht wegen Montgomery, nicht wahr?«, fragte er plötzlich.

Pippa stockte der Atem.

Chip lockerte seine Umarmung und schob sie zurück, um ihr ins Gesicht zu sehen.

Pippa sagte nichts, sie schaute Chip nur in die Augen. Langsam zuckte sie mit den Schultern. »Ich weiß es nicht.«

Chip schluckte. Dann drehte er sich wortlos um und war weg.

16. Hunter

Er war noch kurz in der Bibliothek gewesen. Und dann war er, ohne so richtig darüber nachzudenken, in die Richtung von Pippas Wohnung gelaufen. Das heißt, natürlich hatte er dort hingewollt. Aber er hatte sich noch nicht mal beim Laufen selbst eingestanden, dass er dort hinlief. Wie er sich nichts eingestand, was mit Pippa zu tun hatte.

Es war schon dunkel und die Weihnachtsbeleuchtungen strahlten besonders hell. Er betrachtete ein Schaufenster, in dem bewegliche, lebensgroße Figuren eine Art Krippenspiel aufführten. Die Figuren waren aus Holz geschnitzt und sahen aus wie aus dem letzten Jahrhundert. Weihnachten in New York war so nostalgisch. Es waren seine schönsten Erinnerungen und es würde nie wieder so werden wie damals mit seiner Mutter. Vielleicht waren diese Abende gar nicht so magisch gewesen wie in seiner Erinnerung, und die Magie bestand einfach nur darin, dass seine Welt so perfekt gewesen war, so leicht, ohne dass er überhaupt darüber nachgedacht hatte. Seine Mutter hatte viel gearbeitet, denn von ihrem Mann konnte sie nie viel Geld erwarten. Aber sie bestand darauf, dass er weiter Musik machte. Natürlich arbeitete sie im Krankenhaus in der Bronx. Hunter wusste nicht, wie viele Schusswunden sie behandelt hatte. Deshalb wohnten sie damals auf der Upper West Side, von Downtown aus wäre sie jeden Morgen viel zu lange unterwegs gewesen. Sie war beliebt und erfolgreich – bis sie krank wurde.

Er war nur noch wenige Meter von Pippas Apartment entfernt. Er blieb kurz stehen. Er würde sie jetzt einfach nach der Wahl fragen. Er wollte nur wissen, was sie sich dabei gedacht hatte. Aber eigentlich war ihm die Wahl völlig egal. Er wollte sie sehen! Pippa … Er würde ihr sagen, wie sehr sie ihn verwirrte, wie sehr er an sie dachte, wie verrückt das war, und dass es so viele Dinge gab, die er nicht verstand.

Und ja, er fand sie unglaublich sexy, aber das war nicht alles. Er hatte wirklich Spaß mit ihr gehabt. Sie hatte Humor. Sie war ironisch und nachdenklich. Sie war schlagfertig. Sie hatte einen supersüßen Busen. Da war es wieder. Er konnte ihre inneren Werte nicht von ihrem Körper trennen. Er hoffte, dass sie ihn nicht komplett durchschaut hatte, weil sie sonst wüsste, dass sie ihn wahnsinnig machte. Also, im positiven Sinne. Aber auch im nicht erlaubten Sinne. Sie war völlig anders, als er gedacht hatte.

Oh Mann. Sogar ohne ihn auszusprechen, war dieser Satz unfassbar peinlich und abgedroschen. Er musste aufpassen, dass er so einen Satz nicht sagte, wenn er vor ihr stand. Dann würde sie ziemlich schnell über alle Berge sein.

Plötzlich konnte er es kaum erwarten, zu ihr zu kommen. Warum hatte er so lange dafür gebraucht? Er zog die Kopfhörer aus den Ohren und blieb vor einem kleinen Deli stehen, an dem er gerade vorbeigekommen war. Es war eines dieser Luxus-Delis, die man auf der Upper East Side an jeder Straßenecke fand. Es gab dort leckeren Espresso, Champagner, wunderschöne Rosen und köstliche Pralinen, eben alles, was man für ein Leben auf der Upper East Side so brauchte.

Kurz entschlossen ging Hunter in den kleinen Laden und schaute sich das Schokoladensortiment an. Es gab sogar Schweizer Schokoladenpralinen von Sprüngli. Er dachte daran, wie sie von ihrem Schweizer Vater gesprochen hatte, der jetzt Zwillinge mit ihrer ehemaligen Ballettlehrerin hatte und in einer riesigen Villa am Genfer See wohnte. Aber trotzdem hatte Pippa von der Schokolade geschwärmt.

Kurzerhand kaufte er eine kleine Holzschachtel mit einer weihnachtlichen Schleife für absurde fünfzig Dollar. Er wollte Pippa gerne etwas schenken. Sein Vater hatte ihm eine neue Kreditkarte gegeben und Hunter hatte keine Ahnung, ob sie ein Limit hatte. Wohl eher nicht, denn sein Vater wusste im Moment überhaupt nicht, wohin mit der ganzen neuen Kohle. Blumen wären komisch gewesen. Aber es würde definitiv ein bisschen peinlich werden. Tja, es würde vielleicht auch lustig werden.

Hunter verließ das Geschäft und machte sich wieder auf den Weg zu Pippas Wohnung. Ihm war warm in seinen Winterstiefeln und er öffnete seine Daunenjacke, die er vorhin angezogen hatte, weil die Temperatur in New York unter null gefallen war.

Okay, da vorne musste es sein. Eines der nächsten Häuser. Er verlangsamte seinen Schritt. Erst gestern hatte er sie zu

Hause abgeholt, als sie gemeinsam in die Catskills gefahren waren. Schon in dem Moment, als sie ihn durch die Scheibe angelächelt hatte und ins Auto eingestiegen war, war wieder diese Energie zwischen ihnen gewesen. Und er hatte gemerkt, dass er sie vielleicht gar nicht stoppen wollte. Er wurde aus seinen Gedanken gerissen, als ihm plötzlich bewusst wurde, dass Pippa nur wenige Meter entfernt von ihm stand.

Und sie war nicht allein.

Hunter blieb unwillkürlich hinter einem Verkäufer von gebrannten Mandeln und Zuckerwatte stehen, der mit seinem Verkaufswagen am Straßenrand stand und auf einem alten CD-Player Weihnachtslieder abspulte.

Hunter lächelte ihn verlegen an und legte ein paar Dollar auf die Theke. »Einmal Mandeln, bitte.« Seine Blicke hingen dabei an Pippa. An Pippa und dem Typ, der mit ihr dort stand und den er nur von der Seite sehen konnte. Sie hielten Händchen und Hunter konnte den Würgereiz nur schwer unterdrücken, als er ihn erkannte.

Was machte sie da? Was machte *er* da? Chip Cunningham, der Loser der Schule. Zumindest war er das für Hunter, für alle anderen der All American Boy. Mehr Durchschnitt ging wohl kaum. Jemand, der so ohne Kanten war, dass man ihn dafür hassen musste. Und ja, er war auch einer der Studenten, die definitiv nur arbeiten mussten, falls sie jemals Lust dazu hätten. Hunter wischte den Gedanken zur Seite, dass er jetzt genau genommen auch so ein Student war. Er wünschte, es gäbe etwas gegen Chip zu sagen, dass er sein Erzfeind oder sonst etwas wäre. Aber man konnte gegen Chip nichts vorbringen. Er war immer nett zu ihm gewesen. Er war sogar fair beim Sport. Außer seinem Eifer, Bilder aus seinem komfortablen Leben zu posten, konnte man ihm eigentlich nichts vorwerfen. Diese Bilder von ihm mit seinem fetten SUV vor irgendeinem Landhaus seiner Familie waren einfach nur peinlich. Und seine Familie hatte offenbar so einige Landhäuser.

Es war schon irgendwie bescheuert, dass Hunter wusste, was Chip postete.

Jetzt strich Chip mit dem Finger an Pippas Wange entlang. Warum sah bei dem Typ alles immer so aus, als würde er es für den Effekt machen und hätte es sich aus irgendeinem Film abgeschaut?

Er merkte plötzlich, dass der Verkäufer ihn verwirrt anschaute. »Kann ich noch was für dich tun?«, fragte er.

Hunter nahm die Mandeln vom Tresen und steckte sie in die Tasche. Dann lächelte er dem Verkäufer zu, blieb aber stehen und schaute weiterhin zu, was Pippa und Chip dort machten.

Chip beugte sich zu ihr herunter, um sie zu küssen. Nein, sie umarmten sich. Hunter konnte sehen, wie Pippa die Augen schloss, und zuckte unwillkürlich zusammen. Er zog seine Kapuze tiefer ins Gesicht. Die Hitze schoss ihm in die Wangen. Er wurde sich plötzlich bewusst, wie seine von der Kälte steifen Finger die Schokoladenschachtel umklammerten, als könnte er sich daran festhalten. Als wäre die Schachtel eine Rettungsleine.

Er schüttelte den Kopf. Was war er nur für ein Idiot.

Abrupt drehte er sich um, warf die Pralinen und die gerade

gekauften Mandeln in den Mülleimer, der neben dem Verkäufer stand. Der Mann schaute ihn an, als hätte er einen Knall. Dann zuckte er mit den Schultern und wandte sich ab, bevor Hunter auch nur einen Schritt gemacht hatte. In New York war man abgehärtet, was Personen anging, die einen Knall hatten. Schließlich gab es hier Tausende verrückter Menschen.

17. Pippa

Als Chip weg war, fuhr Pippa mit dem Fahrstuhl nach oben. Sogar hier hing Weihnachtsdekoration. Elliot hat eine künstliche Tannenranke und eine Lichterkette angebracht. Sie betrachtete ihr verzerrtes Spiegelbild in einer der Kugeln. Ein eigentlich sehr netter Junge hatte gerade ihr Zimmer mit Rosen und Kerzen vollgestellt. Die anderen Mädchen erzählten immer von ihren Freunden, die sich nicht um sie kümmerten. Die lieber mit ihren Buddies unterwegs waren und denen man jede nette Geste aus dem Ärmel leiern musste.

Chip war nicht so. Er hatte sogar herausgefunden, welches Armband sie gern gehabt hätte. Wobei »irgendwie« wahrscheinlich auf ihre Mutter zurückzuführen war, die sich natürlich nichts weiter wünschte, als dass Pippa und Chip sich am besten verlobten.

Und Pippa hatte ihn gerade weit von sich gestoßen. Sie fühlte sich elend. Nach seinem Abgang konnte sie sich nicht vorstellen, dass irgendetwas von dieser Freundschaft übrig bleiben würde.

Zurück in ihrem Zimmer konnte sie nicht anders: Sie checkte ihr Handy. Hunter hatte sich nicht gemeldet, obwohl er ihre Nachricht inzwischen gelesen hatte. Die Anrufe konnte er auch nicht übersehen haben. Sie hatte ein ungutes Gefühl deswegen. Hunter war nicht dämlich, das machte er mit Absicht.

Hunter.

Es war so ein magischer Moment gewesen in den Bergen. Ein magischer Moment mit Hunter Montgomery, der offensichtlich genauso schnell verflogen war, wie die Schneeflocken draußen schmolzen.

Pippa schlief schlecht in der Nacht, unaufhörlich kreisten ihre Gedanken. Sie erwachte wie üblich zu der überdrehten Stimme ihrer Mutter beim Videodreh. Wahrscheinlich machte sie Extraseminare, um noch etwas Geld für den St.-Barths-Urlaub zu verdienen, den sie für Weihnachten geplant hatte. Das sollte ihr Sieg über den Ehemann werden.

Manchmal wünschte Pippa sich ein eigenes Zimmer im Wohnheim, aber das war teuer. So konnte sie immerhin aufpassen, dass ihre Mutter weiterhin alles im Griff hatte. Pippa konnte mit ihrem Stipendium an einem der besten New Yorker Colleges ihren Abschluss machen, das war das Wichtigste.

Ihr Handy blinkte. Aber es war natürlich nicht Hunter. Es war eine Nachricht von Evalina Sheridan. Jemand war ausgefallen, um das Musikfestival zu organisieren, das Ende Januar stattfand. Alle im Studentenkomitee waren sich einig, dass Pippa einspringen sollte.

Für einen Moment starrte Pippa auf die Nachricht. Das konnte sie auf keinen Fall. An dem Wochenende machte sie den Ausflug mit den Leuten vom *Cute Cat Café*. Das konnte sie nicht verlegen, es war schwer genug gewesen, einen Termin zu finden. Alle waren sich einig? Das war wieder typisch Evalina. Wahrscheinlich dachte sie, dann hätte sie keine Zeit mehr für Hunter. Diese Angst war wohl unbegründet.

Pippa stellte leise etwas Musik an. Ohne darüber nachzudenken, machte sie *No Christmas Without You* von Travis Montgomery an. Das Lied ging in wenigen Sekunden unter die Haut. Hunter sollte stolz auf seinen Vater sein.

Ihr graute vor dem Weihnachtsurlaub in St. Barths, wenn sie ehrlich war. Die Insel war toll, aber bei ihrer Mutter ging es nur darum, an den richtigen Orten zu sein, mit den richtigen Leuten zu sprechen, mitzuhalten. Ihr Vater hatte sich noch nicht wegen Weihnachten gemeldet. Irgendwie hoffte sie immer noch, dass er sie einladen würde, Weihnachten mit ihm in der Schweiz zu feiern. Sie vermisste ihren Vater, egal ob er Jocelyn ihrer Meinung nach »über den Tisch gezogen« hatte, egal ob er die teuren Collegegebühren nicht zahlte, weil er der Meinung war, dass sie nicht bei der Mutter leben sollte.

Pippa ging in die Küche. Sie schob das Eiweißpulver zur Seite, das ihre Mutter getrunken hatte, um den perfekten St.-Barths-Bikini-Körper zu bekommen, und holte sich eine Packung Müsli mit Schokoladencrunchy. Als sie eine große Portion in eine Schüssel mit goldenen Punkten schüttete, die Lauren ihr zum Geburtstag geschenkt hatte, kam ihre Mutter aus ihrem Zimmer.

»Guten Morgen, meine Liebe«. Sie setzte sich neben sie an den Küchentresen. »Oh, du gönnst dir einen Kalorientag …« Sie war anders geschminkt als sonst, mit himbeerfarbenen Lippen und sehr glatten Haaren. Sie deutete zwei Küsse an, um ihren Lippenstift zu schonen. »Du siehst etwas müde aus«, sagte sie. »Aber ich denke mal, das ist ein gutes Zeichen. Ich war ja heute früh nicht in deinem Zimmer …«

Pippa brauchte einen Moment, um zu begreifen, worauf sie anspielte. »Mama!«

»Na ja, du musst ja die wilden Collegejahre dank deines Vaters in einer WG mit deiner Mutter verbringen. Da will ich dir jetzt auf jeden Fall etwas Privatsphäre gönnen.«

Pippa unterdrückte eine Bemerkung darüber, dass ihre Mutter zwar nicht in ihr Zimmer kam, aber mit Argusaugen jeden Schritt in ihrem Leben beobachtete.

»War es schön gestern?« Jocelyn riss die Augen erwartungsvoll aus. »Ich will nicht fragen, aber natürlich möchte ich Details.«

Ihr Blick glitt suchend über Pippas Unterarm. Sie wusste Bescheid. »Ich habe ihn reingelassen. Es sah vielversprechend aus, was er alles dabeihatte …«

»Hast du ihm erzählt, dass ich dieses Tiffany-Armband schön finde?«

»Könnte sein.«

»Hat er gefragt oder hast du es ihm einfach so erzählt?«

Für einen Moment war Jocelyn verwirrt. »Was spielt das denn für eine Rolle?«

»Mama, hast du ihn überhaupt erst auf die Idee gebracht, dass er mir ein Geschenk machen sollte?« Pippa bemühte sich, ruhig zu bleiben. »Ich bin wirklich froh, dass es dir besser geht. Und ich bin froh, weiterhin in Stonehill zu sein. Aber einige Dinge, die mir vielleicht früher wichtig waren, bedeuten mir nichts mehr. Das ist doch alles nur Selbstbetrug, wenn alle meinen, sie bräuchten Schmuck, um glücklich zu sein. Am besten noch mit riesigen Diamanten, um allen zeigen zu können, dass man genug Geld hat und sich so etwas leisten kann. Aber mir bedeutet das alles nichts.« Und während sie das sagte, wusste sie, dass es stimmte. Und ihr war auch klar geworden, nachdem ihre Mutter noch vor einigen Monaten ein Pillen schluckendes, hysterisches Monster gewesen war, dass sehr viele Dinge, von denen sie immer dachte, dass sie wichtig wären, überhaupt nichts zählten. Sie registrierte, dass sie fast dieselben Worte wie Hunter benutzt hatte. Am liebsten hätte sie noch fünfmal seinen Namen gesagt, einfach, weil sie gern seinen Namen sagte.

»Mum, hör zu. Chip und ich, wir sind nicht zusammen. Wir waren nie wirklich zusammen und ich will es auch nicht.«

Jocelyns Ausdruck veränderte sich schlagartig. Ihre wohlwollend neugierige Stimmung verpuffte in Sekunden. »Das ist nicht dein Ernst.«

»Das ist mein voller Ernst. Ich bin nicht in Chip verliebt. Das ist ihm gegenüber nicht fair.«

»Also, ich weiß nicht, wo dir gerade der Kopf steht. Vielleicht ist alles etwas viel. Aber du solltest da noch mal in Ruhe drüber nachdenken. Wir sind schließlich nicht die Vanderbilts. Und es tut mir leid, dir das zu sagen, aber du hast einen verdammt geizigen Vater. Du hast kein royales europäisches Blut, das auch ohne Vermögen noch interessant wäre. Dein

Vater hat uns den Weg auf die Upper East Side ermöglicht. Und ja, du kannst mir einen Vorwurf machen, weil ich einen schlechten Ehevertrag gemacht habe. Ich habe nicht auf uns aufgepasst, Baby.« Sie schloss kurz die Augen. »Aber Chip mag dich wirklich gern. Ich habe es ihm angesehen. Die meisten in seiner Position suchen sich ein Mädchen, das mindestens genauso reich ist wie sie selbst, verstehst du? Dann ist man auf Augenhöhe. Aber er ist wirklich in dich verliebt. Das ist etwas ganz Besonderes.«

»Du meinst, so wie Papa in dich verliebt war?«

»Das ist doch etwas völlig anderes«, sagte Jocelyn und winkte barsch ab.

Pippa zuckte mit den Schultern. »Ich weiß nicht, ob der Vertrag so schlecht war, Mama. Du hast früher auch nichts gemacht, außer sein Geld auszugeben. Es ist ja nicht so, dass du deine Karriere aufgegeben hast, um dich um deine Tochter zu kümmern. Ich hatte Tag und Nacht eine Nanny, die auf mich aufgepasst hat. Ich habe dich wesentlich weniger gesehen als jetzt. Ich will dir keinen Vorwurf machen, aber berechtigt dich denn die Tatsache, dass du früher Papas Geld ausgegeben hast, dazu, das auch den Rest deines Lebens zu tun?«

Sie konnte förmlich zusehen, wie sich die Augen ihrer Mutter verengten und sie ansetze, um zurückzuschießen.

Pippa kam ihr zuvor. »Ich will mir gar nicht anhören, wie undankbar ich bin, Mum. Aber ich bin froh, dass du angefangen hast zu arbeiten und dich nicht mehr nur auf andere verlässt. Du bist viel selbstständiger geworden. Und deine Haare sehen, wenn du sie selbst föhnst, genauso gut aus, als wenn du sie föhnen lassen gehst. Ich mag meine neue Mutter lieber als die alte.«

Ihre Mutter war, was selten vorkam, sprachlos. Aber nicht lange. Sie brauchte nur einen kleinen Moment, bis sie sich fasste. »Das hat jetzt aber nichts mit Hunter Montgomery zu tun, hoffe ich.«

»Und wenn schon, wäre das so schlimm?«, fragte Pippa provokant.

Ihre Mutter zuckte mit den Schultern. »Besser als niemand«, sagte sie. »Aber du solltest wegen jemandem, der dir keine Zukunft bieten kann, zumindest deine Noten nicht aufs Spiel setzen. Dein Stipendium ist an deinen Notendurchschnitt gekoppelt, vergiss das nicht.«

Das war Jocelyns Art, mit Problemen umzugehen. Pippa schloss kurz die Augen und versuchte, die aufsteigende Wut zu verdrängen. Es war einer dieser Momente, in denen sie ihrer Mutter erzählen wollte, was sie für sie getan hatte. Sie wollte nicht wütend sein. »Wie könnte ich das vergessen, Mama. Ich gehe jetzt zur Uni«, sagte sie.

Die frische Luft draußen tat gut nach der Enge des Apartments. Wobei es nicht das Apartment war, sondern mehr die Enge der Welt ihrer Mutter. Sie musste daran denken, dass ihr Vater Jocelyn als toxisch bezeichnet hatte. Seine neue Frau Jelena war ganz anders, immer lachend und fröhlich. Das wusste Pippa nur zu gut, sie hatte sich bei Jelena früher immer irgendwie zu Hause gefühlt.

Sie musste endlich zu Bloomingdales, um ein Weihnachtsgeschenk für ihre Mutter zu kaufen. Das hatte sie immer noch nicht geschafft. Irgendetwas Kleines, aber Wertvolles, worüber sie sich freuen würde, ein Schlüsselanhänger von irgendeinem Designer vielleicht.

Jetzt musste Pippa aber erst einmal in die Bibliothek, sie hatte eine Take-Home-Klausur und musste noch arbeiten. Meist war sie im hinteren Magazin und sortierte Bücher ein. Sie mochte es nicht gern zugeben, aber ihr gefiel an ihrem Job, dass keiner so richtig mitbekam, wenn sie arbeitete. Sie verdrängte den Gedanken, dass sie, was das anging, genau wie ihre Mutter auf mitleidige Blicke gut verzichten konnte. Denn den Kommilitonen, die sie am College schon von früher kannte, war klar, dass Pippa früher keinen Nebenjob gehabt hatte.

Von Chip hatte sie natürlich nichts mehr gehört, keine Nachricht mit Herzen, keinen virtuellen Gutenachtkuss. Sie hatte ihm geschrieben, wie leid es ihr tat. Keine Antwort. Und Hunter hatte sich auch nicht gemeldet. Nichts. Als hätte es vorgestern Abend nicht gegeben. Dachte er wirklich nicht, dass es irgendetwas zu erklären gab? Sie hatte schon mehrmals die Rückfahrt im Kopf durchgespielt.

Eine Nachricht blinkte auf ihrem Handy und sofort setzte ihr Herzschlag aus.

Halte dich von Hunter fern, er ahnt etwas.

Pippa starrte für einen Moment auf die Nachricht. Was wollte Evalina denn jetzt? Er ahnte was wegen der Wahl? Das war der allergrößte Quatsch. Natürlich war das nur ein Vorwand, weil Evalina auf Hunter stand. Und jetzt wollte sie dafür sorgen, dass Pippa sich fernhielt.

Pippas Herz begann zu rasen. Sie konnte sehr genau zwischen den Zeilen lesen. Evalina wusste, dass sie Pippa in der Hand hatte. Pippas Chance, mit Stipendium ihren Collegeabschluss zu machen und ihre Mutter stabil zu halten.

Falls Pippa auspacken würde – wem würde man wohl eher glauben? Der Tochter eines der größten Spender der Universität oder einer Studentin, die allen Grund hatte, verzweifelte Handlungen zu begehen, um ihren Ruf zu retten?

Da machte Pippa sich keinerlei Illusionen.

Wir müssen die Überraschungen für David und Lauren organisieren, sonst nichts, tippte Pippa in ihr Handy. Dann löschte sie die Nachricht wieder. Sie ärgerte sich über Evalina. »Sonst nichts« – als wären alle Berührungen und Küsse nichts gewesen.

Alles okay, tippte sie stattdessen zurück. Eine vage Antwort. Nichtssagend.

Ich weiß, dass ich mir keine Sorgen machen muss ♥, antwortete Evalina. Eine genauso nichtssagende Antwort.

Und eine Drohung.

Mit klopfendem Herzen stieg Pippa die Stufen zur Bibliothek nach oben. Sie ging in den Lesesaal und widmete sich die nächsten fünfundvierzig Minuten dem Take-Home-Test, den sie noch absolvieren musste. Wenn Hunter sich in ihre Gedanken schlich, versuchte sie ihn, so weit es ging, zu verdrängen. Es gelang ihr nicht immer, aber nach exakt fünfundvierzig Minuten stoppte sie die Zeit und hörte auf zu schreiben. Es würde nicht ihre beste Prüfung sein, das war sicher. Diese Art Prüfungen zu absolvieren, war etwas Besonderes an der

Stonehill. Man verließ sich auf das Ehrgefühl der Studenten und ließ sie kleinere Prüfungen unbeaufsichtigt schreiben. Pippa hielt sich wie immer genau an die Regeln. Danach unterschrieb sie die beiliegende Erklärung, dass sie den Ehrenkodex der Universität respektiert hatte.

Es war derselbe Ehrenkodex, den sie vor ein paar Monaten ignoriert hatte. Es war ihr damals als einziger Ausweg erschienen, aber es verfolgte sie noch immer.

Als sie ihre Sachen eingepackt hatte, ging sie zum Magazin, ihre Schicht fing gleich an. Aber sie musste die ganze Zeit an Hunter denken. Es gab nur einen Weg, die Gedanken zu stoppen.

Sie musste mit ihm reden. Wenn Hunter der Abend in den Catskills nichts bedeutet hatte, dann wollte sie es wissen.

Sie zog ihr Handy wieder aus der Tasche.

18. Hunter

Wir müssen reden, hatte Pippa geschrieben. Er musste fast lachen, so klischeeartig war dieser Satz. Wie oft hatte er neben David gesessen, als der »Wir müssen mal reden« in sein Handy getippt hatte oder umgekehrt eine Nachricht bekommen hatte, in der genau diese Worte standen. Sie hatten diese Gespräche »Mädchenproblemgespräche« genannt und Witze darüber gemacht. Wenn er daran dachte, verstand er irgendwie, dass Pippa sich Sorgen machte über das Wohl ihrer Freundin. Aber das war einfach eine andere Zeit gewesen. Da war David ein ganz anderer gewesen. Jetzt war er so in Lauren verliebt, dass Hunter übel wurde von dem ganzen Gesülze.

Das Absurde war, dass er David damals Tipps geben musste, wie er sich verhalten sollte, weil David so unsensibel wie ein Presslufthammer war, wenn es darum ging, die richtigen Worte zu finden. David hatte das nie böse gemeint. Er hatte sich nur wirklich ständig neu verliebt. Immer war er, zumindest zwei Wochen lang, völlig begeistert. Dann ließ es langsam nach. Oder sehr schnell. Sein Erfolgsgeheimnis war, dass er keinerlei böse Absicht verfolgte, sondern in der Zeit, in der er verliebt war, selbst völlig davon überzeugt war. Er glaubte dann jedes Wort, das er sagte. Das war wahrscheinlich das Berufsgeheimnis von Heiratsschwindlern: In dem Moment, wenn sie ihre Liebe beschworen, glaubten sie selbst daran.

Ja, von außen betrachtet könnte Lauren tatsächlich nur eine weitere kurz aufflammende Leidenschaft sein. Aber Hunter kannte David zu gut. Diesmal war es anders. Denn eigentlich war David total romantisch, glaubte an die große Liebe und war sich sicher, sie in Lauren gefunden zu haben. Es war vorher zu einfach gewesen, immer neue Mädels zu finden. Seit Lauren war David wie ausgewechselt. Er sah nicht, dass Lauren von seinem ausgefallenen Lebensstil beeindruckt war, den aufwendigen Europareisen und der Aneinanderreihung von Einladungen, die seine Familie – ganz altes New Yorker Blut – ständig bekam.

Natürlich hatte er auch von Pippa auf Lauren geschlossen und angenommen, dass Lauren eine oberflächliche hohle Nuss war, die nichts anderes im Kopf hatte, als in einem sexy Outfit im Mittelpunkt zu stehen. Aber dann hatte er tatsächlich gedacht, dass Pippa vielleicht doch anders war. Und dann, gestern Abend, wie dumm er war. Er bildete sich ein, Frauen zu durchschauen.

Wie hatte er auch nur einen Moment lang annehmen können, dass Pippa dieser Abend tatsächlich etwas bedeutet hatte? Dass sie das Gleiche gefühlt hatte wie er?

Aber auf so eine Mitleidsnummer von wegen »Wir müssen reden« hatte er keine Lust. Er würde sich nicht von ihr erniedrigen lassen. Bildete Pippa sich etwa ein, dass sie ihn für das, was in den Catskills passiert war, trösten musste?

Er spürte, wie sich die Enttäuschung in Wut verwandelte, und seine Finger verkrampften sich unwillkürlich zu Fäusten. Pippa war sehr sexy und Mädchen wie sie legten es darauf an, ihr Ego aufzublasen. Wie hatte er das bloß vergessen können? Und jetzt wollte sie ihn loswerden, indem sie ihm voller Mitgefühl erklären würde, dass sie nur Freunde sein könnten, da sie natürlich eine sehr begehrte Frau sei. Und dass es da natürlich noch Chip gebe, von dem er ja schon vorher gewusst habe. Chip war das beste Beispiel dafür, dass man, wenn die Kohle stimmte, auch mit ziemlich durchschnittlichen Fähigkeiten alles erreichen konnte.

Pippa wollte ihn am Eingang zum Lesesaal treffen. Die kleinen Löwenköpfe am Straßeneingang trugen Schneehauben. Der Schnee auf dem Bürgersteig war zur Seite gekehrt worden und türmte sich dort auf, die Laufspur war matschig. Er war froh, Stiefel statt Turnschuhen angezogen zu haben. Die Kälte kroch unangenehm unter seine Kleidung.

Hunter schüttelte sich. Warum hatte er überhaupt zugestimmt, Pippa zu treffen? Wusste er nicht schon jetzt, was sie sagen wollte? Sich von einem Mädchen wegen Chip abservieren zu lassen, war wirklich verrückt.

Er stieg trotzdem über die breiten Stufen nach oben. In der Eingangshalle hing ein großer Kronleuchter und auch hier war ein festlich geschmückter Weihnachtsbaum aufgestellt worden.

Er war zu früh und ging noch in die Bibliothek, um sich ein paar Bücher zu holen, die er noch ausleihen musste.

Als er durch die hinteren Gänge der Bibliothek wanderte,

in den Teil mit den psychologischen Bänden, sah er plötzlich Pippa, wie sie konzentriert einige Bücher von einem Wagen in die Regale einsortierte. Sie trug einen gestrickten, weißen Rollkragenpulli. Darüber hatte sie noch einen Schal gebunden, sodass er nicht viel von ihr erkennen konnte, außer ihren großen Augen.

Sie blickte hoch und erkannte ihn. Sie sah verwirrt aus und ernst und … er hatte keine Ahnung, was sie dachte. Mit schnellen Schritten kam sie auf ihn zu, griff nach seiner Hand und zog ihn hinter sich her. Hunter folgte gehorsam. Pippa führte ihn an langen Regalen vorbei, wo nur Bücher standen, die kaum jemand suchte, zu einer Ecke, die weit genug von den Ohren der strengen Aufsichtspersonen entfernt war, die darauf achteten, dass niemand zu laut sprach.

Pippa wandte sich zu ihm um. Ihre Wangen waren gerötet und ihre Augen glänzten wie dunkelgrüne Perlen in ihrem blassen Gesicht. Es fiel Hunter schwer, seine Gedanken zu sammeln und nicht auf ihren Mund zu starren. Die Kleidung, die fast ihren ganzen Körper vermummte, lenkte irgendwie besonders viel Aufmerksamkeit auf ihren Mund und ihre Augen – die wenigen Flächen, die nicht unter dicken Stoffschichten versteckt waren.

»Ich habe die ganze Zeit versucht, dich anrufen«, sagte Pippa und auf ihrer Stirn erschien eine kleine Falte.

Bei ihrem Anblick waren all die Gedanken, die er gerade noch gehabt hatte, plötzlich verschwunden. Vor allem die gehässigen. Er sah nur ihre schönen Augen, ihren weichen Blick, ihre leuchtenden Wangen und das Lächeln um ihren Mund.

Sie blickte ihn erwartungsvoll an, ein bisschen ängstlich, nicht so voll von gespieltem Mitleid, wie er es erwartet hatte. Sie trug heute nicht ihren klebrigen Lippenstift, sondern viel weniger Make-up als sonst, was ihm ohnehin besser gefiel.

Hunter musste sich zurückhalten, sie nicht sofort in die Arme zu schließen, seinen Kopf an ihrer Schulter zu vergraben und sie so nah an sich heranzuziehen, wie es nur irgendwie möglich war. Ihr Geruch, ihre Nähe, plötzlich waren all die Gefühle aus den Catskills zurück.

Konnte es sein, dass er sich vielleicht doch täuschte? Das hier war die Catskills-Pippa, die da vor ihm stand. Er wollte sich hineinfallen lassen in diese Gefühle. Er wollte keine Spiele spielen, das ewige Katz und Maus, er wollte ihr sagen, wie er sich nach ihr sehnte.

Aber das war Quatsch. Er schloss kurz die Augen und verdrängte die verwirrenden Gefühle, die sich über ihn gelegt hatten wie ein gefährlicher Nebel in einem Horrorfilm. Er durfte sich nicht einlullen lassen. Es würde alles nur noch schlimmer machen. Er wusste schließlich, was los war. Chip gestern war kein Nebel aus einem Horrorfilm gewesen. Er war real.

»Alles in Ordnung?«, fragte Pippa flüsternd und kam ein paar Zentimeter näher. Sie blickte suchend in sein Gesicht. Ihre Mine war angespannt.

»Sicher«, brummte Hunter als Antwort. »Wieso sollte es mir nicht gut gehen? Also, warum hast du angerufen? Wegen nächstem Wochenende?«, fragte Hunter, obwohl er natürlich genau wusste, dass Pippa nicht den Junggesellenabschied meinte. Er versuchte, seiner Stimme einen möglichst unbeteiligten Klang zu geben. Er steckte seine Hände in die Taschen und trat einen kleinen Schritt zurück, um mehr Abstand zwischen sich und Pippa zu bringen. Vielleicht war es einfacher, wenn ihre Auren sich nicht überschnitten. Ihre Aura war wie ein selbstständiges Pantoffeltierchen, das scheinbar den Wunsch hatte, sich sofort mit seinem zu verbinden, wenn ein bestimmter Sicherheitsabstand unterschritten war.

Pippa schüttelte den Kopf. Sie sah gequält dabei aus. Aber er hatte genau gesehen, zu was für schauspielerischen Höchstleistungen sie fähig war.

Pippa legte ihre Hand auf seinen Arm. Er reagierte nicht und sie ließ ihre Hand wieder sinken.

»Ich glaube, wir sollten darüber reden«, sagte sie. Pippa wirkte fahrig. Sie schaute hinter Hunter auf die Buchrücken, die Handbibliothek für Trauma und Psychologie, als würde sie dort eine Antwort finden. »Also, ich weiß nicht, wie ich es sagen soll. Aber in den Catskills, da war alles so … so anders. Wir waren so weit von New York entfernt, dass ich fast vergessen hatte, dass es noch ein Leben in der Stadt gibt.«

Oje. Hunter wusste, was jetzt kommen würde. Das war ja vorherzusehen gewesen, er hatte es sich doch auch schon gedacht. Es gab keine Catskills-Pippa. Das hier war die Realität. Er war so naiv.

»Und als ich dann wieder zu Hause war, war hier –«

»Chip?«, unterbrach Hunter.

Pippa zuckte zusammen. »Nein, es hat nichts mit Chip zu tun …«

»Schön. In den Catskills war alles ganz anders. Ist doch in Ordnung.«

Pippas Blick sprang unruhig hin und her. Sie war natürlich enttäuscht, dass er ihr die Show stahl. Ihre Rede von wegen, wie leid ihr alles täte, konnte sie sich jetzt sparen.

Diesmal legte Hunter beschwichtigend die Hand auf ihren Arm. »Wir waren durcheinander. Wir können uns diese ganzen peinlichen Erklärungen sparen.« Hunter versuchte sich mit einem Lächeln. Es fühlte sich etwas gezwungen an, aber es funktionierte. Pippa hing an seinen Lippen. »Aber immerhin haben wir jetzt unsere tiefe Abneigung endlich überwunden, nicht wahr? Ich kann die Klappe halten. Du auch?«

Pippa starrte ihn an. Dann nickte sie langsam mit zusammengepressten Lippen.

»Evalina hat mich gefragt, ob ich das Eislaufen mit ihr organisiere. Ich dachte, wir könnten dich ein wenig davon entlasten. Du hast ja auch wirklich schon wahnsinnig viel gemacht. Machen wir das so? Und dann nächsten Samstag in die Catskills.« Er wusste gar nicht genau, warum er das sagte. Evalina hatte ihn tatsächlich gefragt. Und er hatte natürlich abgelehnt. Er hatte schließlich keinerlei Interesse daran gehabt, irgendetwas mit Evalina zu organisieren. Und ihm war ebenfalls nicht so ganz entgangen, dass Evalina mit ihm flirtete. Er war nicht total bescheuert. Aber er hatte keine Augen für sie gehabt, weil Pippa die ganze Zeit in seinem Kopf gewesen war. Dabei war Evalina Sheridan ziemlich ungefährlich zum Flirten. Sie datete viel, aber das war nicht mit echten

Verpflichtungen verbunden und es wurden auch keine echten Gefühle erwartet.

Er nahm seine Hand von Pippas Arm. Es war zu intensiv, sie anzufassen, sogar der dicke Pullover konnte das nicht verhindern. Zeit, sich abzulenken. Eine Sache wollte er auf keinen Fall: Pippas Mitleid.

»Okay, Pippa, ich muss los. Wir sehen uns in den Catskills, ist ja alles organisiert.«

Pippa schaute ihn immer noch mit ihren großen Augen an.

»Du weißt ja, dass ich nicht viel rumquatsche. Mach dir keine Sorgen. Und du brauchst mir nichts zu erklären. War doch nett in den Catskills«, sagte er betont lässig. Wobei er bei diesen Worten ihrem Blick auswich. Er konnte nicht garantieren, dass seine Augen ihn verraten würden. Er war unglaublich enttäuscht. Er musste jetzt hier raus. Die trockene Bibliotheksluft machte ihn fertig. Er schaute auf sein Handy. »Sorry, Evalina hat schon eine Nachricht geschrieben.«

Pippa nickte langsam. »Sicher«, sagte sie zögerlich. »Okay.« Ihre Unterlippe zitterte. Klar, er hatte ihr den Auftritt mit dem Mitleid vermasselt. Sie hatte mit Sicherheit nicht damit gerechnet, so leicht aus der Affäre zu kommen.

Er drehte sich um und war weg.

19. Pippa

Die Sonne schien stark und ausdauernd über den sanften Hügeln der Catskills, als würde sie David und Lauren ein vorgezogenes Hochzeitsgeschenk machen. Der Himmel leuchtete festlich blau, dazu der üppige Schnee – sie hätten sich keine besseren Bedingungen wünschen können. Lauren hatte sich einen Schleier über ihren Skihelm gezogen. Ihr Junggesellinnenteam hatte sich Shirts mit der Aufschrift *Snowbunny Team Lauren* über die Anzüge gestreift.

Pippa hatte ihren Posten eingenommen. Sie war aufgeregt. Sie hatte deutlich Laurens Enttäuschung gespürt, als sie gemerkt hatte, dass es ein gemischter Junggesellenabschied werden würde, kein Spa, kein Mädelsabend, keine Maniküre. Sie fühlte sich schlecht. Sie wollte Lauren sobald wie möglich sagen, dass sie noch mehr vorbereitet hatte. Lauren würde ihren Spa-Day mit rosa Puschelpantoffeln noch bekommen. Sie hatte schon alles für nächste Woche gebucht, aber es sollte ja eine Überraschung sein und deshalb musste sie sich auf die Lippe beißen, um nichts zu verraten.

Bisher war alles nach Plan gelaufen: Sie hatten verschiedene Teams gebildet und neben der normalen Abfahrt gab es kleine Wettbewerbe. Gerade fuhren jeweils zwei Skiläufer, die sich an einem Seil halten mussten, die Piste herunter und verhedderten sich dabei laut kreischend. An einer weiteren Station musste mit dicken Skiklamotten ein Hula-Hoop-Reifen mit den Hüften in der Luft gehalten werden. Es war ein riesiger Spaß und die klare Luft war von Gelächter erfüllt.

Hunter war zum Glück mit einem anderen Team beschäftigt, an der gegenüberliegenden Seite vom Lift. Pippa sah sein Lächeln. Natürlich galt es nicht ihr. Er wirkte, als würde er keinen Gedanken mehr daran verschwenden, was mit ihr und ihm passiert war.

Schon wieder drohten ihr Tränen in die Augen zu steigen. Sie schüttelte den Kopf. Sie musste nur noch dieses Ding durchhalten. Wenn sie ihn nicht sah, war es leichter, es nicht an sich heranzulassen.

Die Teams fuhren durch die unterschiedlichen Parcours. Auch wenn Pippa das Gefühl hatte, in einer grauen Wolke gefangen zu sein, erkannte sie, dass alle sehr viel Spaß hatten, der ansteckend war. Lauren war eine sehr gute Schauspielerin und konnte perfekt vertuschen, dass sie mit dem gemischten Junggesellenabschied nicht glücklich war. Doch nach einer Weile wurde ihr Lachen ausgelassener. Sie jubelte so überzeugend mit den anderen und kicherte, wenn sie hinfiel, während sie versuchte, eine absurde Aufgabe auf Skiern zu lösen, dass Pippa die Hoffnung hatte, dass es ihr doch zumindest ein bisschen gefiel.

Am Schluss verlor Laurens Team knapp, obwohl sie bei

der Aufgabe, ein Iglu zu bauen, noch ziemlich viel aufgeholt hatten. Evalina, die im selben Team war, entpuppte sich als geschickte Baumeisterin. Das musste Pippa ihr leider zugestehen. Abgesehen davon stand Evalina eigentlich jedes Mal, wenn Pippa hinschaute, in der Nähe von Hunter. Pippa versuchte sich nicht darüber zu ärgern. Vielleicht passten sie ja ganz gut zusammen. Warum sollte sie eifersüchtig sein? Hunter hatte klargemacht, dass er an nichts Festem interessiert war. Und vor allem nicht an Pippa.

Als sie das nächste Mal hochfuhren, drängte sich plötzlich Evalina neben sie in den Lift. Auch das noch.

»Ist irgendetwas mit dir und Hunter?«, fragte Evalina ohne große Umschweife, als sie mit Schwung in die Luft gehoben wurden. »Ihr geht euch aus dem Weg. Gibt es da was zu erzählen?« Sie waren allein im Sessellift und niemand konnte sie hören.

Pippas Puls beschleunigte sich. War es so auffällig gewesen? Sie musste sich normaler in seiner Nähe verhalten. Das hatte ihr noch gefehlt, dass irgendwelcher Klatsch herumging.

»Wir managen nun mal unterschiedliche Teams«, sagte Pippa und blickte dabei auf die verschneiten Bäume, den glitzernden Schnee auf den Tannen. »Hunter ist nicht mein Fall. Ich hatte eher den Eindruck, dass er dich nett findet«, fügte sie hinzu. Sie wusste auch nicht, warum sie das sagte. Vielleicht wollte sie sich mit Gewalt selbst wehtun. Oder sie wollte einfach über ihn reden, seinen Namen sagen. Dass er in der Bibliothek Evalina erwähnt hatte, hatte sie mehr gestört, als sie eigentlich zugeben wollte. Zum gemeinsamen Eislaufen am Mittwoch war sie gar nicht gekommen. Sie hatte gesagt, sie sei erkältet.

»Ihr passt gut zusammen«, fuhr sie fort. Genau, das war wahrscheinlich das Beste. Sich selbst nichts mehr vormachen, diese komische kleine Hoffnungsstimme, die hin und wieder in ihr hochkeimte, endgültig mundtot machen.

Evalina blickte sie fragend an. Sie war offensichtlich baff von ihren Worten. »Er passt zu mir? Warte mal, wenn du Hunter nicht magst, dann aber sagst, dass er zu mir passt, willst du damit etwa andeuten, dass du mich auch nicht magst?« Sie lächelte, aber es war klar, dass ihr egal war, ob Pippa sie mochte oder nicht.

»Das hast du gesagt«, erwiderte Pippa, ohne ihr zu widersprechen.

»Ist vielleicht nicht so schlecht, Pippa. Ich hatte schon gedacht … Na ja. Alles okay.«

Pippa fragte lieber nicht nach. Sie hoffte nur, dass die Liftfahrt gleich zu Ende war.

»Hat deine Mutter irgendetwas vom Job erzählt?«, fragte Evalina.

»Nein«, schüttelte Pippa den Kopf. »Was soll sie denn erzählt haben?«

»Ich habe sie beim Weihnachtsball gesehen. Sie sah super aus. Sie ist mit meinem Vater zum Essen gegangen.«

»Ach ja?«

»Sie verwechselt jetzt aber Job und Privatleben nicht, oder?«, fragte Evalina zuckersüß. »Falls doch, wäre das nämlich gar nicht gut.« In diesem Moment hatten sie die Bergstation erreicht und Evalina sprang aus dem Skilift. Pippa hatte keine Chance, irgendetwas zu erwidern.

»Hunter!«, rief Evalina stattdessen in die andere Richtung und winkte ihm zu.

Pippa beobachtete ihn aus einiger Entfernung. Er trug seine blaue Daunenjacke, die er auch in der Stadt mal getragen hatte, und eine dunkle Schneehose. Seine Sonnenbrille machte es unmöglich zu erkennen, wo er hinschaute. Aber sie wusste auch so, dass er sie ignorierte. Er hatte sie abgehakt. Er hatte seinen Spaß gehabt. Das war's. Fertig. Sie musste versuchen, nicht daran zu denken, doch sie fühlte sich, als hätte sie ein Kilo Blei geschluckt, das grau und schwer in ihrem Magen lag.

Den Nachmittag verbrachten sie wie geplant im Haus von Davids Familie. Sie versammelten sich vor dem großen Kamin im Wohnzimmer, wo ein riesiges Feuer loderte und so laut knisterte, dass sich die Mädchen, die direkt davorsaßen, gelegentlich kreischend in Sicherheit brachten, als würde das Kamingitter jeden Moment versagen.

Das Catering von der Alm war köstlich. Das sagten zumindest die anderen, Pippa hatte keinen Appetit. Sie war einfach nur erleichtert, dass mit diesem Event jetzt ihre gemeinsamen Aufgaben für die Hochzeit mit Hunter erfüllt waren. Nächste Woche gab es nur noch den Girls Day.

»Pippa!« Lauren kam auf sie zu und setzte sich neben sie. »Willst du nichts essen? Es schmeckt köstlich. Ist alles klar bei dir? Ich habe ein schlechtes Gewissen, dass sich im Moment alles um mich dreht. Nach den Winterferien müssen wir unbedingt mal wieder alleine was machen. Ich vermisse unsere gemeinsamen Filmabende. Auch ein Ehemann kann die beste Freundin nicht ersetzen.« Lauren lächelte sie an. Sie trug immer noch ihre Skiunterhose und ihren Skipullover. Ihre Haare waren zerzaust, aber sie sah unglaublich glücklich aus. »Ich danke dir so für alles. Das ist der schönste Junggesellenabschied, den man sich nur vorstellen könnte. Am Anfang dachte ich ja, dass es doch zu anders war, als das, was ich mir früher gewünscht hatte. Aber … es ist einfach nur perfekt.«

»Ich hatte ehrlich gesagt so meine Bedenken.« Pippa biss sich auf die Unterlippe. »Aber Hunter meinte, dass David es unbedingt so wollte und du nichts gegen eine Überraschung hättest und …« Sie brach ab. Sollte sie es wirklich erzählen?

»Du hattest Angst, dass es mir nicht gefällt?« Lauren lächelte sie an. Das Flackern des Feuers spiegelte sich in ihren Pupillen.

»Ich hatte Angst, dass es schwierig wird mit euren unterschiedlichen Familien und dass David nicht bereit ist, seine Upper-East-Komfortzone für dich zu verlassen. Ich weiß, wie zerstörerisch es ist, wenn die Familien nicht zusammenhalten. Das war bei meinen Eltern schließlich auch so. Ich hatte irgendwie das Gefühl, dass ihr zu … *anders* seid.«

Laurens Gesicht war ernst geworden, während Pippa geredet hatte. »Ich verstehe nicht, was du sagen willst.«

Pippa nickte langsam. Sie musste es so sagen, dass nicht Hunter darin verwickelt war. Er konnte das handhaben, wie er wollte. Aber sie konnte es einfach nicht mehr verschweigen.

»Ich wollte, dass eure Familien sich vor der Hochzeit noch mal treffen und David deine Brüder kennenlernt. Ich wollte dir eine Freude machen. Aber ich wollte auch, dass ihr die Dinge kennt, die vielleicht zwischen euch stehen könnten.«

»Wow«, sagte Lauren.

»Ich wollte es dir lieber sagen. Ich fühle mich so schlecht, dass ich so zweifeln konnte. Es tut mir leid. Aber inzwischen denke ich natürlich anders.«

»Und was denkst du genau?«

»Dass ihr den Test bestanden habt.«

»Ich hatte eigentlich nicht vor, mich testen lassen«, sagte Lauren scharf. Sie schüttelte den Kopf. Sie sah enttäuscht aus.

Pippa schloss die Augen. »Es tut mir so leid. Ich hatte nur Angst um dich. Ich weiß, dass das eine armselige Entschuldigung ist.«

Lauren nickte. »Ja, ist es. Aber es ist okay.« Dann nahm sie Pippa in den Arm, allerdings deutlich weniger überschwänglich als sonst.

Pippa blickte über Laurens Schultern hinweg zu Hunter, der in einiger Entfernung bei David saß, der sich gerade mit jemand anderem unterhielt. Sie wusste nicht, was er dachte. Sie hatte keine Ahnung. Wie idiotisch war es gewesen, zu glauben, dass sie wüsste, was Hunter Montgomery dachte. Was David dachte. Und jetzt hatte sie sogar ihre Freundschaft mit Lauren aufs Spiel gesetzt.

Die Musik wurde lauter gestellt. Natürlich wurden jede Menge Weihnachtsklassiker gespielt: *Santa Baby, Santa Claus is coming to town, Joy to the World, Driving home for Christ-*

mas. Und dann natürlich, es musste ja kommen, *No Christmas Without You*. Das Lied setzte ein und alle konnten mitsingen. Sofort galt alle Aufmerksamkeit Hunter, der abwehrend die Hand hob. Vielleicht dachten einige, dass er schüchtern war. Pippa wusste es besser. Es war ein so schönes Lied. Warum konnte er sich nicht einfach freuen, dass sein Vater so einen Erfolg hatte mit dem Lied? Es war traurig, nostalgisch, alles auf einmal.

Sie stand auf und verließ den Hauptraum der Hütte, um in den Flur zu gehen. Das Lied war berührend. Sie würden heute Abend alle auf Pensionen verteilt sein, sogar ganz klassisch Jungen und Mädchen getrennt. Sie war erleichtert darüber, wenn sie ehrlich sein sollte.

Aus der angrenzenden Küche holte Pippa sich ein Glas Wasser. Sie hatte heute Abend nicht nur nichts gegessen, sondern auch keinen Glühwein getrunken. Sie war einfach nicht in Stimmung. Und jetzt noch viel weniger. Aber sie würde dafür sorgen, dass es niemand merkte. Die anderen waren ohnehin beschäftigt.

Als sie in den nur sanft beleuchteten Flur zurückkam, erkannte sie Hunters Silhouette auch im Gegenlicht. Sie war sich gar nicht bewusst gewesen, wie sehr sie sie verinnerlicht hatte, diese Silhouette. Sofort beschleunigte sich ihr Atem. Sie war nicht ein einziges Mal mit ihm allein gewesen seit dem Tag in der Bibliothek. Hunter floh vor dem Lied. Natürlich.

Er hatte sie den ganzen Tag ignoriert. Jetzt reichte es.

»Es ist ein wunderschönes Lied, Hunter«, sagte Pippa, als

er Anstalten machte, wortlos an ihr vorbeizugehen. Als sie ihn ansprach, stoppte er abrupt.

»Das Lied ist ein Verrat«, erwiderte Hunter, ohne eine Sekunde zu verlieren. Sein Tonfall war hart.

»Weißt du was, Hunter?« Pippas Geduld war am Ende. »Vielleicht solltest du bei dem Lied nicht einfach in Selbstmitleid versinken. Es geht nicht immer nur um dich. Dein Vater hat seine Frau verloren. Hat er nicht auch ein Recht, auf seine Art zu trauern? Vielleicht ist es sein Weg, damit umzugehen.«

»Das Lied war für sie. Es gehörte ihr. Es gehörte *uns*. Es war nie dafür gedacht, Geld damit zu verdienen.«

»Ja, aber dein Vater will es teilen. Er möchte das Lied anderen schenken. Und ist es nicht irgendwie auch wundervoll, dass so viele Gefühle in dem Lied stecken? Dass es so viele andere berührt? Ich bin jedenfalls froh, dass dein Vater es veröffentlicht hat.«

»Er hat meine Mutter verkauft. Ich kann nicht Schönes dabei finden, mit dem Tod meiner Mutter Geld zu verdienen.«

»Ich glaube nicht, dass es ihm darum ging.«

»Natürlich ging es ihm darum.«

»Er konnte wohl kaum absehen, dass genau dieses Lied so erfolgreich werden würde. Das konnte niemand vorhersehen. Manchmal habe ich das Gefühl, du willst nicht, dass er erfolgreich ist. Du möchtest gar nicht, dass er jetzt Geld hat. Er hat dir nämlich deine Rolle kaputt gemacht, den Underdog. Alle anderen sind reich. Alle anderen sind verwöhnt. Du brauchst eine neue Rolle, die du spielen kannst. Weißt du, vielleicht mag Kimyo deinen Vater einfach. Du unterstellst ihr, nur scharf auf seinen Ruhm zu sein. Weißt du, was ich glaube? Ich glaube, *du* bist derjenige, der die ganze Zeit ans Geld denkt, nicht die anderen.«

»Du hast doch keine Ahnung.« Hunters Stimme war schneidend. »Du bist doch damit beschäftigt, auf irgendwelche Bühnen zu krabbeln und dir die Gunst der anderen zu erarbeiten. Oder dir die richtigen Freunde zu suchen. Oder eben mit anderen Mitteln nach vorn zu kommen. Ich mag mich in Lauren getäuscht haben, aber nicht in dir.«

Sie wich einen Schritt zurück. Wie konnte er so etwas sagen? Tränen schossen ihr in die Augen. Sie presste sie zurück.

»Das denkst du von mir?«, flüsterte sie.

»Meinst du ernsthaft, ich hätte nicht verstanden, was passiert ist, als ich damals in den Raum der Studentenvertretung gekommen bin? Was soll ich denn denken?«

Pippa verstummte, als hätte er ihr eine Ohrfeige verpasst.

Er wusste es. Er hatte es gesehen. Er hatte es die ganze Zeit ganz genau gewusst.

Sie wollte es ihm so gern erklären. Aber in Hunters Worten war so viel Wut gewesen. Er wollte doch gar nichts hören.

»Ich weiß es nicht«, sagte sie. Und damit drehte sie sich um und ging den Gang zurück. Sie suchte ihre Sachen. Gelächter drang aus dem Wohnzimmer, wo die anderen immer noch saßen, aufgedreht und fröhlich. Sie konnte nicht zurück. Sie wollte nur noch weg. Sie griff sich ihre Jacke und ging nach draußen. Den Rest würde sie später holen und einfach sagen, dass sie immer noch etwas erkältet gewesen sei und ins Bett wollte.

Sie ließ sich von einem der organisierten Fahrer zur Pension bringen. Sie konnte es nicht erwarten, bis diese Hochzeit vorbei war. Sie würde auch das Seminar absagen, das sie mit Hunter belegte. Dann musste sie nächstes Semester eben ein zusätzliches belegen.

Sie wollte ihn nach dieser Hochzeit nie wieder sehen.

20. Pippa

Die nächsten drei Tage kam Pippa kaum zum Nachdenken – und sie war sehr froh darüber. Sie schob alle Gedanken an Hunter zur Seite. Sie war fast schon erleichtert, dass so viel zu tun war, das machte es einfacher. Außerdem war sie ziemlich gut im Verdrängen. Weihnachten rückte immer näher, ihr Kopf war voll mit Dingen, die sie noch erledigen musste, und dann der Spa-Tag, den sie noch organisiert hatte.

Noch auf dem Weg zum Brautladen verschickte sie jede Menge Nachrichten. Die Menschen, die ihr auf dem Weg zum *Bridal Dreams* entgegenkamen, waren noch hektischer, ihre Tüten noch größer. Eine sanfte Glocke ertönte, als sie die eleganten Glastüren des Brautladens aufstieß. Sofort schlug ihr eine angenehme Wärme durchsetzt mit einem Hauch von Vanille entgegen.

Eine sehr schlanke Angestellte mit einem hohen Pferdeschwanz in einem dunklen Kostüm kam auf sie zu. »Willkommen im *Bridal Dreams*. Pippa Schwab, nehme ich an?«, fragte sie.

Pippa nickte.

Die Dame lehnte sich zu ihr. »Ihre Freundin ist schon hinten und zieht sich um. Die anderen sind auch schon da.« Sie zwinkerte.

»Und Lauren hat sie ganz sicher noch nicht gesehen?«

»Alles in Ordnung. Die Mädchen sind im Nebenzimmer. Sie geben mir ein Zeichen und ich hole sie.«

Pippa atmete tief durch. Heute war der Endspurt vor der Hochzeit am Wochenende, und eigentlich hatte sie sich sehr darauf gefreut, Lauren noch mal so richtig zu überraschen. Doch das Gespräch in den Catskills dämpfte ihre Vorfreude und lag wie ein grauer Schleier über dem Tag. Aber Lauren sollte trotzdem Freude haben.

»Lauren?«, rief sie, als sie zu den Ankleidezimmern ging.

»Pippa«, klang Laurens helle Stimme. »Ich bin hier hinten. Warte, ich komme gleich.«

Sie klang wie immer. Trotzdem wurde Pippa das Gefühl nicht los, dass ihre Freundschaft einen Dämpfer erhalten hatte, für andere wahrscheinlich nicht zu bemerken, aber sie spürte es.

Pippa ging an den Reihen von prächtigen Kleidern in unendlich vielen Schattierungen von Weiß vorbei. So viele Brautträume. Sie setze sich auf eine mit hellem Satin bezogene Bank. Alles im Laden wirkte edel und teuer. Sie hatte jeden Moment das Gefühl, dass sie gleich etwas kaputt machen oder womöglich einen Fleck verursachen würde, trotz der Plastikschuhe, die sie am Eingang über ihre Schuhe stülpen musste, um den hellen Teppich im Laden zu schonen. Es waren nur wenige andere Kunden im Laden, so kurz vor Weihnachten waren alle mit anderen Dingen beschäftigt.

»Pippa?«, hörte sie Laurens Stimme. »Kommst du mal kurz?«

Pippa ging in Richtung der Stimme in einen angrenzenden ovalen, völlig verspiegelten Anproberaum, wo die Braut sich von allen Seiten betrachten konnte.

Lauren stand im Zentrum der Spiegel in einem weit ausgestellten Brautkleid mit mehreren Lagen Tüll und Spitze, die so fein aussahen, dass sie trotz der Menge an Stoff gewichtslos wirkten. Sie betrachtete sich mit großen Augen wie eine Fremde. Um ihre schmale Taille war eine hellbeige Schärpe drapiert. Eine weitere Dame aus dem Brautladen stand neben ihr, zupfte an der Schärpe und notierte etwas in ihrem iPad.

»Es passt, wir müssen nichts mehr ändern, Ms Martin, Sie sind einfach perfekt«, lobte sie Lauren.

»Ich habe extra mehr gegessen die letzten Tage, damit ich nicht abnehme«, sagte Lauren. »Obwohl ich überhaupt keinen Hunger hatte. Es hat funktioniert!« Sie strahlte. Lauren hatte zu ihrer Hochzeit wie eine Prinzessin aussehen wollen und es war ihr gelungen. Sie konnte mit Pferdeschwanz und Turnschuhen zu ihrer Hochzeit gehen und würde in diesem Kleid trotzdem wie eine Märchenprinzessin aussehen.

»Es ist wunderschön, Lauren.«

Lauren seufzte und blickte Pippa in die Augen. Sie war zurückhaltender als sonst, Pippa bildete sich das nicht ein. Die Verkäuferin beobachtete sie mit Argusaugen. Sie hatte Angst um ihr Kunstwerk. Über Laurens Schulter hinweg nickte Pippa unauffällig der Mitarbeiterin zu. Die zwinkerte verschwörerisch zurück und verschwand.

»Ich kann es nicht mehr abwarten. Ich weiß gar nicht, wie ich die Zeit bis zur Hochzeit rumkriegen soll.«

»Hm. Lass mich mal überlegen …« Pippa tippte sich demonstrativ auf den Kopf. Lauren blickte sie verwirrt an. »Ich habe da eine Idee.«

»Girls-Day!«, kreischten plötzlich sechs sehr laute und grelle Mädchenstimmen und stürmten in den Raum. Pippa hatte das allerengste Team zusammengetrommelt, zum Glück gehörte Evalina nicht dazu. Alle Mädchen trugen schwarze, enge T-Shirts, auf denen diese typischen Sprüche in Goldschrift standen: *Sie heiratet, ich bin noch zu haben. Trunken vor Liebe.* Und: *Sie hat den Ring, ich brauch einen Drink.* In der Hand hielten sie ein weiteres Shirt in Weiß mit rosa Schrift: *Die Braut haut noch mal auf die Pauke.* »Das setzen wir heute in die Realität um, meine Süße!«, kreischte Jenny, eins der Mädchen.

»Lauren, dachtest du wirklich, wir würden das ausfallen lassen?«, rief Pippa über den Lärm der anderen hinweg.

Laurens Augen wurden immer größer und größer, was eigentlich kaum möglich war. Sie schlug sich die Hände vors Gesicht. Dann breitete sie die Arme aus, warf den Kopf zurück und kreischte ganz laut. Sie trampelte mit den Füßen auf der Stelle. »Sorry, das muss jetzt sein«, rief sie. »Ihr seid ja völlig wahnsinnig!«

Die Angestellte des Brautladens eilte schnell dazu. »Ms Martin, lassen Sie uns nur schnell das Kleid ausziehen. Wir wollen jetzt nichts riskieren so kurz vor dem großen Tag, okay?«

»Wir haben noch eine Überraschung für dich«, sagte Pippa, als Lauren wenig später in ihrem weißen T-Shirt vor ihr stand. Jenny schlang Lauren eine Augenbinde um den Kopf. Unter Gelächter und mit viel Kichern wurde sie in ein Taxi verfrachtet, das ein paar Minuten später vor dem Spa hielt, in dem sie einen der Privaträume für die nächsten Stunden gebucht hatten.

Pippa zog Laurens Augenbinde ab. Ihr Blick fiel sofort auf die Person, die mit hochgelegtem Bein und Doppelgips auf einem der pinken Sessel saß.

»Elle!«, kreischte Lauren und rannte auf sie zu. »Ich glaub's ja nicht! Ich weiß nicht, was ich sagen soll.«

»Du musst nichts sagen«, sagte Elle und deutete auf ein vergoldetes Tablett, auf dem acht Champagnergläser bereitstanden. »Wir haben das All-inclusive-Paket gebucht. Champagner, so viel wir wollen«, strahlte sie.

»Leute«, sagte Lauren, »ich habe die allerbesten Freundinnen der Welt.« Die Gläser klirrten und die erste Runde war innerhalb von Sekunden heruntergespült.

Die Überraschung war gelungen. Pippa war erleichtert. Und sie ignorierte die winzigen Stiche, die ihr der Anblick von Elle und Lauren versetzte. Elle hatte nie an David gezweifelt.

Und ja, eigentlich hatte sie, wie mit Hunter abgemacht, sogar einen Stripper für den Abend gebucht. Aber sie hatte ihm nach den Catskills abgesagt. Keine Spiele mehr. Keine Tests. Die waren sowieso überflüssig. Diese beknackte Idee, irgendetwas zu testen, zu glauben, dass irgendetwas zwischen Lauren und David nicht stimmte.

Die nächsten Stunden verbrachten sie in rosa Bademänteln mit rosa Badeschuhen und wurden von Kopf bis Fuß verwöhnt und tranken dabei zu viel Champagner. Nur Pippa hielt sich zurück, aber das fiel nicht auf. Die Ausgelassenheit der Mädchen steigerte sich immer weiter. Zum Abschluss gab es ein Make-up von einem bekannten New Yorker Visagisten. Es war fast zehn Uhr abends, der Spa würde in ein paar Minuten schließen.

»So«, sagte Jenny, »und jetzt gehen wir in den *Bunker*. So gut sehen wir nie wieder aus. Das können wir jetzt nicht einfach alles abwaschen und uns ins Bett legen.«

»Perfekt!«, sagte Lauren. »Ich muss meinem Junggesellinnen-Shirt schließlich gerecht werden.«

»Na dann, auf geht's!«, lachte Jenny.

Der *Bunker* war ein Club, der seit diesem Jahr sehr angesagt war, und es würde heute wie jeden Donnerstag eine Party geben. Und er war nicht weit entfernt, sie würden in ein paar Minuten dort sein.

»Elle kommt an einen Tisch neben die Tanzfläche. Trinken kannst du auch im Sitzen«, entschied Lauren.

Knapp dreißig Minuten später waren sie im *Bunker*. Elle hatte mehrere Limousinen besorgt. Natürlich kamen sie heute problemlos an jedem Türsteher vorbei. Der Türsteher des *Bunkers* hatte Elle sogar die Stufen hinuntergetragen, die in den Club führten. Man sah den Mädchen an, dass sie bereit waren, Spaß zu haben und die Stimmung hochkochen zu lassen. Ganz im Sinne des Clubs. Sie belegten mehrere kleine Tische in der Nähe der Tanzfläche und positionierten Elle.

»Okay«, rief Maya, »jeder eine Runde. Die nächste geht auf mich! Cosmopolitans für die Mädchen!«, rief sie strahlend und winkte der Kellnerin.

Wenn jeder eine Runde ausgeben sollte, würde das schlimm enden. Pippa setzte sich neben Elle, als die Gruppe die noch leere Tanzfläche stürmte und wild zu tanzen begann. Eine aufgedrehte Gruppe Frauen beim Junggesellinnenabschied. Es dauerte nicht lange, bis sich auch ein paar Typen auf der Tanzfläche einfanden und die Freundinnen zum Tanzen aufforderten.

Pippa bestellte eine Cola. »Ich will kein Spielverderber sein, aber ich möchte nichts trinken«, flüsterte sie Elle zu.

»Ich trinke auch wieder Wasser«, erwiderte Elle. »Ich kann mir vor allem nicht leisten, noch mal hinzufallen, wie du dir denken kannst.« Sie hielt ihren eingegipsten Arm hoch. Aber sie kicherte. »In zwei Wochen kommt er weg. Dann wird's besser. Jetzt bin ich erst mal froh, dass ich überhaupt dabei sein kann. Danke, dass du mich überredet hast, es einfach zu versuchen. Du bist die Beste«, sagte Elle.

Sie stießen an. Es tat irgendwie gut, ein paar nette Worte zu hören. Zumindest irgendetwas hatte Pippa richtig gemacht nach dem ganzen Mist.

Die Musik wurde hochgedreht und die Bässe drangen bis in Pippas Magen. Man musste sich ziemlich laut ins Ohr schreien, um sich zu unterhalten.

Lauren fiel einmal fast hin, aber ihre Freundinnen fingen

sie zum Glück auf. Trotzdem, Pippas Stimmung war immer noch gedämpft, sie hatte Angst, dass die Dinge zwischen ihr und Lauren nie wieder so sein würden wie früher.

»Irgendwann sollten wir Lauren wahrscheinlich bremsen. Eine Braut mit Gips wäre noch schlimmer als eine Trauzeugin auf Krücken«, murmelte Elle.

Sie beobachteten die Tanzfläche. Die Mädchen hatten neue Drinks bekommen und Lauren spülte ihren herunter wie Wasser. Zum Glück tanzte sie viel, dann würde sich der Alkohol schneller abbauen. Gut, dass die Hochzeit nicht schon morgen war, dann konnte sie sich vorher noch einen Tag erholen.

Die Junggesellinnentruppe mit den hautengen Spruch-T-Shirts auf der Tanzfläche zog viele Blicke auf sich. Die Stimmung im *Bunker* wurde immer ausgelassener. Die Lichter wechselten im Rhythmus der Musik von Dunkelpink zu Blautönen und Lauren drehte mit wechselnden Tanzpartnern Pirouetten.

Pippa ließ den Kopf gegen die Rückenlehne sinken. Wieder so ein Moment, der einfach vorbeiziehen würde, der sich morgen in die Kette der Erinnerungen einreihen würde. Wie oft würde sie noch mit ihren Freundinnen zusammen sein? Sie wünschte, sie könnte den Moment einfach noch ein wenig festhalten, ein bisschen darin verweilen und all die Dinge, die sie belasteten, dauerhaft auf morgen verschieben.

21. Hunter

Die Mädchen hatten heute Nachmittag ihren Spa-Day gemacht, den Pippa organisiert hatte. So viel wusste Hunter, aber nicht, was Pippa genau geplant hatte von wegen Ex-Freunden oder Strippern. Seit den Catskills hatten sie nicht mehr gesprochen. David war natürlich gelangweilt, weil Lauren nicht da war und das Ganze ewig dauern würde, und hatte ihn gefragt, ob er für den Abend Zeit hätte.

Das kleine Tonstudio im neuen Apartment der Montgomerys war State of the Art. Die Wände waren so gut verkleidet und gegen Geräusche isoliert, dass sie ohne Rücksicht auf Verluste – oder die Nachbarn – spielen konnten. In jeder Lautstärke. Sie hätten sogar ein Album aufnehmen können, das Equipment war da.

David und Hunter hatten jeder eine Gitarre im Arm und spielten einfach drauflos. Wie früher.

Hunter drehte mit einer Hand den Verstärker lauter und spielte währenddessen weiter. Der Ton blieb immer noch klar. Es war Wahnsinn, eine andere Dimension von Lautstärke. Die Musik ging durch den ganzen Körper, man konnte die Vibration der Saiten bis in die Zehen spüren. Man fühlte sich, als würde man aus Musik bestehen, es war ein Rausch.

David stand neben ihm und bearbeitete eine weitere Gibson. Er war nicht sonderlich gut – er spielte ja auch eigentlich Cello –, aber sie hatten schon immer riesigen Spaß zusammen. Wie oft hatten sie wohl nach dem Squash noch eine Runde zusammen gejammt? Nur damals eben leise auf ganz normalen Instrumenten in ihrem alten Apartment, das so groß war wie die jetzige Küche.

»Es ist einfach unmenschlich«, rief David über die Lautstärke hinweg. Die Anlage war krass.

»Warum spielst du nicht mit deinem Vater, Montgomery, ich verstehe es nicht. Ihr seid so gut zusammen«, schrie er nach einer Weile.

Statt zu antworten, spielte Hunter ein kompliziertes Solo und verrenkte seinen Körper wie Slash von Guns n' Roses.

David lachte sich schlapp. Er hatte Schweißperlen auf der Stirn, der Raum hatte sich schnell aufgeheizt, weil die Klimaanlage defekt war.

Schließlich stellte David die Gitarre zurück, ließ sich auf einen der gepolsterten Sessel fallen und spielte unruhig an seinem Handy. Dann lehnte er sich zurück und blickte Hunter von der Seite an.

»Sollen wir noch in den *Bunker* auf einen Whiskey?«

Hunter lachte. »Übst du diesen Spruch für die neue Verwandtschaft? Trinkst du jetzt immer Whiskey? Ich glaube, das kannst du nicht einholen, David. So trinkfest wirst du nie. Die üben schon seit Jahren.«

David legte den Kopf schief und zog eine Augenbraue nach oben: »Na komm schon. *Bunker?* Um der alten Zeiten willen?«

»Jetzt noch? Es ist fast Mitternacht.«

»Bist du spontan in die Midlife-Crisis gekommen oder was? Das sind meine letzten Abende als Junggeselle. Los jetzt. Raff dich auf. Nur einen Whiskey.«

Hunter seufzte. David war stur. »Na schön, aber den Whiskey ersetzen wir durch Bier«, sagte er, hörte auf zu spielen und stellte die Gitarre zur Seite. »Und nicht zu lange.«

Der Türsteher machte Theater, als sie ankamen und David wie selbstverständlich an ihm vorbei wollte. Natürlich, Donnerstag war ein beliebter Tag im *Bunker*.

»Wir stehen auf der Liste. Travis Montgomery«, sagte Hunter schließlich. Er blickte zu David und zuckte mit den Schultern.

»Was für ein Armutszeugnis für die Clubs, dass sie so viel Wert auf Promistatus legen«, raunte er halblaut zu David. Dann gingen sie schnell rein, bevor der Türsteher es sich anders überlegen konnte.

David preschte nach vorn. Er wirkte fast so, als hätte er eine Mission. Warum er jetzt so unbedingt in den *Bunker* wollte, war schwer zu verstehen.

Als Hunter sich endlich durch die vielen Menschen, die ihm entgegenströmten, in den Hauptraum vorgearbeitet hatte, brauchte er einen Moment, um sich zu orientieren. Es war ziemlich voll und die Tanzfläche wurde von einer Gruppe

Mädchen beherrscht. Sein Blick glitt zur Seite und dort blieb er hängen. New York war ein Kaff. Letztlich traf man alle an den gleichen Orten. An einem der kleinen Tische nah an der Tanzfläche saß Pippa neben einem Mädchen mit Gips. Oder besser gesagt mit zwei Gipsen, einen am Arm und den anderen am Bein. Das war Elle, die Freundin von Lauren, die als Trauzeugin ausgefallen war. Elle und Pippa unterhielten sich, wobei sie sich sehr nah aneinanderlehnen mussten, um sich überhaupt zu verstehen. Sie wirkten, als hätten sie den Club um sich herum völlig vergessen. Vor ihnen auf dem Tisch war eine ganze Bar aufgebaut, Champagnerflaschen in silbernen Kühlern, jede Menge Gläser, halb geleerte Cocktails. Erstaunlich, was Mädchen alles in sich reinkippen konnten, wenn sie glaubten, dass es dazugehörte. Er dachte an die schrecklichen Worte, die er zu Pippa gesagt hatte. Sie verursachten ihm Übelkeit.

Plötzlich richtete Elle sich auf und umklammerte Pippas Arm. Sie starrte voller Entsetzen auf die Tanzfläche. Pippa folgte ihrem Blick und schlug abrupt eine Hand vor den Mund. Sie sprang auf.

Hunter brauchte eine Sekunde, um zu verstehen, was vor sich ging. Auf der Tanzfläche stand ein Mädchen in einem weißen, engen T-Shirt und küsste einen Typ.

Lauren.

Sie schwankte und der Typ ließ seine Hand über ihren Rücken an ihren Po gleiten, doch in dem Moment stürmte David auf die Tanzfläche. Er riss den Typen zur Seite und Lauren zu sich herum.

Hunter konnte nicht hören, was er sagte, aber er schrie irgendetwas und gestikulierte wild. Lauren sah ihn mit glasigen Augen an.

Heilige Scheiße!

Hunter schob die Leute um sich herum zur Seite und kämpfte sich zu den beiden durch. Als er sie erreichte, war David schon völlig am Durchdrehen.

»Du hast gesagt, du warst glücklich mit dem gemeinsamen Abschied in den Catskills!«, brüllte er. »Keine ordinäre Junggesellinnenparty, keine Las-Vegas-Veranstaltung. Du hast gesagt, das wäre ekelhaft. Und jetzt komme ich hierher und du knutschst mit einem Fremden?!«

»Das war Reny. Ich kenn ihn schon ewig. Das ... das war doch nix«, lallte Lauren. »Ich bin ja so froh, dass du da bist, mein Hase.« Sie lächelte und stolperte auf David zu.

So betrunken hatte Hunter Lauren noch nie gesehen. Das war schon jenseits von Gut und Böse.

David schob sie von sich. Er war ganz weiß im Gesicht.

Laurens Augen suchten unfokussiert nach seinen. »Den kenne ich doch von früher ...«, sagte sie. Durch den Lärm der Musik konnte man sie kaum verstehen.

»Und dann ist Knutschen egal?« David war außer sich. »Bist du total durchgedreht? Machst du das auch, wenn wir verheiratet sind? Nein, weißt du was? Das mit der Hochzeit lassen wir am besten einfach sein!« Er kochte vor Wut.

Hunter versuchte, ihn festzuhalten.

»Lass mich in Ruhe!«, fauchte David ihn an und ging weiter.

»David, warte!« Hunter lief ihm nach.

David stieß Hunter mit voller Wucht zur Seite. »Und ich sage es jetzt zum letzten Mal: Lass mich allein!«

Hunter kannte David. Er rastete aus. Er würde sich schon wieder beruhigen. Er *musste* sich beruhigen.

Hunter sah zu Lauren, die angefangen hatte zu heulen. Sein Blick glitt durch den Club. Er sah den Tisch, an dem Elle und Pippa gesessen hatten. Elle hockte immer noch da und sah aus, als würde sie einen Horrorfilm sehen, unfähig, sich zu bewegen. Die anderen Mädchen in ihren schwarzen T-Shirts standen um Lauren herum. Er war sich nicht sicher, ob Lauren überhaupt richtig mitbekommen hatte, was gerade passiert war. Sie konnte ja kaum noch stehen.

Er ging Richtung Tür in den Vorraum, um David zu suchen.

»Was macht ihr hier?«, schrie jemand in sein Ohr, obwohl es hier gar nicht mehr so laut war. Hunter spürte eine Hand auf seiner Schulter und drehte sich um. Pippa zog ihre Hand zurück. Sie sah wütend aus. »Ihr habt hier nichts verloren.«

Pippa trug auch eines dieser schwarzen T-Shirts. *Sie heiratet, wir trinken*, stand auf ihrer Brust.

»Was habt ihr mit Lauren gemacht? So habe ich sie noch nie gesehen«, gab er zurück. »Ihr habt offenbar die Rollen vertauscht«, fügte er mit einem Blick auf ihr Shirt hinzu. »Du wirkst nüchtern. Wie konntet ihr das zulassen?«

»Das muss genau in der Sekunde passiert sein, als ihr kamt. Sie hat vorher nur getanzt. Warum seid ihr hier? Das ist doch kein Zufall.«

Hunter schoss für einen Moment der Gedanke durch den Kopf, dass es tatsächlich ein merkwürdiger Zufall war.

Lauren verschwand mit zwei Freundinnen Richtung Klo. Sie musste wahrscheinlich kotzen. Besser so.

»Sie hat alles durcheinandergetrunken«, sagte Pippa und wirkte etwas hilflos.

»Wer war der Typ?«

»Niemand«, Pippa winkte ab. »Jetzt glaub mir doch, die haben sich vielleicht eine Sekunde lang geküsst.«

»Niemand? Sicher.«

»Elle meinte, das war irgendein alter Bekannte, der ausgenutzt hat, dass sie betrunken ist, um sich einen Abschiedskuss zu reservieren oder so was.« Ihre Augen waren vor Panik geweitet. »Sie haben nichts gemacht, das ist in der letzten Minute passiert, als ich mit Elle geredet habe. David hat das völlig falsch verstanden.«

Sie blickten sich an. Die bläulichen Lichtpunkte von irgendeiner Discokugel tanzten über Pippas Gesicht.

»Du hättest mir sagen müssen, dass ihr hier seid. Du hättest besser aufpassen müssen«, sagte Hunter. Aber er dachte an Davids plötzliche Idee, in den *Bunker* zu gehen, nachdem er auf sein Handy geschaut hatte. »Hätte ich gewusst, dass ihr hier seid und du das durchziehst, hätte ich verhindert, dass David hierherkommt. Aber ich hatte ja keine Ahnung.«

»Was durchziehen?«, fragte Pippa. Sie schaute ihn verwirrt an.

»Na, das mit den Exfreunden.«

»Bist du bescheuert? Das war Zufall!«, sagte Pippa aufgebracht. »Das war deine verdammte Idee, mit der hatte ich schon lange abgeschlossen!«

Sie blickten sich schweigend an, angespannt. Für einen Moment drohten ihn all die verdrehten Gefühle zu überrollen, die er für sie hatte. Aber er musste sich zusammenreißen. Er konnte jetzt nicht wütend sein. Oder sauer. Es ging um David und Lauren.

»Du musst mit David reden«, sagte Pippa mit Nachdruck.

Sie sah elendig aus. Als das Licht wieder auf sie fiel, sah er, dass unter ihren Augen schwarze Schatten lagen. Aber er konnte den Gedanken nicht unterdrücken, wie attraktiv er sie fand. Immer. Vielleicht gerade deswegen, weil sie so verletzlich aussah, wie sie dort vor ihm stand.

»Bitte, Hunter, du musst nach ihm schauen«, sagte sie. Und jetzt klang ihre Stimme flehentlich. »Ich könnte mir nie verzeihen, wenn ich schuld daran wäre, dass etwas zwischen sie gekommen ist. Es war ein Missverständnis. Es war nichts.«

»Ich rede mit ihm«, sagte Hunter. »Kümmer dich um Lauren.« Dann wandte er sich ab und schob sich an den Leuten vorbei nach draußen.

Die Musik, die Lichter, die schlechte Luft, Pippa, wie sie dort vor ihm stand. Es war alles zu viel.

22. Pippa

Sie hatten Lauren ins Bett gebracht. Lauren war hysterisch gewesen, vollkommen neben der Spur. Sie war sogar noch viel betrunkener, als sie gedacht hatten. Wie hatte das nur passieren können?

»Lauren. Du musst jetzt schlafen. Es wird alles wieder gut.« Pippa hatte ihr die Jeans ausgezogen, ihr zumindest einen Teil der Schminke mit einem warmen Waschlappen abgewaschen und sie ins Bett gelegt.

»Er heiratet mich nicht. Ich habe alles versaut«, jammerte Lauren. Dann heulte sie auf und warf ihren Kopf auf das Kissen.

»Nein, Lauren. Wir bekommen das wieder hin«, tröstete Pippa sie, während sie die weiche Daunendecke über ihr ausbreitete. Sie sagte das, um Lauren zu beruhigen, sicher war sie sich allerdings nicht. Gleichzeitig fragte sie sich, ob jemand wirklich so eifersüchtig sein konnte. Vielleicht hatte David ja doch noch kalte Füße bekommen, so kurz vor dem großen Tag?

Lauren war trotz allem nach wenigen Minuten eingeschlafen. Sie legte den Apartmentschlüssel mit dem überdimensionierten pinken Fellpuschel auf den Tisch und zog die Tür hinter sich zu. Sie holte tief Luft. So wenig sie Hunter sehen wollte, aber sie hatte eine Idee, und dafür brauchte sie ihn.

Wir müssen den Typ finden, der im *Bunker* war, tippte sie eine Nachricht an Hunter, als sie wieder auf der inzwischen ziemlich verlassenen Straße stand. Es war ein Uhr morgens.

Wo bist du? Seine Antwort hatte gerade einmal zehn Sekunden gedauert.

Ich gehe von Lauren nach Hause. Sie schläft jetzt.

Gehst du die Fünfte hoch?

Pippa starrte auf ihr Telefon. Der Akku war fast leer. Die Kälte brachte ihre Wangen zum Brennen. Bei dem Gedanken an das, was diese Frage andeutete, begann ihr Herz laut zu pochen.

Ja, antwortete sie.

Auf welcher Höhe?, wollte Hunter wissen.

59. Straße. Ihr Atem wurde schneller, als sie das schrieb. Sie starrte auf ihr Display.

Ich komm zu dir.

Pippa verlangsamte ihren Schritt. Umso stärker spürte sie, wie sich ihr Herzschlag beschleunigte, wie ein Motor, der angelassen wurde. Sie stecke ihr Handy zurück in die Tasche. Sie hatte ihre Handschuhe vergessen.

Der Himmel war wolkenlos und über den Hochhäusern konnte sie einige Sterne erkennen. So klar war der Himmel selten, dass man trotz der vielen Lichter der Stadt sogar die Sterne sehen konnte. Alles schien so friedlich in der Nacht, die liebevollen Weihnachtsdekorationen, die überall angebracht waren, ließen die Stadt freundlich erscheinen. Es war ungewöhnlich still. Pippas Gefühle allerdings waren aufgebracht wie ein unruhiges Meer.

Neben ihr hielt ein Taxi. Die Tür wurde geöffnet und Hunter stieg aus. Er war groß, als er sich aufrichtete, größer irgendwie, als sie ihn in Erinnerung hatte. Mit wenigen Schritten stand er neben ihr, während das Taxi weiterfuhr.

»Läufst du immer nachts allein nach Hause?«, sagte er vorwurfsvoll. »Holt dein Freund dich nicht ab?«

Für einen Moment war sie sprachlos. Hunter hatte so eine Art, direkt bei der Begrüßung auf Konfrontation zu gehen. »Ich bin kein wehrloses Wesen, das nicht auf sich selbst aufpassen kann«, sagte Pippa. »Ich komm ganz gut allein klar. Willkommen im einundzwanzigsten Jahrhundert.«

»Das hat nichts mit Feminismus zu tun, sondern mit allgemeiner Vorsicht«, erwiderte Hunter knapp.

»New York ist sicher. Wir sind ja nicht in der South Bronx. Das hier ist die Upper East Side. Schon mal gehört?« Aber Pippa konnte ihn trotzdem kaum ansehen, während sie sprach. Eine Welle von Gefühlen überrollte sie. Nein, eigentlich waren es zwei Wellen, eine ging über sie hinweg, umspülte sie und brach über ihr zusammen. Eine weitere stieg von innen in ihr hoch, von ganz tief in ihrem Bauch, und raubte ihr die Luft zum Atmen. Die Straßen waren leer, nur vereinzelt waren noch ein paar Nachtschwärmer zu sehen. Weil Hunter der einzige Mensch in ihrer Nähe war, fühlte es sich doppelt nah an, obwohl er ganz normal vor ihr stand. Wenn es um Hunter ging, verstand sie plötzlich auf ganz andere Weise, wie Physik funktionierte. Wie ein Körper so viel Anziehungskraft haben konnte, dass er das All krümmen konnte, sodass Distanzen aus den Fugen gerieten.

Hunter rollte als Antwort mit den Augen. Er hatte die Schultern hochgezogen. Es war eiskalt. Bei jedem Atemzug traten kleine, weiße Wölkchen aus seinem Mund. Doch er erwiderte nichts.

»Ich brauche keinen Babysitter«, sagte sie und damit war das Thema für sie erledigt. »Woher kam dieser Typ vorhin überhaupt? Dieser Reny? Kennst du ihn? Ich brauche seine Nummer. Ich kann Lauren nicht fragen.«

Hunter schien einen Moment zu überlegen. »Ich könnte es wahrscheinlich rausfinden. Ich glaube, David hat einen Tipp bekommen. Er wollte ziemlich plötzlich in den *Bunker.*«

»Er muss David sagen, dass es ein Missverständnis war.«

»David beruhigt sich schon wieder«, sagte Hunter, klang aber nicht überzeugt.

»Bist du sicher? Hundertprozentig?«

Hunter zögerte. »Hättest du mir gesagt, wo ihr seid, wäre das nie passiert«, sagte er genervt. Er schob seine Mütze vom Kopf und fuhr sich durch die Haare, als wäre ihm warm.

»Ich hatte nicht den Eindruck, dass du irgendetwas von mir hören willst. Ich dachte nicht, dass du mich überhaupt wahrnimmst, seit …«, begann Pippa. Warum sollte sie es nicht aussprechen? So war es nun mal.

Hunter blickte sie an. Sogar im Dunkeln konnte man erkennen, dass seine Augen blau waren, dazu reichte das Licht der Straßenbeleuchtung. Und auch die Falte, die sich auf seiner Stirn gebildete hatte, konnte sie deutlich erkennen.

»Du musst die Adresse von dem Typ besorgen«, fuhr sie schnell fort, als er nicht reagierte.

»Ich hätte einfach nicht gedacht, dass du weitermachst mit dieser bescheuerten Idee.«

»Hunter, verdammt, ich habe es dir schon gesagt. Ich habe nichts organisiert. Das war Zufall.«

»Ich weiß manchmal nicht, was ich glauben soll«, sagte Hunter ziemlich leise.

»Das könnte ich wohl genauso sagen.« Er wirkte so ehrlich. Aber morgen war wieder alles anders. Sie wischte alle Gedanken an ihn weg, versuchte sich auf Lauren und David zu konzentrieren.

Sie machten sich auf den Weg. Hunter lief neben ihr her. Wenn sie hochschaute, sah sie über ihm die Sterne. Sie sah lieber nicht hoch.

»Reny geht mit Sicherheit nicht zu David. Meinst du, auf den Stress hat er Bock?«

Pippa blieb stehen. »Ich glaube, das schulden wir den beiden nach den Aktionen vorher. Und du musst dich auch nicht einmischen. Du besorgst mir nur die Nummer. Ich mache den Rest.«

Sie waren stehen geblieben.

Pippa musste hier abbiegen.

»Kannst du das für David tun? Für David und Lauren?«, fragte sie mit fester Stimme. Sie blickte zu Hunter, seine Haare standen in alle Richtungen, die Atemwölkchen lenkten ihre Aufmerksamkeit auf seinen Mund. Der Mund, der sie so liebevoll geküsst hatte. Es schien eine Ewigkeit her …

Sie konnte nicht mehr. »Ruf mich an«, sagte sie. »Er muss direkt morgen mit ihm sprechen.« Sie drehte sich schnell um und eilte davon. Sie zwang sich, sich nicht umzudrehen. Bloß nicht umdrehen.

»Ich melde mich«, sagte Hunter. Vielleicht bildete sie es sich auch ein. Sie hatte fast das Gefühl, schlecht hören zu können, so laut sprudelte das Blut in ihren Ohren.

Und trotzdem.

Irgendetwas passierte auf den letzten Schritten nach Hause. Die Nacht hatte nichts Bedrohliches, im Gegenteil, sie war ein Geschenk. Mit jedem Schritt fühlte Pippa sich freier. Sie durfte hier leben, studieren, hatte so viele Chancen bekommen. Im Grunde war es die Angst, die sie zurückhielt. Aber plötzlich, als sie durch die Nacht lief und zusah, wie sich ihr Atem ebenfalls in kleine Wölkchen verwandelte, fiel etwas von ihr ab. New York hatte so viele Seiten, so viele Schicksale. Eine tiefe Dankbarkeit durchflutete sie und mit jedem Atemzug verschwand auch ein Stück ihrer Angst. Plötzlich war die Angst leichter als die Luft, die sie umgab, stieg nach oben und verschwand über den Hochhäusern. Pippa traf eine Entscheidung. Und ja, alle würden sich bestätigt fühlen in dem Urteil über sie. Auch Hunter würde sich bestätigt fühlen. »Du willst doch immer ganz oben stehen«, hatte er mal zu ihr gesagt und keine Ahnung gehabt, wie weh das tat. Aber es gab keinen anderen Weg.

Als sie am nächsten Morgen nach einem unruhigen Traum aufwachte, pochte ihr Kopf vom wenigen Schlaf. Am Alkohol konnte es nicht liegen. Sie wollte gar nicht wissen, wie Lauren sich fühlte.

Trotz ihrer Kopfschmerzen sprang sie sofort aus dem Bett. Sie tat als Erstes das, was schon lange überfällig war. Sie schrieb einen Brief. Erst tropften die Worte nur zäh aufs Papier, aber mit jedem Satz, den sie schrieb, wurden ihre Worte fließender, fühlte sie sich besser. Sie hatte es getan und konnte es selbst kaum glauben. Ja, vielleicht konnte sie jetzt alles verlieren, aber es war richtig.

Sie hatte den Brief schon einmal geschrieben, aber nur im Kopf, auf dem Weg zurück von den Catskills. Alle waren so aufgedreht gewesen, es war gar nicht aufgefallen, dass sie so schweigsam war. Sie hatte sogar beschrieben, wann und wie sie die Zettel vertauscht hatte. Sie hatte keinen Grund angegeben und den würde sie auch nicht geben. Natürlich würden alle annehmen, dass sie hatte gewinnen wollen. Damit musste sie leben. Lauren würde ihre Freundin bleiben und verstehen, dass sie es einfach nicht erklären konnte. Darauf musste sie vertrauen. An Hunter dachte sie lieber nicht.

Als sie auf dem Weg zur Küche am Zimmer ihrer Mutter vorbeikam, horchte sie auf, als sie ihren Namen hörte.

»Du kannst nicht immer nur an dich selbst denken, Joachim. Es ist schwer für Pippa zu sehen, dass sie so schnell ersetzt worden ist.«

Pippas Brust krampfte sich zusammen. Ihre Mutter telefonierte mit ihrem Vater. Und sie wusste, dass sie nicht zuhören sollte. Aber sie konnte dem Impuls nicht widerstehen. Gab es irgendjemanden, der weghörte, wenn er merkte, dass über ihn geredet wurde?

»Sie freut sich auf St. Barths«, sagte ihre Mutter jetzt. »Und wenn du sie vor die Wahl stellst, bringst du sie in Bedrängnis. Natürlich ist es für dich schön, alle um dich zu haben. Aber denk doch mal, wenn es um deine Tochter geht, ausnahmsweise nicht an dich. Dich mit deiner neuen Familie zu sehen, tut ihr weh. Du brauchst keine Rücksicht auf mich zu nehmen, aber auf deine Tochter. Es ist für sie viel einfacher, wenn du dich aus ihrem Leben fernhältst. Sie war schon im Januar völlig durcheinander, als sie aus der Schweiz zurückkam. Die Zwillinge zu sehen, willst du ihr hoffentlich ersparen.«

In Sekunden ordneten sich Pippas Gedanken neu. Sie widerstand dem Impuls, ins Zimmer ihrer Mutter zu gehen. Sie konnte nicht glauben, was sie da hörte.

Als Jocelyn Minuten später mit erhitztem Kopf aus dem Zimmer kam, lehnte Pippa am Küchentresen.

»Hi, Mum.«

»Oh, hi«, sagte Jocelyn und zupfte sich an den Haaren, um sie neu zu ordnen.

»Mum, was ist eigentlich aus deiner Katzenallergie geworden?«

Sie stutzte. Erleichterung, dass Pippa wahrscheinlich doch nichts gehört hatte, und Verwirrung wechselten sich in ihrem Gesicht ab. »Welche Katzenallergie?«, fragte sie.

»Die Katzenallergie, wegen der wir damals Marshmallow weggegeben haben«, sagte Pippa.

»Oh«, sagte Jocelyn. »Ich weiß nicht, wir haben ja keine Katze mehr.«

»Hattest du wirklich eine Katzenallergie?«

Jocelyn legte die Stirn in Falten. »Das ist so lange her. Wie kommst du jetzt darauf?«

»Würdest du mir einfach die Frage beantworten?« Pippas Stimme war härter als sonst. Aber sie hatte keine Kraft mehr, ihre Mutter mit Samthandschuhen anzufassen wie eine Kranke.

»Ich weiß es nicht, Schätzchen«, stotterte sie. »Es schien damals so. Und dann …«

»Du hast gar keine Allergie, nicht wahr?«

Jocelyn seufzte. »Die Katze war umständlich, sie hat überall ihre Haare verloren. Das war ungesund für alle. Du hättest es nicht verstanden. Wir wollten es einfacher für dich machen.«

»Und jetzt willst du es wieder einfach für mich machen.«

»Was meinst du?«

»Mit Papa. Du willst es wieder einfach für mich machen. Oder willst du es vielleicht auch einfach für *dich* machen?«

Jocelyn atmete scharf ein. »Du hast mich belauscht.«

»Ich habe dich nicht belauscht. Unsere Wände sind dünn. Ich habe versucht, dir zu helfen. Ich habe mich so schlecht gefühlt, dass ich Jelena damals mit Papa gesehen habe. Ich habe mich so schuldig dafür gefühlt, dass du abgestürzt bist.« Sie zögerte einen Moment und holte tief Luft. »Ich habe dem College mitgeteilt, dass ich bei der Wahl zur Studentenschaftspräsidentin die Stimmzettel manipuliert habe. Ich werde vielleicht mein Stipendium verlieren.«

»Du hast die Wahl manipuliert? Bist du wahnsinnig? Aber du hast doch noch nicht einmal gewonnen! Warum hast du das gemacht?«

Pippa schwieg und blickte sie geradeheraus an.

»Warum hast du es angezeigt, wenn es niemand gemerkt hat? Das macht doch überhaupt keinen Sinn.«

»Ich mag nicht mehr lügen. Ich schaffe das schon so. Und du schaffst es auch. Du bist stark. Ich werde Weihnachten zu Papa fliegen, wenn er mich einlädt. Ich werde ihn fragen.«

Für einen Moment schwankte Jocelyn, dann wurde ihr Gesichtsausdruck verbittert. »Und wenn er dir dann genug zahlt, dann studierst du doch an einer anderen Uni und verlässt mich.«

»Ich bin nicht käuflich. Und ich bin kein Werkzeug für deine Rache an Dad. Egal wie sehr du Papa hasst, ich hasse ihn nicht. Ich bin eine der Besten in meinem Jahrgang. Ich werde schon eine Uni finden, die mich nimmt.«

Dann ging sie nach draußen. Sie brauchte frische Luft und sie wollte dringend ins *Cute Cat Café*. Vor der Haustür wäre sie fast mit einem Mann zusammengeprallt, der aus einer großen Limousine stieg.

»Oh, Entschuldigung«, sagte Pippa. Der Mann, der von einer Aftershavewolke umgeben war, als hätte er sich vor dem Aussteigen neu eingedieselt, konnte noch im letzten Moment ausweichen.

»Oh, Mr Sheridan«, sagte Pippa. »Ich habe sie gar nicht erkannt.«

»Pippa«, sagte er lächelnd, »was für eine nette Überraschung. Er schüttelte ihre Hand. Sheridan wirkte merkwürdig nervös. Er schien nicht weiter mit ihr reden zu wollen, gleichzeitig aber nicht gehen zu wollen.

»Also, ich wünsche Ihnen noch einen schönen Tag. Es werden in den kommenden Tagen einige Fotos vom Ball an die Sponsoren verschickt, die müssten also demnächst kommen«, sagte Pippa und verabschiedete sich.

Dann ging sie los Richtung *Cute Cat Café*. Eins wusste sie jetzt: Sie würde keinesfalls mit nach St. Barths fliegen, egal ob sie stattdessen zu ihrem Vater fliegen würde oder nicht. Sie würde selbst mit ihrem Vater sprechen. Doch als Erstes wollte sie James im *Cute Cat Café* von ihrem Plan erzählen. Natürlich hatte sie eigentlich keine Zeit, sie hatte endlos viel zu organisieren. Und sie musste dem Komitee für das Musikfestival absagen. Evalina sollte zusehen, wie sie ohne sie zurechtkam. James Bemerkung, als sie damals mit Hunter im Café gewesen war, hatte sie auf eine Idee gebracht.

Sie atmete erleichtert auf, als sie sah, dass James tatsächlich da war.

»Bin ich froh, dich zu sehen«, sagte Pippa, als sie sich an ihren Lieblingsplatz setzte. Es war ihr Stammplatz seit diesem ersten Abend, als sie heulend Zuflucht vor einem Regenschauer gesucht hatte und der Name *Cute Cat Café* sie angelockt hatte.

»Pippa, meine Liebe«, sagte James, als er sich zu ihr setzte. »Was ist denn los?«

»Wir machen eine Party für alleinstehende Senioren. Was

hältst du davon?«, fragte Pippa noch atemlos. Sie hatte sich auf dem Weg hierher schon alles ausgemalt.

»Ein Tanzfest für alte Leute?« James blaue Augen musterten sie erstaunt. »Du kommst auf Ideen!«

»Ja, wir machen es hier im Café. Dann fühlst du dich nicht fehl am Platze wie auf einem Studentenball. Ich habe schon alles im Kopf. Und wenn ich Sponsoren für einen superteuren Studentenball auftreiben kann, dann kann ich das auch für euch. Es wird wunderbar werden!«

»Ich dachte, du hast keine Zeit und wir wollten auch den Ausflug Ende Januar eigentlich verschieben?«, fragte James. »Mach dir für uns nicht so einen Stress«, sagte er.

»Ich glaube, wenn ich Zeit habe, Bälle für Studenten zu organisieren, und Geschenke zu kaufen für Menschen, die eigentlich schon alles haben, dann schaffe ich es auch, etwas für die Menschen zu tun, für die es einen Unterschied macht.«

Sie sprachen noch einige Minuten weiter, und als Pippa das Café verließ, war sie froh und hatte sogar für einen kurzen Augenblick vergessen, was mit Hunter passiert war. Und was ihr Brief bedeuten würde. Egal was passieren würde, es war die richtige Entscheidung gewesen.

23. Hunter

Hunter ließ sich auf die Stufen vor dem Squashcourt fallen. Er hatte sich völlig verausgabt. Er hatte nach der Tour mit seinem Vater noch nicht zu seiner alten Form zurückgefunden und David war heute wie ein Tier. Normalerweise spielte Hunter besser als David und gewann fast jedes Match gegen ihn. Aber erstens war er vorher noch im Fitnessstudio gewesen und hatte Gewichte gehoben und außerdem war er nicht voll konzentriert, auch wenn er verbissen spielte. Er hatte versprochen, mit David zu reden und ihn dann möglichst zu Lauren zu schicken, die mit Pippa im Starbucks warten würde.

»Du spielst mit zu viel Kraft und zu wenig Kopf«, sagte David nüchtern, als er sich schweißüberströmt neben ihn setzte. »Das kenne ich gar nicht von dir.«

David hatte sofort zugesagt, als Hunter ihm eine Nachricht geschickt und ihn zu einem Squashmatch herausgefordert hatte. Sie hatten eine Stunde gespielt und kein Wort über Lauren und den gestrigen Abend verloren.

»Dass ich mir von dir noch mal Tipps für Squash geben lassen würde …«, erwiderte Hunter und wischte sich mit einem Handtuch den Schweiß von der Stirn. Das pausenlose

Quietschen von Turnschuhen auf Hallenboden war zu hören. Er hatte das unangenehme Geräusch geradezu vermisst. Das Squashcenter war überfüllt mit Leuten, die sich vor Weihnachten ein bisschen Speck abtrainieren wollten.

»Ich muss dir doch was zurückgeben für die vielen Tipps für den Umgang mit Frauen, die ich von dir bekommen habe«, sagte David.

Hunter blickte zu ihm. David hatte sein Handtuch über den Kopf gelegt und ließ die Schultern hängen. Es sah nicht wie ein Gewinner aus.

»Du hast die Situation gestern falsch verstanden, David.«

»Sie hat einen Typ geküsst, Mann.«

»Sie war völlig betrunken und hat sich zu spät gewehrt, als ein Typ *sie* geküsst hat. Für ein oder zwei Sekunden. Ohne Zunge.«

David schnaufte. »Woher willst du das wissen? Du warst schließlich nicht dabei.« Seine Stimme klang gedämpft unter dem Handtuch hervor.

»Pippa hat es mir erzählt.«

»Ich dachte, Pippa ist ein Kaugummimädchen. Rosa, überzuckert, immer lächelnd.«

Hunter zuckte zusammen, als er diese gehässige Beschreibung aus dem Mund seines besten Freundes hörte.

»Ich lag falsch. Und mit Lauren lag ich auch falsch.«

»Was hat das denn mit Lauren zu tun?«

»Ich dachte, Lauren würde eher auf die van Houtens abfahren als auf dich.«

»Das ist nicht dein Ernst«, sagte David, schob das Handtuch vom Kopf und blickte ihn zweifelnd an. Seine durchgeschwitzten Locken klebten ihm am Kopf. Er war unrasiert und sah noch nicht unbedingt wie ein Bräutigam aus.

»Auch das war falsch«, sagte Hunter. »Hiermit entschuldige ich mich offiziell. Willst du eigentlich mit dieser Matte heiraten?«, fragte Hunter. »Du siehst aus wie ein argentinischer Fußballer.«

»Lauren findet es schön, wenn sie länger sind«, sagte David und ließ den Kopf auf seine Arme sinken. »Scheiße.«

»David. Sie hat nichts gemacht. Die Eifersucht ist dein Problem, nicht ihrs.« Hunter seufzte. »Ich weiß selbst, wie man sich täuschen kann. Als ich mit Pippa in den Catskills war, da … Also, sie war total anders, als ich gedacht habe. Sie war super. Ich meine, ich war plötzlich total verknallt. Es war krass. Aber sie wollte gar nicht. Es war nur in meinem Kopf. Sie ist mit Chip zusammen. Aber Lauren … Lauren liebt dich, Alter. Du hast Glück. Und ich dachte, die Brüder würden dir viel mehr zu schaffen machen. Du kriegst ja eine ziemlich bunte Familienpackung dazu.« Es machte keinen Sinn, was er sagte.

»Alter«, David richtete sich auf. »Ich bin gestern in den *Bunker* gegangen, um zu spionieren. Ich wusste doch, dass sie da war.«

»Das hatte ich schon befürchtet.«

»Jonah war da und hat mir geschrieben, dass sie da sind. Und … ich konnte nicht widerstehen.«

»Okay, an gegenseitigem Vertrauen müssen wir wohl noch arbeiten. Aber da ist echt nichts passiert.«

»Das weiß ich doch, Mann. Du tust die ganze Zeit so, als müsstest du mich überreden, dass ich nicht sauer auf Lauren sein soll. Das Problem ist doch, dass ich ausgerastet bin wegen dieses Typs. Und Lauren findet das schlimm. Du kennst mich doch. Bei mir brennt 'ne Sicherung durch und dann sage ich so bescheuerte Dinge, die ich überhaupt nicht meine. Ich bin ein Idiot.« David ließ den Kopf wieder in die Arme sinken.

Hunter kam sich mal wieder wahnsinnig doof vor, so falsch hatte er seinen Freund eingeschätzt.

»Laurens Brüder sind gar nicht so schlimm«, nuschelte David. »Ich werde Tontaubenschießen lernen müssen. Und vor Texas noch ein paar Reitstunden nehmen, damit sie sich nicht für die Yankee-Verwandtschaft schämen müssen. Falls Lauren mich überhaupt noch will. Ich würde alles machen.«

Er blickte zu Hunter hoch. »Ich weiß, dass die Eifersucht mein Problem ist. Aber ich würde nie die Hochzeit mit ihr infrage stellen, weil ein Besoffener ihr an den Po gegrapscht hat. Wobei ich ihm eine hätte reinhauen sollen.«

»Ich bin froh, dass du ihm keine reingehauen hast«, sagte Hunter und lachte.

»Stimmt, er war ziemlich gut gebaut«, bemerkte David.

»Das hätte morgen ein unschönes blaues Auge für den Bräutigam gegeben.«

»Ich habe Angst, ob Lauren nach meiner Vorstellung gestern nicht die Nase voll hat. Ich liebe sie. Ich hoffe, sie liebt mich genauso. Ich muss mich bei ihr entschuldigen, wenn sie nüchtern ist.« David sah ehrlich verzweifelt aus. »Gott, wie konnte ich nur so überreagieren.«

»Kannst du gleich beim Starbucks auf der Sechsten vorbeigehen?«

»Beim Starbucks?« David suchte sein Gesicht ab, ob er dort eine Antwort finden würde.

»Geh einfach!«

Ein kleines Lächeln erschien um Davids Lippen. »Okay, Chef.«

Wie hatten Pippa und er nur schon wieder denken können, dass so leicht etwas zwischen Lauren und David kommen konnte?

Neben ihnen tauchten zwei Studentinnen in kurzen weißen Röcken auf. Schwungvoll entledigten sie sich ihrer Sweatshirts und brachten sexy Tanktops zum Vorschein. Die eine, blond mit einem langen Pferdeschwanz, der hoch auf dem Kopf saß und bei jeder Bewegung hin- und herwippte, fing an, sich für alle gut sichtbar und ausgiebig zu dehnen.

Hunter und David warfen sich einen Blick zu.

David zuckte mit den Schultern. »Genau das meine ich. Es lässt mich kalt.« Dann prusteten sie beide los.

»Hey, das ist noch nicht mal ein Witz. Es lässt mich echt kalt«, sagte David. »Squash macht nur halb so viel Spaß wie früher. Du kannst sie auf einen Drink einladen, wenn ich weg bin. Warum glaubst du eigentlich, dass Pippa dich nicht will? Das kann gar nicht sein. Du bist cool. Alle wollen dich. Dein Vater ist Rockstar, verdammt«, sagte David. Er schlug Hunter auf die Schulter.

Hunter rollte mit den Augen. »Danke, Kumpel. Themawechsel.«

»Pippa ist –«

»Ich will echt nicht drüber reden.«

Sie schwiegen einen Moment. Deshalb war David sein Freund. Er wusste, dass er es ernst meinte, wenn er nicht darüber reden wollte.

»Und, wie ist es bei euch? Überraschst du deinen Vater und Kimyo jetzt beim Sex in der Dusche, wenn du nicht aufpasst?«, fragte er stattdessen.

»Du hast zu viel Fantasie. Ich habe überlegt, ob ich ausziehen soll.«

»Echt? Eure neue Bude ist doch riesig und du hast ein komplett eigenes Apartment. Und einen Kühlschrank, der sich auf magische Weise immer wieder von selbst befüllt. Ist doch immer lustig bei euch. Vielleicht sollte ich dann mit Lauren einziehen, wenn deine Wohnung frei wird.«

»Das war mal als Vater-Sohn-WG gedacht. Hast du mal Kimyos Ehering gesehen? Schlimmster Protzklunker.«

»Ich habe Lauren auch so einen gekauft. Sie steht drauf.«

Hunter zuckte mit den Schultern. Dazu wollte er jetzt nichts sagen.

David setzte an, etwas zu sagen, verstummte dann aber wieder.

»Was?«, fragte Hunter.

»Ich vermisse deine Mutter auch, Hunter. Sie war wundervoll. Es ist nicht fair. Dein Vater hat sie geliebt, das wird sich auch nie ändern. Aber freu dich doch, dass er wieder glücklich ist. Den Ring kann sich dein Vater jetzt locker leisten, und wenn es sie freut …« Er hob die Schultern.

»Sie himmelt meinen Vater doch nur an, weil er plötzlich so ein Star geworden ist.«

»Ganz ehrlich? Ich fand sie immer irgendwie in Ordnung. Du gibst ihr gar keine Chance, weil du ihr von Anfang an unterstellt hast, dass sie nur die Kohle will. Das ist auch nicht fair.«

»Sag mal, jetzt fängst du auch noch an. Die spielt doch nur ein Spiel.«

»Spielt sie das? Wie kommst du eigentlich drauf, dass alle nur ein Spiel spielen? Ich sag dir jetzt mal was. Wir kennen uns schon so lange. Aber ich glaube, du hast einfach zu viele komische Frauen gesehen. Ich will ja nichts sagen, aber Shanty? Ernsthaft? Das war ja drauf angelegt, dass man nachher sagen kann, alle Frauen haben einen Knall. Und die ganzen Groupies, die bei deinem Dad rumhingen und dann auch noch auf der Tour waren. Das war ja nett, aber das waren doch keine Mädchen, mit denen man eine Beziehung führen kann. Manchmal glaube ich, du willst dich gar nicht verlieben. Und du suchst immer einen Grund, warum die Frauen angeblich nicht dich als Mensch wollen. Früher war es zu wenig Geld und jetzt ist es zu viel Geld. Ich liebe Lauren. Sie steht auf manche Dinge, die ich ziemlich schräg finde, aber das ist mir doch egal. Es geht doch um was anderes. Ja, um Liebe. Und Liebe geht unter diese ganze fluffige Schicht, die oben draufklebt. Es ist alles nur hier drin.« David klopfte sich auf die Brust. »Du spürst was. Oder du spürst es nicht. Der Rest ist egal.«

»Nur weil du jetzt gerade deine Traumfrau gefunden hast, heißt das nicht, dass alle Menschen gut sind.«

»Hunter. Deine Mum würde sich freuen. Sie wäre froh, dass dein Vater wieder jemanden gefunden hat, der ihn liebt. Sie war nicht so oberflächlich. Wäre sie sonst mit meiner Mutter befreundet gewesen? Jetzt mal ehrlich, meine Mutter ist Upper East Side pur. Aber es geht nicht um solche Sachen, es geht um das, was darunter ist. Deine Mum würde sich auch freuen, dass dein Dad endlich den Erfolg hat, den er verdient. Er hat ewig für das gekämpft, was er haben wollte. Wenn man nicht kämpft, kann man auch nicht gewinnen. Wenn man sofort aufgibt, nur weil sich ein paar Widerstände in den Weg legen. Dein Vater hat gekämpft, der Erfolg war kein Zufall. Und deine Mutter war sein größter Fan.«

Dann schaute David auf seine Uhr. »Okay, ich muss los. Und erst gehe ich zum Starbucks. Drück mir die Daumen, dass ich die richtigen Worte finde. Ich würde für Lauren sogar eine Therapie machen gegen die Eifersucht. Ich würde echt alles tun. Wir sehen uns morgen in der Kirche. Alles klar?«

David hielt ihm die Hand hin. Hunter atmete tief ein und schlug ein. »Morgen in der Kirche.«

Plötzlich fragte er sich, ob David wirklich das Thema gewechselt hatte.

24. Pippa

Das Starbucks war vollkommen überfüllt. Auf den Sesseln und Sofas saßen Menschen, die Pause vom Weihnachtsgeschenkeshopping machten wollten. Die Scheiben waren von innen beschlagen. Noch fünf Tage bis Weihnachten. Überall lagen dicke Schals und Mützen, die sich die Gäste in der plötzlichen Wärme heruntergerissen hatten. Im Hintergrund spielte *Let's Call the Whole Thing Off* von Ella Fitzgerald. Passenderweise.

Pippa hatte Reny erreicht, den Typ, der Lauren geküsst hatte. Sie hatte ihm ins Gewissen geredet und gedroht, dass er nicht schuld daran sein wollte, wenn die Hochzeit ins Wasser fiel. Er würde gleich kommen. Sie war ziemlich nervös. Aber es war besser, wenn alle in Ruhe miteinander sprechen würden. Dann konnten sie das einfach aus der Welt räumen.

»Er geht nicht dran, Pippa«, sagte Lauren. »Er geht echt nicht dran. Sein Telefon ist aus.«

»Er glaubt bestimmt, dass du noch im Koma im Bett liegst. Ich hätte besser auf dich aufpassen sollen.« Pippa schob ihr ihren Toffee-Nut-Latte hin. »Vielleicht ist er ja auch beim Sport«, sagte Pippa, die wusste, dass er gerade mit Hunter beim Squash war. Und hoffentlich gleich da sein würde. Er musste einfach kommen. Sie würde sich das sonst nie verzeihen.

Lauren blickte sie an. Sie hatte dunkle Schatten unter den Augen und ihre langen Haare waren zu einem wirren Knoten weit oben auf ihrem Kopf zusammengesteckt. Ihre sonst immer makellos gebräunte Haut war weiß und hatte sogar einen leichten Grünstich. Sie steckte in ihrem gemütlichsten Jogginganzug und gehörte eigentlich direkt wieder ins Bett.

»Ich muss vor allem die ganze Zeit an das denken, was du gesagt hast. Dass wir so anders sind. Dass so viele Dinge zwischen uns stehen. Und vielleicht hast du recht …« Lauren sah aus, als würde sie gleich losheulen.

»Nein!« rief Pippa so laut, dass Lauren zusammenzuckte. Sie räusperte sich. »Das stimmte nicht«, fuhr sie leiser fort. »Das war die idiotischste Idee, die ich jemals hatte. Bitte vergiss es für immer, Lauren. Ihr seid perfekt füreinander. Ja, ihr seid verschieden. Aber das hat nichts mit euren Gefühlen zu tun. Ihr wachst aneinander. Ihr inspiriert euch. Ihr fordert euch heraus.« Oh Gott, wie hatte sie nur so dämlich sein können.

»Bis ich alles kaputt gemacht habe«, flüsterte Lauren.

»Du hast doch gar nichts gemacht, Lauren! Das war Reny. David wird das verstehen.« Aber in sich drin spürte Pippa Panik. Würde David es wirklich verstehen? Er war so außer sich gewesen. Hunter redete gerade wahrscheinlich mit ihm. Es musste klappen. Sie mussten es versuchen.

»Es ist nichts passiert gestern«, beschwor Pippa und sah Lauren dabei fest in die Augen.

»Bitte, sprich nicht von gestern. Wie völlig bescheuert. Ich weiß doch, dass das Davids wunder Punkt ist.«

»Aber du hast nichts gemacht. Er hat dich geradezu angefallen. Und ganz ehrlich, das war nur ein winziger Moment. Wer konnte denn ahnen, dass es so komisch rüberkommen würde?«

»Aber ich habe definitiv viel zu viel getrunken. Ich hasse Alkohol.«

»Es ist Davids Problem. Er ist übertrieben eifersüchtig.«

»Vielleicht hatte er auch keine Lust mehr. Meine Brüder, meine Familie. Ich meine, er weiß ja, dass dann ein ganzes texanisches Paket mit mir mitkommt, das ziemlich anstrengend sein kann.«

»Das schreckt ihn nicht ab. Das hat er bewiesen.«

»Ja, das war so eine tolle Idee von euch mit meinen Brüdern.«

»Bitte verzeih mir meine Zweifel. Es tut mir leid, dass ich nicht aufgepasst habe, wie viel du trinkst.«

»Ich weiß einfach, dass David der Richtige ist«, flüsterte Lauren. Sie griff nach Pippas Hand. »Ich danke dir, dass du dich um mich sorgst. Und bitte bleib weiterhin ehrlich. Okay?«

Sie blickten sich einen Moment an, so tief in die Augen, dass es fast unangenehm wurde.

»Ich dachte immer, ich sollte mit so jemandem wie Chip zusammen sein«, sagte Pippa nach einer Weile. »Aber ich war null Komma null in Chip verliebt. Gar nicht.« Sie holte tief Luft. Sie wollte es Lauren erzählen. »Ich … ich mag Hunter.«

Laurens Augen wurden riesig. »Das ist nicht dein Ernst. Hunter-größter-Macho-auf-dem-Planeten Montgomery? Deine Worte!«

Pippa nickte. »Und wahrscheinlich ist er das immer noch, aber ich kann nicht anders.«

In diesem Moment legten sich zwei Hände von hinten um Laurens Schultern. David stand hinter Laurens Sessel. Er trug eine blaue Kappe, unter der seine noch vom Duschen feuchten Haare hervorschauten. Er ließe seine Squashtasche vom Rücken gleiten.

»Lauren. Es tut mir so leid«, sagte er. »Ich bin so bescheuert eifersüchtig. Ich bin in den Club gekommen, obwohl ich wusste, dass du dort bist. Bitte verzeih mir.«

Lauren sprang auf warf sich ihm in die Arme.

Pippa blickte dem Geschehen sprachlos zu. Und im selben Moment wurde ihr klar, dass sie schon wieder einen Fehler gemacht hatte. Würde sie es eigentlich irgendwann raffen? Sie schaute sich um und mit Grauen sah sie, wie Reny durch die gläserne Eingangstür das Starbucks betrat. Das war katastrophales Timing.

Sie sprang auf. »Wunderbar, dann haben wir ja alles geklärt.« Sie schnappte sich ihre Tasche und ihre Jacke. »Tschau, ihr beiden. Vergesst nicht, morgen ist Kirche!«, rief sie ihnen zu, rannte auf Reny zu und schob ihn durch die Tür zurück nach draußen, bevor die beiden ihn entdeckt hatten.

»Sag mal, tickst du noch ganz richtig?«, schnappte Reny, als sie auf dem Bürgersteig standen. »Erst machst du so eine riesige Welle und jetzt schiebst du mich weg? Die beiden sahen übrigens nicht so aus, als hätten sie ein Problem.«

»Es war ein Fehlalarm«, sagte sie zu ihm, als sie ihn außer Sichtweite der Starbucks-Fenster schob.

»Ich habe einen Brunch mit meinen Freunden dafür abgesagt.«

»Es tut mir echt leid«, sagte Pippa.

»Und warum grinst du dann so fröhlich?«, fragte Reny und zog seinen schwarzen Mantel enger.

»Es tut mir leid, aber ich bin so erleichtert. Und ich danke dir wirklich tausend Mal, dass du gekommen bist, Reny.«

Aber Reny hob schon die Hand, um ein Taxi anzuhalten. »War mir ein Vergnügen«, murmelte er sarkastisch. Aber er schien auch ein wenig erleichtert, dass er David nicht erklären musste, warum er seiner Zukünftigen zu nah gekommen war, als sie offensichtlich nicht mehr Herrin ihrer Sinne war.

Pippa schaute noch mal zurück ins Starbucks, bevor sie nach Hause ging. Hier wurde sie definitiv nicht länger gebraucht.

25. Hunter

Eine Stunde später lief Hunter zum Subwayeingang in Chinatown. Diese spezielle Geruchskombination von Fisch und abgestandenem Wasser gemischt mit dem gelegentlichen Duft von fettigem, aber köstlichem Essen, wenn man ein Restaurant passierte, gab es nur hier. Über den Straßen hingen beleuchtete Sterne und Schneeflocken, die kantiger aussahen als auf der Upper East Side, eher wie eine Mischung aus Schneeflocken und Schriftzeichen. Manche Läden hatten der Dekoration aus beleuchteten, chinesischen Schriftzügen und bunten Lampions noch rotbackige Weihnachtsmänner und beleuchtete Rentiere hinzugefügt, eine wilde Mischung.

Er hatte einen Anzug für seinen Vater abgeholt, den er für ein Musikvideo brauchte, für das er am Wochenende proben wollte. Kimyo hatte gerade eine Nachricht geschickt und ihn gefragt, ob sie alle zusammen essen wollten. Er betrachtete die Nachricht, als hätte sie ihm noch nie eine derartige Frage geschickt. Dabei tat sie es jede Woche, und jedes Mal lehnte er ab. Vor einem Laden saß eine ältere Frau in traditioneller chinesischer Kleidung auf einer Decke. Sie hatte unendlich viele feine Falten im Gesicht, das aussah wie zerknittertes Pergamentpapier. Vor ihr stand ein Pappkarton. Sein Blick fiel in den Karton, in dem sich etwas bewegte. Als er genauer hinschaute, erkannte er drei junge Katzen, kleine Tigerkatzen mit dicken weißen Pfoten und aufgeplustertem Fell. Die Katzen spielten miteinander, ärgerten sich mit ungelenken Pfotenhieben und purzelten übereinander. Die Frau lächelte ihn an und entblößte zwei goldene Zähne. »Magst du Katzen?«, fragte sie.

Er brauchte noch eine Stunde länger, bis er zurück in das riesige Apartment kam, das sein Vater letztes Jahr gekauft hatte, und schleppte zwei Tüten von SuperPets ins Apartment. Als er die Treppen hochging, hörte er vom oberen Flur aus Stimmen. Travis und Kimyo und, wenn er sich nicht täuschte, hörte er auch noch die Stimme von Travis' Agenten Marc.

Hunter zog seine Jacke aus und hängte sie in den Garderobenschrank, der mit irgendeinem teuren Leder bezogen war und Türgriffe aus Horn hatte. Die sollten eigentlich noch entfernt werden, weil der hippe Innenarchitekt, der das Apartment eingerichtet hatte, etwas außer Kontrolle geraten war und nicht verstanden hatte, dass »cool« und »tote Tiere« nicht dasselbe waren.

Alles war so anders geworden, jetzt, wo Geld überhaupt gar keine Rolle mehr spielte. Seine Mutter hatte das nie erlebt, sie hatte sich sogar Sorgen gemacht, als sie gestorben war, schließlich hatte ihr Job damals die Familie versorgt, die Musikverkäufe von Travis waren nur ein kleines Zubrot.

Er nahm die kleine Katze aus der Transportbox und streichelte sie. Sofort reckte sie ihren kleinen Buckel seinen Händen entgegen. Sie wirkte zutraulich und nicht sonderlich gestresst von dem ungewohnten Transport. Es war lange her, dass er eine Katze gehabt hatte, aber mit der Berührung kamen alle Erinnerungen zurück. Er hatte vergessen, was für ein schönes Gefühl so ein kleines, warmes Lebewesen hervorrufen konnte. Es war beruhigend und merkwürdig tröstlich.

Als Hunter sie auf den Boden setzte, machte sie ein paar neugierige Schritte in den Raum. Er nahm sie wieder hoch und ging die letzten Stufen nach oben in den Teil der Wohnung, in dem Kimyo und sein Vater wohnten. Travis hatte alles so arrangiert, dass Hunter viel Privatsphäre hatte, damit Hunter bei ihm wohnen blieb. Sie sahen sich ohnehin zu wenig, jetzt, wo er ständig durch die Weltgeschichte fuhr. Gerade ging seine Musik in Japan durch die Decke. Deshalb hatte er Hunter letztes Jahr mit auf Tour genommen. Hunter hatte einige Collegekurse online belegt und er hatte auch gelegentlich mit seinem Vater gespielt, aber nie gemeinsam auf der Bühne. Sein Horror war, dass die Fans dann *No Christmas Without You* von ihnen hören wollten.

Als er oben ankam, sah er Kimyo, Travis und Marc in den großen Sesseln um den Kamin sitzen, der mitten im Wohnzimmer stand und von allen Seiten mit Glas eingefasst war. Sie tranken tatsächlich grünen Tee statt Drinks, ein Getränk, das Kimyo eingeführt hatte. Hinter dem Glas züngelten große Flammen. Sie musste das Holz gerade neu aufgeschichtet haben. Neben dem Kamin hing ein dicker Ast, an dem bestickte Weihnachtssocken baumelten. Jede Socke hatte einen Namen eingestickt. Hunter, Travis, Kimyo. Die waren neu.

»Hey«, sagte Travis und sprang von seinem Sessel hoch. »Lange nicht gesehen, die Wohnung ist einfach zu groß.« Er kam auf ihn zu und sie schlugen ein, wie sie es immer taten. Er trug ein weites, kariertes Flanellhemd. Es sah fast aus wie eins von denen, die er schon früher getragen hatte. Jetzt trug er oft enge T-Shirts, die ein bisschen zu weit ausgeschnitten waren, und noch engere Jeans, die seine Stylistin aussuchte. Travis hatte keine Lust, sich damit zu beschäftigen, aber natürlich war der Look Teil der Vermarktung und die Auswahl der Stylistin teilweise absurd.

»Ich habe deine Sachen für die Probe abgeholt. Sie sind unten im Schrank.«

»Danke, Hunter. Du hast was gut.« Travis wandte sich an Marc. »Du kannst sie gleich mitnehmen, und falls wir morgen den Probedreh machen, ist schon alles da.«

Marc nickte. »Wobei ich mich freuen würde, wenn du mitspielen würdest, Hunter.« Marc lächelte ihm zu. Hunter kannte ihn schon ewig, er war auch schon da gewesen, als Travis nur sehr schwer zu vermarkten war. Aber Marc hatte genau wie seine Mutter immer an Travis geglaubt.

Hunter schüttelte den Kopf. »Ich muss morgen zu einer Hochzeit. David heiratet.«

»Morgen ist das schon«, sagte Travis nachdenklich. »David ist mutig. Er hat einfach keine Angst«, nickte er. »In dem Alter hätte ich mich das nie getraut. Ich bin stolz auf ihn. Bring die beiden mal mit. Ich kenne Lauren noch gar nicht.«

Kimyo legte ihre Hand auf sein Knie, als Travis wieder neben ihm saß. »Setz dich doch zu uns, Hunter. Isst du heute mit uns? Wir haben Sushi bestellt und ich habe für dich die Wild-Ocean-Platte mitbestellt, weil Travis meinte, du würdest vielleicht vorbeikommen.« Sie blickte ihn aus ihren großen schwarzen Augen bittend an. Sie erinnerte ihn gelegentlich an eine Figur aus einem Manga. Dann wurden ihre Augen plötzlich noch größer. »Was … was ist das?«

Der kleine Kater hatte sich aus dem Sweatshirt hervorgewühlt, das Hunter über den Arm gelegt hatte. Er streichelte ihm vorsichtig über den Rücken.

»Ich habe ihn aus Chinatown mitgebracht. Es ist ein kleiner Kater.« Alle blickten auf den flauschigen Fellball, der scheinbar nicht länger warten wollte, sein neues Zuhause zu erkunden. Hunter zuckte mit den Schultern. »Es war ziemlich spontan«, sagte er. »Hm, vielleicht hätte ich vorher fragen sollen, ob du eine Allergie hast?« Er schaute prüfend zu Kimyo.

Aber Kimyo strahlte über das ganze Gesicht. Sie sprang auf und kam auf ihn zu. »Eine Katze!«, rief sie. »Ich liebe Katzen. Darf ich?« Sie blickte ihn fragend an. Ihr Strahlen wirkte echt, es war ansteckend, wenn sie so lächelte.

Als er nickte, hob sie den kleinen Kater auf ihren Arm und hielt ihn sich an die Wange. Er ließ das ganz entspannt mit sich geschehen und sah eigentlich ziemlich zufrieden aus über die ganze Aufmerksamkeit, die er bekam.

»Also, er kann ja auch unten bei mir bleiben und muss nicht zu euch hoch«, meinte Hunter.

»Bist du verrückt? Er kann natürlich überallhin. Und wenn du nichts dagegen hast – ich kümmere mich gern um ihn, wenn du nicht da bist. Er soll ja keine Langeweile haben.« Sie schaute das Kätzchen ganz verliebt an. Eigentlich war Kimyo schon immer ziemlich unkompliziert gewesen. Vielleicht hatte er ihr wirklich nie eine echte Chance gegeben.

In dem Moment klingelte es an der Haustür.

»Das Essen«, sagte Kimyo, gab ihm den kleinen Kater zurück und ging zur Tür. »Und, isst du jetzt mit uns?«, wandte sie sich an Hunter.

»Okay, danke, sehr gern«, murmelte Hunter und lächelte ihr zu, als sie im Flur verschwand.

»Vielleicht willst du ja nächste Woche mal mitspielen?«, fragte Marc. »Sind doch Weihnachtsferien, kein College, komm doch einfach mal vorbei, wenn du Lust hast.«

»Ja, vielleicht«, sagte Hunter.

»Moment, was?«, hakte Travis nach. »Hast du das gerade wirklich gesagt?«

»Was?«, fragte Hunter und konzentrierte sich auf die Katze, die er auf den Boden gesetzt hatte.

»Du kommst nächste Woche vorbei? Wirklich? Das wäre cool. Wir brauchen ja nichts aufnehmen, einfach wieder zusammen spielen. Wie früher«, sagte Travis. »Das wäre … schön.« Die Stimme seines Vaters klang ein wenig brüchig bei den letzten Worten und Hunter konnte ihn nicht anschauen. Er konzentrierte sich auf die Katze, die über die Dielen tapste. Aber irgendwie musste er plötzlich lächeln bei dem Gedanken, wieder mit seinem Vater Gitarre zu spielen. Plötzlich vermisste er es. Sie mussten ja nicht direkt eine Platte gemeinsam aufnehmen. Einfach nur wieder zusammen spielen.

26. Pippa

Vor der St. Patricks Cathedral hatte sich schon eine Menge Schaulustiger zusammengefunden: unzählige Touristen und noch mehr New Yorker, die Hunderte von festlich gekleideten Gästen in die Kirche pilgern sahen und anhielten, um zu schauen, ob sie das Brautpaar kannten.

Die Sonne schien auf die Straßen herab und ließ den restlichen Schnee glitzern, sodass die klirrende Kälte trotzdem nicht unfreundlich wirkte. Auf der Straße war eine ganze Gruppe von Helfern damit beschäftigt, die Gäste in die richtige Richtung zu weisen. Sie trugen Pullover mit einem Foto vom Brautpaar, ein Gimmick, das entfernt an die Hochzeit von Prinz William erinnerte, was wahrscheinlich kein Zufall war. Unter den Mänteln sah man festliche Kleider hervorblitzen, und einige Frauen, die voreilig statt fester Stiefel ihre hohen Schuhe angezogen hatten, rutschten über den Schneematsch.

Pippa und die anderen Brautjungfern mussten vor Beginn in einem Seitenraum warten, bis zur letzten Minute in warme Decken gehüllt, bis die ganze Gemeinde zur Ruhe gekommen war. Die Braut wartete in einem weiteren Raum, alles war bis auf die Minute durchorganisiert.

Dann setzte die Musik ein und Pippa lief hinter den anderen Brautjungfern über dicken Schnee in Richtung Altar. Der Boden der Kirche war mit weißem Kunstschnee ausgelegt, der im Schein von Hunderten von Kerzen glitzerte. Zum Glück war der Innenraum mit Heizstrahlern auf eine angenehme Temperatur erwärmt worden, damit die Braut in ihrem Kleid nicht fror. Jede Kirchenbank war mit einem eigenen weißen Winterbaum dekoriert, der weiß blühte. Zwischen den Zweigen hingen nämlich lange Blumenketten aus weißen Rosen. Weiße Rosen im Winter, keine Ahnung, wo die herkamen. Der ökologische Fußabdruck dieser Hochzeit dürfte so groß sein wie der Central Park. Da war wahrscheinlich ein ganzes Rosenfeld in Peru geerntet worden, um die Kirche zu schmücken. Die Dekoration hatte der Chefblumendekorateur eines Pariser Luxushotels gemacht. In Texas traute man den New Yorker Floristen wohl nicht.

Jetzt sang gerade der Knabenchor aus dem Christ College, der vollständig eingeflogen worden war. Abends würde noch ein Country Star spielen, um die texanischen Gäste bei Laune zu halten. Die Hochzeit war sogar für New Yorker Verhältnisse opulent. Und es war ja nur die erste Hochzeit, keine Ahnung, was Laurens Eltern noch in Texas geplant hatten. Den Martins fehlte einfach jeglicher Sinn für Zurückhaltung.

Die Gesänge des Chors schallten durch die Kirche und Pippa versuchte, nur an Lauren zu denken und sich zu freuen. Lauren war wie gemacht für David. Wie hatte sie das jemals bezweifeln können? Und ja, David hatte sich geändert. Pippa hatte sich schließlich auch geändert. Lauren tat ihm gut und umgekehrt.

Pippa ließ den Blick über die festlich dekorierten Bankreihen mit den nicht weniger festlich dekorierten Gästen gleiten. Die bläulichen Glasfenster tauchten die weiße Landschaft, die innen geschaffen worden war, in ein überirdisches Licht. Viele der Damen trugen Hüte mit auffälligem Schmuck und farbenfrohe Kleider. Das Kirchenprogramm an jedem Platz war ein Kunstwerk mit applizierten Blumen und großen Goldtupfen. Jeder Gast hatte auf seinem Platz ein in weiße Seide gebundenes Büchlein vorgefunden mit einer Sammlung von gefühlvoll schwärmerischen Gedichten. Und sogar ein feines Taschentuch mit den Initialen des Brautpaars lag am Platz, damit man jederzeit losheulen konnte – aber mit Stil.

Der Perfektionismus war einfach unglaublich. Da musste eine Hochzeitsmaschinerie monatelang dran gearbeitete haben. Pippa wusste schließlich, wie viel Arbeit jedes Detail bei so einer Veranstaltung verursachte.

»Es ist einfach so schön«, flüsterte Elle, die neben ihr saß. Sie hatte vorzeitig einen Gehgips bekommen und war langsam, aber strahlend in die Kirche gehumpelt. Ihr Gesicht war fülliger als Pippa es in Erinnerung hatte, vielleicht eine Auswirkung der Trost-Donuts.

Die Musik setzte neu an mit dem Hochzeitsmarsch. Natürlich kam die Musik nicht von einer Aufnahme, sondern vom Orchester. Eine bekannte Opernsängerin aus Philadelphia würde das Ave Maria singen.

Und dann kam Lauren am Arm ihres Vaters. Sie trug das

Kleid von Vera Wang und sah einfach aus wie eine Prinzessin, genau wie sie es sich immer erträumt hatte. Lauren war, wie Pippa wusste, viele Stunden lang von Stylisten bearbeitet worden, und das Ergebnis war beeindruckend. Ihre Haut strahlte makellos und sie war geradezu engelsgleich schön, ohne überhaupt geschminkt zu wirken. Um ihren Hals hing eine Kette mit einem auffallenden, tropfenförmigen Diamanten aus der Martins-Familie. In den hochgesteckten Haaren glitzerte eine dezente kleine Krone, die sich seit mehreren Generationen im Besitz von Davids Familie befand. Es war vielleicht doch eine gute Idee gewesen, dass Davids Mutter eine New Yorker Visagistin empfohlen hatte, die auf zu viel Glitzer und pinkfarbenen Lippenstift verzichtet hatte. Lauren war eine natürliche Schönheit und das kam voll zur Geltung.

David stand mit gefalteten Händen am Altar und starrte mit hochroten Wangen nach hinten. Er lächelte selig und hatte scheinbar alle Leute um sich herum vergessen und nur Augen für Lauren. Egal was die Zukunft bringen würde, die Liebe der beiden war absolut echt. Und war es das nicht wert, so aufwendig gefeiert zu werden? Dass es überhaupt eine solche Liebe gab?

Pippa seufzte und schon wieder suchte sie unwillentlich nach Hunter. Die Trauzeugen saßen auf der anderen Seite des Mittelgangs. Aber sie konnte ihn aus diesem Winkel nicht erkennen.

Das war vielleicht auch ganz gut so.

Die Zeremonie begann und wie in Trance befolgte sie die

einstudierten Anweisungen. Sie stand zu den richtigen Zeiten auf. Sie ging sogar noch einmal nach vorn und las eine Bibelstelle vor. Ansonsten war in ihrem Kopf eine merkwürdige Leere. Sie wollte nicht zugeben, dass es Trauer war. Sie verbot sich einfach, an Laurens großem Tag traurig zu sein.

Ein eitel wirkender Pastor predigte und las dabei aus einem übergroßen Dokument vor, das eine Imitation alter Papierrollen darstellen sollte. Doch Pippa konnte seinen Worten nicht folgen. Ihre Gedanken schweiften schon wieder ab und ihr Blick glitt zu Evalina, die ebenfalls zu Hunter hinübersah. Zumindest nahm Pippa an, dass sie zu Hunter schaute. Aber sie konnte sich jetzt unmöglich nach vorn lehnen, um festzustellen, ob Hunter wirklich dort saß.

Chip, der sie seit jenem Abend wie eine entfernte Bekannte behandelte, musst auch irgendwo in der Menge sein. Denn natürlich waren Chip und seine Eltern auch eingeladen, die alte New Yorker Gesellschaft.

Pippa blickte nach unten und zupfte ihr hellblaues Kleid aus Chiffon zurecht. Es war ein geschmackvolles Brautjungfernkleid, das man vielleicht sogar noch einmal tragen konnte. Das war eine Ausnahme, bei vielen Hochzeiten gab es die grauenhaftesten Brautjungfernkleider, die dazu gemacht waren, die Braut besonders glänzen zu lassen durch die Scheußlichkeit der anderen Kleider. Das würde natürlich keine Braut zugeben. Die Braut suchte Brautjungfernkleider zwar aus, aber bezahlen musste man sie selbst – und es war in diesem Fall ziemlich viel gewesen. In Anbetracht der Hunderttausende von Dollar, die diese Hochzeit wahrscheinlich kostete, war es eine verschwindende Summe und die meisten anderen Brautjungfern spürten sie nicht.

Langsam näherten sie sich dem Höhepunkt, der eigentlichen Trauung.

Plötzlich wehte ein kalter Windzug durch die Kirche. Und dann geschah etwas völlig Unerwartetes: Ein riesiger Greifvogel kam durch die großen Flügeltüren hereingeflogen. Er flog tief über die Hochzeitsgäste hinweg, die sich instinktiv duckten und leise – oder weniger leise – aufschrien. Davids Mutter saß mit vor dem Gesicht zusammengeschlagenen Händen in der Bank vor Pippa.

Laurens Augen wurden immer größer und strahlten. David blickte dem Vogel mit offenem Mund entgegen. Er hatte offensichtlich keine Ahnung, was ihn bei seiner eigenen Hochzeit erwartete.

Der Vogel flog zielstrebig nach vorn. Und plötzlich, ohne dass man gemerkt hatte, wann Lauren das getan hatte, weil alle durch den Vogel so abgelenkt waren, setzte er sich auf einen großen weißen Falkner-Handschuh, den Lauren sich während der Aufregung übergezogen haben musste. Der Vogel ließ die beiden Ringe, die er im Schnabel trug, auf ein weißes Kissen fallen, das Lauren ihm mit der anderen Hand hinhielt. Daraufhin warf sie den Vogel mit Schwung zurück in die Luft, als hätte sie das schon ihr ganzes Leben lang getan, und der Vogel verließ in einem halsbrecherischen Tempo mit einem eleganten Bogen die Kirche.

Ein Raunen ging durch die Menge. Das hatte hier wahrscheinlich noch niemand erlebt, noch nicht einmal die verwöhnten New Yorker. Laurens Mutter Renée grinste wie ein Honigkuchenpferd.

Lauren hielt ihrem Bräutigam das Ringkissen hin und genoss offensichtlich seine Fassungslosigkeit. Die Unruhe in der Kirche legte sich langsam und ein paar Minuten später waren Lauren und David tatsächlich verheiratet.

27. Hunter

Das Dinner zog sich. Gerade wurde der siebte Gang serviert, eine ausgefallene Kreation mit Fisch und Gemüse, so kunstvoll zubereitet, dass man nicht erkennen konnte, was man eigentlich aß. Hunter saß neben Davids Mutter Liz, die ein unauffälliges, beigefarbenes Kleid trug. Sie blickte wohlwollend auf ihren Sohn David. Nur wenn man genau hinschaute, sah man, dass ihr die streng kontrollierten Gesichtszüge gelegentlich entglitten. Dann erschien ein etwas trauriger Ausdruck in ihren Augen. Oder war es Resignation? Besorgnis?

Laurens Brüder hatten David gestern ein Pferd geschenkt, ein Quarter Horse, das auf der Ranch auf ihn warten würde. Normalerweise wurde in der Familie ein texanisches Jagdgewehr mit persönlich graviertem Metallgriff geschenkt – seit Generationen. Aber letztlich war es ein Gewehr, und da sie verstanden hatten, dass David keine Tiere tötete, hatten sie daraus geschlossen, dass er sich über ein lebendiges Tier mehr freuen würde. Das war definitiv eine entgegenkommende Geste.

Hunter beugte sich zu Liz herüber. »Den Gästen gefällt es allen sehr gut«, sagte er. »Es ist mal etwas anderes.« Er lächelte sie beruhigend an.

»Das ist natürlich richtig.« Sie strich sich ihre halblangen Haare zurück. Sie trug ausnahmsweise keine Perlenohrringe, sondern ebenfalls Diamanten – und es waren nicht gerade kleine Diamanten. Wahrscheinlich wollte sie im Vergleich zu Laurens Mutter nicht wirken wie eine Hausangestellte und hatte zur Feier des Tages in der Schmuckschatulle mit ihrem Erbschmuck gestöbert.

»Ja, in Texas ist das Leben etwas anders, Mrs van Houten. Aber ich habe Lauren sehr gut kennengelernt. Sie und David passen toll zusammen, und Sie wissen, dass ich sehr kritisch bin und für David nur das Beste will. Am Anfang hätte ich das auch nicht gedacht.« Er grinste sie an. Warum sollte er so tun, als wüsste er nicht genau, was sie dachte?

Sie blickte ihn an, überrascht, dass er so offen aussprach, was sie dachte.

»Sie waren doch auch mit meiner Mutter befreundet, obwohl meine Mutter ziemlich anders war als die meisten auf der Upper East Side«, fuhr er fort.

»Deine Mutter war etwas ganz Besonderes, Hunter.« Liz nickte zustimmend. Ihre Haare bewegten sich nicht dabei, zu viel Haarspray. Sie sah zierlich aus neben dem überdimensionierten Blumengesteck auf dem Tisch. »Es tut mir immer noch so leid, dass sie so früh gehen musste.« Sie schüttelte den Kopf und in ihren Augen schimmerten Tränen. »Ja, Kate war eine echte Freundin für mich.«

Hunter presste die Lippen zusammen und konzentrierte sich wieder auf das, was er sagen wollte. »Lauren liebt David und würde alles für ihn tun. Und David liebt Lauren. Ich habe ihn noch nie so glücklich gesehen. Er hat gar keine Angst mehr, etwas zu verpassen. Und Sie wissen ja, dass er immer Angst hatte, etwas zu verpassen.«

»Danke für deine Worte, Hunter.« Sie drückte kurz seine Hand. »Du kennst mich doch zu lange.« Sie schüttelte den Kopf. »Aber vielleicht erlebst du es auch irgendwann. Es fällt mir einfach schwer, mein Baby abzugeben. Ich finde, du solltest mich ruhig beim Vornamen nennen.« Sie lächelte ihn an, als hätte sie gerade etwas völlig Durchgeknalltes gesagt.

»Gern, Liz«, antwortete Hunter. Er kannte sie seit acht Jahren. Für sie war es tatsächlich ein verrücktes Angebot.

Hunter beugte sich zu ihr. »Ich verspreche Ihnen, dass ich David nicht erzählen werde, dass Sie ihn auf seiner Hochzeit öffentlich Ihr Baby genannt haben.«

Liz kicherte, wobei sie plötzlich ganz jung wirkte. Dann richtete sie sich gerade auf und fasste kurz nach seiner Hand.

»Danke, Hunter.«

»Hunter?« Er drehte sich zur Seite. Er hatte gar nicht gesehen, dass Lauren aufgestanden und zu ihrem Tisch gekommen war.

Das war noch erstaunlicher, weil ihr Kleid ziemlich groß war und sie definitiv keine unauffällige Braut war. Man konnte sich ihr eigentlich nicht nähern, ohne dass man ihren Rock streifte. Aber sie sah gut darin aus, wie eine Prinzessin von New York. Aber dann doch wieder wie Lauren.

»Ich muss kurz mit dir sprechen.« Sie warf einen entschuldigenden Blick zu ihrer neuen Schwiegermutter. Dann beugte sie sich nah an sein Ohr. »Pippa hat mir alles erzählt.«

Die Erwähnung von Pippas Namen ließ ihn fast zusammenzucken. »Was genau hat sie gesagt?«

»Dass sie Bedenken hatte und deshalb ein paar Überraschungen etwas speziell organisiert hatte.« Sie zog eine ihren langen schwarzen Augenbrauen nach oben.

Hunter wusste nicht recht, was er sagen sollte. Es schien albern, sich verteidigen zu wollen. »Ja, die hatte ich anfangs auch. Aber die sind lang verflogen.«

»Es ist in Ordnung«, sagte Lauren zu seiner Überraschung. »Ich bin froh, dass wir Freunde haben, die sich Sorgen um uns machen.«

Hunter nickte. »Sorry, Lauren. Du bist die Beste.« Irgendwie kamen ihm fast die Tränen. Er kniff einmal die Augen zusammen, stand auf und drückte Lauren ziemlich fest. Sie war sehr zierlich.

»Mein Kleid wird zerdrückt, aber das ist es mir wert«, nuschelte Lauren. »Trotzdem brauche ich bald wieder Sauerstoff, die Party hat noch nicht angefangen. Lässt du mich jetzt wieder los?«, fragte sie.

»Entschuldigung.« Er rückte von ihr ab. Lauren lächelte ihn an.

»Ich denke, wir schaffen es ohne eure Hilfe.« Sie malte zwei Anführungszeichen in die Luft, als sie »Hilfe« sagte. »Aber ich habe den Eindruck, dass ihr beiden *unsere* Hilfe braucht. David hat mir erzählt, dass du denkst, Pippa wäre mit Chip zusammen. Ich weiß gar nicht, wie du auf so einen Schwachsinn kommst.«

»Ich habe sie zusammen gesehen«, sagte Hunter.

»Zwischen den beiden läuft nichts, Hunter. Das wollte ich nur noch mal klarstellen. Aber den Rest müsst ihr allein schaffen.«

Sie warf einen Blick an Hunter vorbei zu Davids Mutter, die in ihr Dessert versunken schien und zumindest so tat, als würde sie nichts von der Unterhaltung mitbekommen.

»Okay, ich muss wieder rüber«, sagte Lauren.

Hunter nickte. »Okay. Ich hoffe, es kommen noch ein paar Gänge. Es gibt ja nichts zu essen hier.«

Lauren knuffte ihn in den Arm. »Mach nur Witze. Irgendwann bist du auch dran.«

Nachdem das Essen endlich beendet war und ein Hochzeitskuchen mit goldenem Dekor angeschnitten wurde, der so groß war, dass er wahrscheinlich auch noch für die Gäste bei der Hochzeit im Sommer in Texas reichen würde, kam die Party schnell in Gang. Die elfköpfige Band begann zu spielen und lockte die Gäste routiniert auf die Tanzfläche, die aus leuchtenden Bodenplatten bestand. Die vierhundertneunzig Gäste erhoben sich ziemlich schnell von ihren Tischen und drehten sich bald gelöst auf der Tanzfläche. Man konnte nicht behaupten, dass die texanischen Gäste langsam in die Gänge kamen. Laurens Brüder hatten mit ihrem wortkargen Charme direkt zwei Brautjungfern auf die Tanzfläche geführt und tanzten mit einem begeisterten Hüftschwung, den man ihnen gar nicht zugetraut hätte. Aber Hunter musste jetzt endlich eine Gelegenheit finden, um mit Pippa zu sprechen.

28. Pippa

Zwischen den Marmorsäulen der luftigen Halle vor dem Tanzsaal verteilten sich einige Gäste, darunter die Brautjungfern und einige Jungs im Frack. Die Fliegen waren etwas gelockert, die Frisuren der Mädchen hatten sich teilweise gelöst und die ersten Stilettos waren durch flachere Modelle ersetzt worden. Der Tannenbaum in der Halle des Hotels war für den Tag umgeschmückt worden und jetzt ebenfalls mit Girlanden aus weißen Rosen überzogen.

Gerade dirigierte die Fotografin mit weit ausholenden Bewegungen die Gruppe für »spontane« Fotos. Pippa lächelte, so gut sie konnte. Sie hatte vorhin mit Lauren getanzt und hatte sich mitgefreut. Aber jetzt war sie erschöpft vom ganzen Fröhlichsein, während es in ihr drin doch so ganz anders aussah. Es war anstrengend, die ganzen Gedanken, die unter der Oberfläche lauerten, zu ignorieren. Sie hatte keine Ahnung, wie es in Stonehill weitergehen würde. Aber vor allem war schwer auszuhalten, Hunter zu sehen und zu wissen, dass er hier war. Aber das Problem würde sich wohl von allein lösen, wenn das Komitee so reagierte, wie Evalina vorhergesagt hatte. Der einzige Trost war vielleicht, dass sie Weihnachten mit James und den anderen im *Cute Cat Café* feiern würde. Von ihrem Vater hatte sie noch nichts gehört, nachdem sie ihm mitgeteilt hatte, dass sie nicht mit ihrer Mutter nach St. Barths fahren würde.

Plötzlich stand Evalina neben ihr.

»Perfektes Bild!«, rief die Fotografin. »Umarmt euch und sagt ›Cheese‹! Ihr harmoniert so wunderbar zusammen.«

Sie trugen beide Kleider in Hellblau. Aber das war auch schon alles, was zwischen Evalina und Pippa harmonisch war.

Evalina ließ ihre Hand sofort um Pippas Taille wandern und umarmte sie, als wären sie beste Freundinnen. Sie strahlte in die Kamera. Doch die Hand, die sich um Pippas Taille schlang, grub sich so fest in ihre Haut, dass es wehtat. Als Pippa sich Evalinas Gesicht zuwandte, wich sie unwillkürlich zurück. Evalinas Lächeln war eher ein Zähnefletschen.

»Und, wie geht es deiner Mutter?«, sagte Evalina zwischen zusammengepressten Zähnen und hielt sie fest. »Ich bin erstaunt, dass sie gar nicht hier ist. Sie findet doch immer jemanden, der sie begleitet.«

»Was willst du damit sagen?«, fragte Pippa leiser als Evalina. Die Fotografin machte ein Zeichen, dass sich noch ein paar andere zu ihnen stellen sollten für ein Gruppenfoto, sodass sie noch länger in der unangenehmen Position verharren mussten. Einige weitere Gäste und Brautjungfern stellten sich zu ihnen. Aus dem Augenwinkel sah Pippa, dass auch Hunter ins Foyer gekommen war und seitlich im Bild landete. Sie musste hier weg.

Evalina hatte zudem keineswegs geflüstert. Und die Mädchen neben ihr hatten jedes Wort verstanden und blickten neugierig zu ihnen herüber.

»Na ja, habe ich nicht recht? Sie findet doch immer jemanden, der alles für sie zahlt«, sagte Evalina sogar noch lauter.

»Warum lässt du mich nicht einfach in Ruhe, Evalina?«, flüsterte Pippa leise. »Lass es einfach!«

»Weil deine Mutter es nicht sein lässt mit den Männern. Sucht sie einen Job oder einen Zuhälter?«

In diesem Moment brach irgendetwas in Pippa. Sie konnte sich nicht mehr zurückhalten. Sie konnte diese lächelnde Fassade keine Sekunde länger aufrechterhalten.

»Meine Mutter arbeitet bei deinem Vater und er ist sehr zufrieden mit ihrer Arbeit«, sagte Pippa in voller Lautstärke. »Und sie baut sich selbst noch etwas auf. Ich lasse mich nicht mehr von dir erpressen. Und meine Mutter lasse ich auch nicht beleidigen.«

»Ach, und warum schmeißt sie sich dann meinem Vater an den Hals, wenn sie das gar nicht nötig hat? Ich habe die beiden gestern zusammen gesehen, Pippa. So verhalten sich keine Arbeitskollegen. Und jetzt tu nicht so, als hättest du keine Ahnung davon.«

Pippa merkte, dass ihr Mund offen stand. Es fühlte sich so an, als hätte Evalina ihr gerade tief in den Magen geboxt. Das war nicht wahr! Ihre Gedanken arbeiteten fieberhaft und versuchten zu verstehen, was Evalina gerade gesagte hatte. In ihrem Kopf herrschte ein so großes Durcheinander, als hätte jemand einen Stein in einen Bienenstock geworfen. Und doch, langsam fügten sich einige Teile zusammen. Momente, die sie bisher nicht in Verbindung gebracht hatte. Und nach wenigen Sekunden wusste sie, dass es stimmte, was Evalina da gesagt hatte. Natürlich. Alles sprach dafür.

In Evalinas Augen flatterte etwas auf und bevor Pippa irgendetwas erwidern konnte, schaltete Evalina auf eine andere Gangart um. »Sie hat sich meinem Vater an den Hals geworfen. Ist das der Dank dafür, dass ich ihr den Job besorgt habe?« Evalina redete jetzt leiser, diese Worte waren nur für Pippa bestimmt. »Kannst du dir nicht denken, dass ich genauso dafür sorgen kann, dass sie nicht mehr bei meinem Vater arbeitet? Dann war alles umsonst. Und es war sogar noch viel mehr umsonst, als du dir jetzt ausmalen kannst. Denn ich werde dich auffliegen lassen. Du gehörst nicht nach Stonehill, verstehst du? Ich werde dafür sorgen, dass du das College verlässt.« Evalina spuckte fast, während sie redete, so viel Hass lag in ihren Worten. Sie richtete sich auf.

Inzwischen waren die anderen still geworden und schauten von Evalina zu Pippa und zurück wie bei einem Tennismatch. Sie merkten, dass es hier um irgendetwas ging, irgendetwas, was bisher keiner von ihnen so richtig verstanden hatte.

Dann ließ Evalina Pippa endlich los und wandte sich zu den anderen. »Pippa Schwab wird Stonehill verlassen«, sagte sie laut und deutlich. »Sie hat die Wahl zu Studentensprecherin manipuliert. Sie hat zwar leider dennoch nicht gewonnen, aber es tut ihr sehr leid«, erklärte sie in die Runde der Schaulustigen, darunter einige Stonehill-Studenten. Evalina lächelte zuckersüß. »Ich finde es toll, dass du dich dazu durchgerungen hast, zu deinen Fehlern zu stehen und wünsche dir alles Gute.«

Ihre Augen funkelten. Sie erinnerten Pippa an ein verletztes Tier, das wild um sich schlug. Evalina hatte schon drei Scheidungen ihres Vaters mitgemacht, breitgetreten in der Presse, schlimmste Schlammschlachten. Kein Wunder, dass sie so gemein war.

»Ich habe einen Fehler gemacht. Die Schule habe ich schon selbst informiert«, sagte Pippa und war selbst erstaunt darüber, wie ruhig ihre Stimme blieb. »Ich werde keine anderen Personen da mit reinziehen.«

Evalina war irritiert. Vielleicht hatte sie damit gerechnet, dass Pippa viel schärfer zurückfeuern würde und sich schon eine Antwort überlegt, wie sie ihre Verteidigung unglaubwürdig machen konnte.

Aber Pippa hatte keine Lust, sich mit Evalina anzulegen.

»Deine Mutter und du, ihr seid doch beide genau gleich. Klar, dass dein Vater sie verlassen hat.«

Pippas Stimme war so leise, dass nur Evalina sie hören konnte. »Du weißt genau, dass ich die Wahlen für meine Mutter manipuliert habe. Für den Job, für ihre Gesundheit, damit du gewinnen konntest statt mir. Du tust mir leid, dass du so etwas tun musstest, damit dein Vater dich respektiert. Dafür tust du mir wirklich leid. Ich habe einen Fehler gemacht, aber ich tue mir dafür nicht leid. Und ich gehe jetzt, weil ich nicht will, dass das hier eskaliert. Das ist Laurens Hochzeit und wir werden sie ihr nicht verderben.«

Pippa schaute hoch und blickte auf das betretene kleine Grüppchen der Zuschauer. »Alles in Ordnung«, sagte sie. »Evalina hat recht, aber es ist alles in Ordnung.« Sie zwang sich zu einem Lächeln. »Kommt, lass uns weiterfeiern«, sagte sie.

Die anderen schauten zu Evalina. Aus dem Saal drangen der Beat der Musik und die Stimmen derjenigen, die lauthals mitsangen. Pippa hakte sich bei Evalina ein. »Komm schon, Evalina. Es ist *Laurens Hochzeit*. Das willst du ihr doch nicht antun«, raunte sie ihr zu. Sie wusste, dass Evalina Lauren bewunderte und es sich nicht mit ihr verderben wollte – insbesondere jetzt, wo sie einen der New Yorker Superreichen geheiratet hatte, einen aus ihrer Schicht. Und tatsächlich spielte Evalina für den Moment mit. Sie gingen eingehakt zurück in den Ballsaal. Die anderen sahen sich an, wunderten sich über das, was gerade passiert war. Doch dann kam ein neues Tablett mit Champagner und die Gruppe zerstreute sich.

»Das mache ich nur für Lauren«, sagte Evalina. »Glaub nicht, dass ich irgendetwas vergessen habe.« Damit verschwand sie zur anderen Seite des Saals. Pippa konnte noch nicht einmal wütend sein, Evalina tat ihr vor allem leid. Es musste schlimm für sie sein.

Die Tische im Saal waren fast alle leer. Die meisten Gäste hatten Spaß auf der Tanzfläche, nur wenige hatten den Ausfall mitbekommen. Gleich würden Lamettakanonen den Saal mit Glitzerregen schmücken, und danach sollte noch der Countrystar auftreten, den Laurens Brüder als Überraschung besorgt hatten. Sie hatten nicht gesagt, wer es war, aber waren offensichtlich überzeugt, dass sogar Yankees ihn kennen würden. Pippa war sich nicht so sicher, aber das war ja auch egal, solange Lauren glücklich war. Niemandem würde in dem Trubel auffallen, dass sie nicht mehr dabei war.

Bei der nächsten Gelegenheit verließ Pippa unauffällig den Saal. Mit schnellen Schritten ging sie zur Garderobe.

Sie zog ihre Stiefel über, nahm ihren Mantel und huschte aus dem Eingangsportal, ohne Blickkontakt mit anderen Gästen aufzunehmen. Als könnte niemand sie sehen, wenn sie nicht hinschaute. Aber es funktionierte und kurz darauf stand sie auf der Straße.

Die kühle Luft tat gut. Es hatte tatsächlich wieder angefangen zu schneien. Die hohen Schuhe hatten sich wie ein Gefängnis angefühlt, man konnte darin nicht weglaufen. Die Stiefel an den Füßen zu spüren und vernünftig laufen zu können, war befreiend. Sie wollte nur noch weg von hier.

In vier Tagen war Weihnachten. Es war so typisch Lauren, Hochzeit und Weihnachten fast gleichzeitig stattfinden zu lassen, alle Feste aufeinanderzustapeln, damit es überall maximal glitzerte und festlich war. Aber den Schnee konnte sie nicht bestellt haben, der war als Geschenk dazugekommen.

Pippa überlegt kurz, ins *Cute Cat Café* zu gehen, aber es war schon spät und dort hätte sie zu viele Fragen beantworten müssen. Sie wollte überhaupt nicht reden. Ihre Füße trugen sie wie von selbst in Richtung Rockefeller Center.

Schnell hatte sie vergessen, wo sie gerade gewesen war, die Hochzeit und die Szene mit Evalina schien unwirklich. Auf den Straßen waren immer noch Menschen unterwegs. Die Geschäfte hatten natürlich schon geschlossen. Durch die geputzten Scheiben der Restaurants erkannte sie viele besonders sorgfältig gekleidete Gäste, ausgelassene Weihnachtsfeiern. Es war erst elf Uhr. Irgendwie hatte sie geglaubt, dass es viel später war. Vielleicht hätte sie doch lieber zum Central Park gehen sollen, der wahrscheinlich vollständig ausgestorben war. Trotz ihres dicken Mantels war es ziemlich kalt, da sie nur ihr Brautjungfernkleid und dünne Strümpfe darunter trug. Ein bisschen verrückt sah sie wahrscheinlich aus und ihre Schminke war inzwischen mit Sicherheit verlaufen.

Und da war es auch schon, das Rockefeller Center. Die Beleuchtung war anders als beim letzten Mal. Das war so ein Spaß, den sich die New Yorker machten, das Rockefeller Center in immer neuen Farben erstrahlen zu lassen. Das ganze Areal war heute in Blautönen eingefärbt, es erinnerte sie an das Bühnenbild im Glamourama mit dem sterbenden Schwan. Vor ihr ragte der Weihnachtsbaum in den Nachthimmel, immer noch voll beleuchtet. Die Eisfläche war bis Mitternacht geöffnet und immer noch kreisten die Eisläufer. Inzwischen waren keine Kinder mehr dabei, dafür einige Liebespaare. Dazu erklang Tschaikowsky aus den Lautsprechern.

Sie stützte sich mit den Händen auf das Geländer, an dem sie damals mit Hunter gestanden hatte, und schaute den Eisläufern zu. Ein Mann in einem engen Jogginganzug drehte ziemlich professionelle Pirouetten und zog die Blicke der anderen Eisläufer auf sich.

Ihr Handy vibrierte. Sie zog es aus der Tasche. Eine Nachricht von ihrem Vater. Sofort begann ihr Herz stärker zu pochen. Sie öffnete die Nachricht, plötzlich nervös, dass er etwas sagen würde, was alles noch schlimmer machen würde.

Pippa, ich rufe an, wenn es bei euch Morgen ist. Es wäre mir eine große Freude, dich mit in den Skiurlaub zu nehmen, falls dir die Babys nicht zu viel sind. Ich wusste nicht, dass du den Schnee der Sonne vorziehst.

Sie schloss die Augen und ein Lächeln breitete sich auf ihrem Gesicht aus, ohne dass sie etwas dagegen machen konnte. Sie wollte natürlich auch nichts dagegen unternehmen. Er hatte so förmlich geschrieben. Sie wusste nicht, was für einen Quatsch ihre verletzte Mutter noch erzählt hatte. Aber sie würde sich nicht damit aufhalten, sich zu ärgern. Sie würde ab jetzt immer selbst mit ihm sprechen und sich nicht auf die gefilterten Informationen ihrer Mutter verlassen. Sie steckte ihr Handy in die Tasche zurück und ließ ihren Blick wieder über die Eisfläche schweifen. Auf jeden Fall konnte sie sich mit dem Zuschauen die Zeit vertreiben. Nach Hause wollte sie nicht, ihre Mutter würde zu viele Fragen stellen, warum sie so früh zurückkam. Sie hob ihr Gesicht in den Himmel und kniff sofort die Augen zusammen, weil ihr eine Schneeflocke ins Auge fiel.

»Das war mutig von dir«, hörte sie eine Stimme hinter sich, eine Stimme, die sofort durch ihren Körper hindurchlief und ihn zum Pulsieren brachte. Warum war sie gar nicht so überrascht, diese Stimme zu hören? Vielleicht weil sie auf sie gewartet hatte. Weil sie die ganze Zeit sowieso an nichts anderes dachte als an den Besitzer dieser Stimme.

Pippa schloss kurz die Augen und atmete tief ein. Dann drehte sie sich um. »Hunter.«

»Warum rennst du denn weg? Und was war das für ein

Auftritt von Evalina? Ich wusste das doch die ganze Zeit mit der Wahl. Das brauchte sie nicht noch mal öffentlich zu machen. Es tut mir so leid, was ich gesagt habe.«

»Wenn alle denken, dass es gelegentlich Gründe gibt, den Ehrenkodex zu ignorieren, funktioniert das System nicht mehr.« Hunter hatte geklungen, als wollte er sie dafür verteidigen. Aber sie wollte sich nicht verteidigen lassen.

»Das stimmt. Aber … es ist mir egal. Ich vertraue dir. Das hätte ich schon früher machen sollen. Ich werde nicht aufgeben.«

»Ich habe das mit der Wahl nicht gemacht, um –«

»Die Gründe sind mir gerade schnuppe«, unterbrach Hunter sie. »Also, sie sind mir nicht egal, du kannst sie mir erzählen. Irgendwann mal. Aber nicht jetzt. Warum war Chip mit jemand anders auf der Hochzeit?«, fragte Hunter.

»Chip?« Pippa war völlig verdattert. »Wie kommst du denn jetzt auf Chip? Er … er spricht schon eine Weile nicht mehr mit mir.«

Auf Hunters Gesicht spiegelten sich verschiedene Gedanken wider wie Wolken, die am Himmel vorbeizogen und schwer zu lesen waren.

»Als ich mit dir reden wollte nach den Catskills, wolltest du mich loswerden«, sagte Pippa stattdessen. »Das war schrecklich.«

»Ich wollte dich loswerden?«

Sie nickte.

»Ich wollte dich nie loswerden. Es war ein schwieriger Tag für mich. *No Christmas Without You*. Das hat mein Vater gesungen, als meine Mutter im Sterben lag, verstehst du? Das hat er für sie gesungen. Es war *ihr* Lied. Wir haben es sogar zusammen gesungen. Er hat es nicht in Erinnerung an sie geschrieben. Er hat es geschrieben, als sie noch lebte, es war für sie, als Trost. Es war das letzte Lied für sie. Als wir aus den Catskills zurückgekommen sind, das war der Tag, an dem sie gestorben ist. Es ist ein wunderschönes Lied, das stimmt. Es tut so weh. Aber mein Vater … Es tröstet ihn, das Lied mit anderen zu teilen. Du hattest recht. Er ist in der Beziehung einfach … anders als ich.«

»Aber warum hast du nichts gesagt?«

»Ich wollte dir das alles viel früher sagen. Aber als ich zu dir gekommen bin, habe ich dich vor der Tür mit Chip gesehen.«

Pippa Augen weiteten sich. »Wann war das?«

»Der Abend nach den Catskills. Ich wollte dich sehen. Ich wollte dir alles sagen, was ich dir jetzt sage, aber dann habe ich Chip gesehen und kann mir total albern vor.«

»Er hatte eine Überraschung vorbereitet. Aber ich wollte …« Sie stockte, als ihr klar wurde, was Hunter wahrscheinlich gesehen hatte – und wie er es interpretiert hatte. »Ich dachte, du bist an Evalina interessiert«, platzte Pippa heraus. »Ich dachte, ihr würdet euch treffen und …«

»Du warst eifersüchtig?«

»Ich war *nicht* eifersüchtig!«

»Du warst eifersüchtig! Meine Güte, bin ich froh, dass du eifersüchtig warst!« Hunter lachte. »Evalina? Wie kommst du denn darauf? Aber stimmt, sie war in letzter Zeit … häufiger in der Nähe. In meinen Gedanken war überhaupt gar kein Platz für irgendwen anders frei, weil alles voll von dir ist. Jeder Gedanke dreht sich um dich und langsam habe ich das Gefühl, meine Gedanken könnten jetzt rosa sein, und ich finde Rosa echt furchtbar. Aber auch das ist mir jetzt egal. Dann sind meine Gedanken eben rosa, vielleicht glitzern sie sogar in Regenbogenfarben, wie dieser unsägliche Stift, den Lauren dir geschenkt hat.«

Hunter kam noch einen Schritt näher und legte seine Hand an ihre Wange. »Ich wusste es. Ich wusste die ganze Zeit, dass ich mich nicht getäuscht hatte. David und Lauren sind so viel mutiger.«

Seine Augen lagen etwas im Dunkeln, dafür konnte Pippa umso genauer seine Lippen erkennen.

»Ich mag übrigens immer noch keine Cherry-Coke und ich muss jetzt auch nicht unbedingt noch mal ins Glamourama.«

Der Schneefall war stärker geworden, während sie dort standen, und einige Flocken blieben auf ihren Mänteln liegen und verfingen sich in ihren Haaren.

»Willst du mir sagen, dass du eigentlich nichts an mir magst?«, fragte Pippa und lächelte.

»Nein, ich will dir sagen, dass ich mich inzwischen trotzdem über jedes Glamourama-Werbeposter freue, weil ich dann an dich denken muss. Und ich hätte dich total gern damals in deinem rosa Tutu tanzen gesehen. Das war bestimmt ziemlich süß. Ich habe ein wenig Angst davor, wie du deine Wohnung einrichten wirst, wenn du nicht mehr zu Hause wohnst, aber eigentlich gibt es nur eine einzige Sache, die mich wirklich an dir stört. Und über die ich, glaube ich, nie hinwegsehen kann.«

Sie hing an seinen Lippen und konnte irgendwie nicht glauben, was er der sagte, und doch begann ihr Herz, bei jedem Wort schneller zu schlagen, auch wenn das kaum möglich schien. Hunter hatte tatsächlich gedacht, dass sie mit Chip zusammen war. Natürlich. Wie konnte man eigentlich so bescheuert sein und das nie klären? Warum hatte sie nicht einmal den Mund aufgemacht?

Seine warme Hand an ihrer Wange übertrug elektrische Impulse, die durch ihren Körper rauschten und bis in die Fußspitzen reichten. Ein Glücksgefühl durchströmte sie. Aber jetzt geriet alles in ihr ins Stocken. Sie war seinen Worten gefolgt, doch nun hatten sie einen Abgrund erreicht.

»Was stört dich und worüber kannst du nicht hinwegsehen?« Ihr Atem stockte, als sie das sagte, trotz allem, was vorausgegangen war. Irgendwie dachte sie daran, wie er damals in das Zimmer gekommen war, als sie dort mit diesen verfluchten Stimmzetteln stand. Sie hatte sich so schäbig gefühlt, so ertappt. Sie hatte etwas verraten, was sie so hochgehalten hatte.

Hunter holte tief Luft. »Dein Lipgloss«, flüsterte er.

»Was?«, fragte Pippa entgeistert.

Er zog mit seinem Daumen eine Linie von ihrem Ohr den Kiefer entlang bis zum Kinn. Aber sein Blick war dabei auf ihren Mund gerichtet. Die ganzen schrecklichen Gedanken zogen sich zurück, sie versickerten im Nirgendwo, als hätte jemand einen Stöpsel gezogen. Sie öffnete ihren Mund in

Überraschung und Empörung und setzte an, ihm zu antworten.

»Pst«, sagte Hunter. »Vergiss es, auch der Lipgloss ist mir gerade egal. Sogar wenn ich wegen dir mit den klebrigsten Lippen der Welt herumlaufen muss. Willst du nächstes Jahr mit mir herkommen, wenn er angezündet wird?« Ohne sie aus den Augen zu lassen, nickte er mit dem Kopf in Richtung des überdimensionierten Baums, der ihnen gegenüber in den Nachthimmel ragte. »Ich glaube, ich weiß jetzt wieder, dass die Weihnachtszeit die schönste Zeit des Jahres ist und ein bisschen Glitzer kann ich auch aushalten …«

Pippa hatte die ganze Zeit auf Hunters Lippen gestarrt, während er redete. Mit jedem Wort hatte sie sich leichter gefühlt, als würde er ihr Helium in die Blutbahn füllen. Und mit jedem Herzschlag schwoll ihr Herz weiter an, bald würde es fliegen. Der Himmel war perfekt dunkelblau. Die dicken Flocken fielen wie von Zauberhand aus der samtigen Nacht, aber jetzt hatte sie genug gehört. Sie lehnte sich nach vorn und ihre Lippen trafen auf seine. Sie waren warm und weich.

Es war ein vorsichtiger Kuss, jedenfalls bis Hunter begriffen hatte, was passierte. Dann schlang er einen Arm um ihre Taille und zog ihren Kopf mit der anderen Hand näher zu sich. Das Lipgloss war ihm wirklich völlig egal.

Pippa legte ihren Kopf zurück. Jetzt blickte Hunter sie erstaunt und ungeduldig an. Sie konnte seine schnellen Atemzüge in der Nachtluft sehen. Ihr war so warm, unvorstellbar, dass es eigentlich eiskalt hier draußen war.

»Einen Moment«, sagte sie. Ohne sich abzuwenden, griff

sie in ihre Handtasche und holte nach kurzem Herumtasten das bestickte Taschentuch heraus, das in der Kirche gelegen hatte, und wischte sich über den Mund. »Du hast recht«, sagte sie. »Das Zeug ist furchtbar.« Und dann zog sie ihn wieder zu sich.

Diesmal stoppte er. »Warte, ich muss dir etwas zeigen«, sagte er, als wäre ihm gerade etwas eingefallen. Was könnte jetzt wichtiger sein, als sich zu küssen?

Pippa hob eine Augenbraue. Sie wollte jetzt nicht aufhören. Sie hatten noch gar nicht richtig angefangen. Wie konnte er jetzt überhaupt an etwas anderes denken?

Er holte sein Handy heraus. Auf seinem Bildschirm war eine Katze zu sehen. Nein, keine Katze, es war ein Katzenbaby mit dicken weißen Pfoten.

»So einen Bildschirmhintergrund hätte ich dir jetzt nicht zugetraut, wenn ich ehrlich bin«, sagte Pippa. »Du kannst einen ziemlich überraschen. Soll ich jetzt sagen, dass er süß ist? Er ist süß.« Sie wollte sich wieder seinem Gesicht nähern, aber er hielt sie zurück.

»Er gehört dir. Also nur, wenn du ihn haben möchtest, aber … also, dann bleibt er bei mir. Du kannst ihn dann bei mir besuchen. Vielleicht gar nicht so schlecht, wenn deine Mutter eine Allergie hat«, fügte er hinzu.

»Du hast eine Katze für mich gekauft?«

Er zuckte mit den Schultern. »Es ist ein Kater. Ich weiß auch nicht. Es war etwas spontan. Ich dachte … wir könnten ihn vielleicht Marshmallow nennen«, sagte Hunter. »Es passt zu ihm. Er ist sehr weich. Willst du ihn sehen?«

Pippa nickte. Aber dann nahm sie ihm das Handy aus der Hand.

»Ja, ich will ihn unbedingt sehen. Aber nicht jetzt.« Sie schlang ihre Arme um seinen Nacken und zog ihn näher, bis kein Millimeter Luft mehr zwischen ihnen war, und sie glaubte, seinen Herzschlag durch den dicken Mantel zu spüren. In seinen Wimpern hatten sich Schneeflocken verfangen. Dann schob sie ihre Finger in seinen Nacken und zog seine Lippen zu sich heran, fest entschlossen, diesmal nicht loszulassen. »Er muss noch einen kleinen Moment warten.«

Danke

Danke an das tolle Team vom Ravensburger Verlag und für das unterhaltsame Brainstorming im Verlag mit der ganzen Crew. Ich hatte gedacht, wir reden über ein anderes Buch, ich hoffe, das ist niemandem aufgefallen.

Danke besonders an Linda Borchert und Nadja Korthals für die sofortige Begeisterung für New York, Weihnachten und komplizierte Hochzeitsvorbereitungen mit viel Schnee.

Danke an Svenja Wulff für ihr liebevolles Lektorat, wir sind ein tolles, wenn auch chronisch an Zeitmangel leidendes Team. Nächte sind zum Schreiben da, da leuchtet der Bildschirm auch schön hell!

Danke an meine ersten Testleser, an Kati Lungershausen und Mel Naumann für ihre Geduld mit ungeschliffenen Texten.

Danke an Alexander und meine Liebsten, die immer zu mir halten, auch wenn ich mich gelegentlich mit glasigem Blick in anderen Welten rumtreibe. Ohne euch wäre alles nichts.

LESEPROBE

Let It Snow – Eine Winter-Lovestory in New York
von Julia K. Stein
ISBN 978-3-473-54473-8

HANNAH

Hinter den riesigen Glasscheiben der Abflughalle am John-F.-Kennedy-Flughafen in New York fielen die Flocken inzwischen so heftig, dass die Welt hinter einer weißen Wand aus Schnee verschwand.

»Aber morgen ist Weihnachten! Meine Familie wartet auf mich. Und meine Schwester freut sich schon auf ihr Geschenk! Sie wird schrecklich enttäuscht sein.« Hannahs Stimme klang vorwurfsvoll. Tränen brannten ihr in den Augen.

»Ich verstehe Ihre Enttäuschung«, sagte die dunkelhäutige Flugbegleiterin betont mitfühlend, während sie das Ticket mit einer energischen Bewegung zurück über den Schaltertisch schob. Sie fixierte Hannah mit weit aufgerissenen dunklen Augen, als wollte sie sie hypnotisieren. Das hatte sie wahrscheinlich in einem Seminar für den Umgang mit komplizierten Fluggästen gelernt. »Wir können bei diesem Schneesturm kein Flugzeug raufschicken.« Sie deutete mit ausgestrecktem Zeigefinger vage Richtung Decke. »Die Sicherheit der Passagiere liegt unserer Fluglinie sehr am Herzen. Alles andere wäre ein nicht zu kalkulierendes Risiko. Ich muss Sie jetzt bitten zu akzeptieren, dass heute kein Flugzeug diesen Flughafen verlassen wird. Das gilt übrigens auch für jeden anderen Flughafen in New York oder Umgebung. Falls Sie vorhaben, in die Stadt zu fahren, sollten Sie das baldmöglichst tun, da ein Fahrverbot angekündigt wurde. Zudem wird die Subway eingestellt, falls sich der Sturm weiter verstärkt.« Die Dame tippte mit abgespreiztem kleinen Finger auffordernd auf das Flugticket, das immer noch auf dem Schaltertisch lag.

»Aber wann geht der nächste Flug? So ein kleiner Sturm kann doch eine Stadt wie New York nicht lahmlegen. Morgen ist Weihnachten!«, wiederholte Hannah verzweifelt.

Die Dame mit den langen, pfirsichfarbenen Nägeln und den sorgfältig eingedrehten Locken, die ihr bis zu den Schultern fielen, sah sie professionell mitleidig an. Sie überlegte wahrscheinlich gerade, was sie während ihrer Ausbildung über den Umgang mit hysterischen Kunden gelernt hatte.

»Frau Dietz. Wenn wir Glück haben, ist der Schneesturm schon morgen vorbei. Aber vor morgen Abend wird es keinen Flug geben, das kann ich Ihnen versichern. Bitte informieren Sie sich auf unserer Webseite. Sie haben also noch eine kleine Chance, es bis Weihnachten zu schaffen.« Die Stewardess schenkte ihr ein tröstendes Lächeln. »Schließlich ist Weihnachten erst übermorgen.«

»Nein, heute ist der 23. Dezember. Weihnachten ist schon morgen!«

Die Stewardess lehnte sich ein wenig zurück und musterte Hannah mit schräg gelegtem Kopf. Offensichtlich zweifelte sie Hannahs geistige Zurechnungsfähigkeit an.

»Weihnachten, Frau Dietz, ist am 25. Dezember. Sie werden es vielleicht nicht bis morgen schaffen, aber es besteht eine realistische Chance, dass Sie am 25. bei Ihrer Familie sind. Ich bin mir sicher, Ihre Schwester kann sich solange gedulden und wird sich dann umso mehr freuen.«

»In Deutschland feiern wir Weihnachten aber schon am 24. Dezember! An Heiligabend!«

Die Stewardess kräuselte die Stirn. Offenbar wollte sie nicht noch mehr Energie in diesen störrischen Fluggast investieren.

»Ach, ist ja auch egal«, fauchte Hannah, nahm ihr Ticket und drehte sich schwungvoll um, als wäre die Flugbegleiterin an der ganzen Misere schuld. Sie wollte auf keinen Fall vor ihr in Tränen ausbrechen.

Hannah hievte die viel zu schwere Tasche wieder auf die Schulter und hob den Rucksack mit dem Laptop und den Studienunterlagen, die sie im Flugzeug hatte lesen wollen, mit Schwung auf die andere. Dann griff sie nach dem schweren Koffer, über dem ihr Wintermantel hing, schleppte sich zu einem Stuhl mit abgerissener Armlehne und ließ sich darauf fallen. Ihr war fürchterlich heiß in dem dicken Wollpullover, den sie angezogen hatte, damit er nicht noch mehr Platz im

Koffer einnahm. Sie riss sich den roten Schal vom Hals und stopfte ihn in den Rucksack. Dann rieb sie ihre schmerzende Schulter, in die sich der Riemen der Tasche gebohrt hatte.

Es durfte einfach nicht wahr sein. Warum war sie nach dem Ende der Vorlesungen noch zu Abby nach Philadelphia gefahren? Wäre sie direkt nach Hause geflogen, wäre der Rückflug überhaupt kein Problem gewesen. Als sie die dichten Flocken vor dem Fenster tanzen sah, musste sie allerdings zugeben: Nur wer Todessehnsucht hatte, würde sich jetzt in ein Flugzeug setzen. Aber damit hatte sie ja nicht rechnen können. Hannah hatte schon immer nach New York City gewollt. Bei ihrer Ankunft im Herbst war sie direkt weiter nach Connecticut zum College gefahren. New York hatte sie sich erst am Ende ihres Austauschjahrs am Forest Lake College ansehen wollen. Und nicht mitten im Schneesturm am Tag vor Weihnachten! Wo sollte sie denn jetzt schlafen? Konnte man hier im Flughafen übernachten? Bei dem Wetter konnten sie einen doch nicht vor die Tür setzen. Und bei ihrem Glück würde sie bestimmt schlafend überfallen und ausgeraubt werden. Vielleicht konnte sie zum Schlafen ihren Laptop unter den Pullover stopfen und als Kissen benutzen?

Ihr Blick fiel auf die anderen Passagiere in der Abflughalle, deren Gesichter die ganze Skala von enttäuscht bis wütend widerspiegelten: Geschäftsleute in feinen Anzügen, die noch nicht akzeptieren wollten, dass das Wetter ihnen einen Strich durch das neue Geschäft machte oder verhinderte, dass sie nach Hause kamen. Japanische Kinder mit rosafarbenen Haarschleifen, die mit kleinen Plastikfiguren spielten und keinen Ton von sich gaben, feine Großfamilien in indischen Gewändern, ein kreischendes Baby, ein von Tattoos übersäter Mann, der so verwahrlost aussah, dass Hannah ihm kaum zugetraut hätte, sich ein Ticket leisten zu können – bis er den neuesten Laptop und ein iPhone aus der Tasche zog …

Sie überlegte, ob jemand dabei war, der ihr den Koffer unter dem Kopf wegklauen würde, falls sie einschliefe. Sie traute es zwar niemandem zu, aber das hieß natürlich nichts. Wenn ihre Mutter wüsste, dass sie überlegte, am Flughafen zu schlafen, würde sie einen Herzinfarkt bekommen. Hannah hatte vorhin kurz mit ihr telefoniert und ihr versprechen müssen, die Notfall-Kreditkarte einzusetzen, wenn es nicht anders ging, und auf jeden Fall in einer »sicheren« Gegend zu bleiben. Ihre Mutter stellte sich New York als düstere Stadt vor, in der gefährliche Banden ihr Unwesen trieben und man, wenn man irgendwo falsch abbog, schnell erschossen werden konnte. Ein Wunder, dass ihre Mutter überhaupt zugestimmt hatte, dass sie mit dem Zug nach Baltimore fuhr, bevor sie nach Hause kam.

Hannahs Blick blieb an einem Typen hängen, der ein paar Meter von ihr entfernt in sein Handy sprach. Dabei reckte er den freien Arm weit nach oben, als hätte er die ganze Halle für sich und wäre gerade dabei, sich für einen Sportwettkampf zu dehnen, was ziemlich fehl am Platz wirkte. Sein Poloshirt wurde beim Ausstrecken so weit nach oben gezogen, dass sein nackter Bauch zwischen Hose und Saum zum Vorschein kam.

Aber noch mehr fehl am Platz waren seine nackten Füße, die in Flip-Flops steckten. Flip-Flops! Draußen waren es gerade mal null Grad! Vielleicht sollte sie allerdings ihre Winterstiefel ausziehen. Denn beim Anblick der nackten Füße fühlten sich ihre eigenen an, als würde das Polyesterfell gleich endgültig zu kochen beginnen.

»Hey, Beautiful. Bist du das nicht, äähhm, Peaches?« Die nackten Füße kamen auf sie zu. »Ich kenne dich aus Forest Lake.«

Die Stimme gehörte dem Typen mit den Flip-Flops. Sie kam ihr bekannt vor. Und irgendwie sträubten sich bei dem Tonfall ihre Nackenhaare, schon bevor sie hochgeschaut hatte.

»Oh. Hey.«

Blaue Augen. Hohe Wangenknochen. Hellbraune Haare mit langen Strähnen an den Schläfen, die ihm ins Gesicht fielen. Ein Oberkörper, der von einem weißen Ralph-Lauren-Poloshirt nur mühsam in Zaum gehalten wurde. Jeans. Und ja, Flip-Flops.

»Hey, Peaches. Du weißt, wer ich bin, oder?«, fragte er mit einem Lächeln und legte den Kopf schief. Er klang allerdings so, als wäre er ziemlich sicher, dass sie wusste, wer er war.

Und natürlich wusste sie das. Es gab wahrscheinlich niemanden auf ihrem College, der nicht wusste, wer dieser Junge war.

»Kyle«, erwiderte Hannah gehorsam.

Er nickte. »So wie du das sagst, klingt es allerdings eher so, als würdest du den Namen einer ekelhaften Krankheit aussprechen. Was machst du hier?« Er strich sich die langen Haarsträhnen aus dem Gesicht.

»Wahrscheinlich das Gleiche wie du? Halt, ich bezweifle, dass du nach Düsseldorf fliegen wolltest. Außerdem fliege ich ja gar nicht.« Sie schluckte, weil ihre Stimme beim letzten Satz wieder einen weinerlichen Ton angenommen hatte.

»Barbados.«

»Barbados? Du wolltest in die Karibik?«, fragte sie und merkte im gleichen Moment, dass es eine dämliche Frage war. »Klar«, fügte sie hinzu und biss sich auf die Lippe.

»Und wenn du ›Klar‹ sagst, hört sich das an, als würdest du ›Magenverstimmung‹ sagen. Wie machst du das?« Er grinste und schob sich erneut die Haare aus den Augen.

»Ich bin nicht in der Stimmung für Scherze. Ich will nur nach Hause. Morgen ist Weihnachten und ich sitze hier am Flughafen fest. Meine Schwester Leni wird super enttäuscht sein, meine Eltern traurig. Ich kenne mich hier nicht aus. Mir fehlt das Geld für ein Hotelzimmer und hier ist sowieso alles schweineteuer.« Die Worte flossen ungebremst aus ihr heraus. Sie klang wie ein schimpfender Papagei.

Kyle zog eine seiner Augenbrauen nach oben, die aussahen, als hätte er sie in Form gebürstet. Vielleicht hatte er das sogar gemacht, sie würde ihm so was durchaus zutrauen.

»Hmm, ich würde fast sagen, ein Problem, das du nicht kennst«, fügte sie bissig hinzu, als sie bemerkte, dass er nach ihrer Tirade immer noch amüsiert lächelte. »Danke für die Unterstützung.«

Hannah sprang auf, schulterte erneut ihren Rucksack, griff nach der schweren Tasche und dem Mantel und riss am Griff ihres riesigen, schweren Koffers, in dem sie die Weihnachtsgeschenke für die ganze Familie hatte. Sie bemühte sich um einen möglichst würdevollen Abgang. Sie wollte einfach nur weg von diesem Typen, der ihre Niedergeschlagenheit noch nicht einmal ernst nahm. Die Tränen schossen ihr in die Augen und ein paar leider darüber hinaus. Schnell wischte sie sich einmal mit dem Ärmel darüber, was kaum ging, so beladen wie sie war. Dabei hatte sie sich so auf Weihnachten gefreut.

KYLE

»Hey, jetzt warte doch mal«, rief Kyle ihr hinterher.

Er hatte nicht damit gerechnet, dass dieses Mädchen aus dem College so schnell abhauen würde. Inzwischen hing er schon so lange am Flughafen herum, dass langsam klar war, dass heute nichts mehr passieren würde. Ihm war langweilig und die Aussicht, dass es noch eine Weile dauern würde, bis er ins lauwarme Meer springen konnte, war alles andere als verlockend. Das Mädchen war drollig, wenn es sich aufregte, und seine abweisende Art weckte so etwas wie einen Jagdinstinkt in ihm. Ein wenig Ablenkung von der Schneemisere konnte er auf jeden Fall gebrauchen. Obwohl sie leider ziemlich humorlos zu sein schien. Schade drum. Sie war eigentlich ganz süß. Jedenfalls wäre sie es, wenn sie nicht diese scheußliche, riesige Brille auf der Nase hätte. Außerdem hatte sie einen wirklich sexy Akzent. Auf ihrem Sweatshirt stand zudem *I like to party*, das klang doch vielversprechend! Vielleicht besaß sie ja noch ungeahnte Seiten jenseits der Nerd-Brille? Manchmal waren ja gerade die Mädchen, die nicht ständig angemacht wurden, besonders aufgeschlossen für ein kleines Abenteuer. War sie nicht eine dieser Austauschstudentinnen aus Schweden oder so? Von Schwedinnen erzählte man sich ja viel Gutes, von wegen experimentierfreudig und so was.

Das Mädchen hatte angehalten und drehte sich langsam um. Sie wirkte richtig süß, während sie ihn mit ihren braunen Augen kritisch anschaute. Erschienen ihre Augen nur wegen den Brillengläsern so riesig oder waren sie in Wirklichkeit so groß?

»Jetzt renn doch nicht weg. Ich weiß genau, wie es dir geht«, sagte er beschwichtigend und schenkte ihr sein strahlendstes Lächeln, mit dem er normalerweise ziemlich gute Erfolge erzielte.

Der Koffer, den sie neben sich stehen hatte, war gigantisch. Was Mädchen immer so alles mit sich rumschleppten ... Aber eigentlich sah sie mit den dunklen Locken, die sie mit einem Bleistift zu einem Turm hochgesteckt hatte, gar nicht aus wie eines dieser Mädchen, die mit einem Koffer voller Lockenstäbe und Haarpflegemittel umherreisten. Kim, eine seiner Ex-Dates, war mal mit einem ähnlich großen Koffer für einen Wochenendausflug angetreten. Aber gut, bei Frauen wusste man nie so genau. Inzwischen konnte er auch den gesamten Schriftzug mit Kleingedrucktem auf dem Sweatshirt lesen. Dort stand *I like to party and by party I mean read books*. Autsch, mega Nerd-Alarm. Vielleicht sollte er doch lieber wieder verschwinden.